DAS LIED DES SCHWERTS

DIE INSEL DES SCHICKSALS

BUCH ZWEI

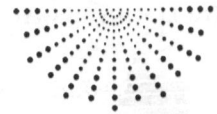

TRICIA O'MALLEY

Übersetzt von
DANIEL FRIEDRICH

LOVEWRITE PUBLISHING

Das Lied des Schwerts

Die Insel des Schicksals: Buch 2

Umschlaggestaltung:
Rebecca Frank Cover Designs
Übersetzung: www.translatebooks.com - Daniel Friedrich
Lektorat: Annette Glahn

Lovewrite Publishing: 382 NE 191st, st#24553, Miami, FL, USA,
33179-3899

Meinen Freunden gewidmet. Denjenigen, die alles stehen und liegen lassen, wenn ich anrufe. Denjenigen, die zuhören, ohne zu urteilen. Denjenigen, die meine Schwestern sind. Ich liebe euch alle.

„Vertraue stets deinem Bauchgefühl. Es weiß bereits, was dein Kopf noch verstehen muss."

KAPITEL EINS

„Noch einer von euch? Ihr werdet langsam zu einer richtigen Plage." Sasha Flanagan fluchte, während sie einen silberäugigen Mann in die Ecke drängte, dessen starrer Blick ihr Gesicht fixierte. Sein Körper spannte sich wie eine Feder, während er jede ihrer Bewegungen beobachtete und darauf wartete, zuzuschlagen.

Sasha beschloss, ihn ein wenig zu ärgern, tauchte nach vorne und holte mit einem schlanken Eisenschwert aus, das sie für Situationen wie diese angefertigt hatte. Mit Freude sah sie, wie der silberäugige Mann zurücksprang, und schob sich nach vorne.

„Ich weiß nicht, wo du herkommst oder was du von mir willst, aber du wirst deinen Freunden eine Nachricht mit nach Hause bringen", sagte Sasha und griff an. Sie wurde mit einem Schmerzensschrei des Mannes belohnt, während die Klinge sauber durch seine Flanke glitt. Ein silbernes Rinnsal tropfte aus ihm heraus und er starrte sie an.

„Entweder ich töte dich auf der Stelle, oder du gehst

und sagst deinen Kumpels, sie sollen mich in Ruhe lassen", sagte Sasha leichthin. Ihre Augen verfolgten jede seiner Bewegungen und warteten auf den subtilen Hinweis, der seinen nächsten Schritt ankündigen würde.

Und als sie sah, wie sein Arm mit dem Dolch nach vorne zuckte, ließ sie ihre Klinge geschickt durch das Herz des Mannes gleiten und verzog das Gesicht, während er sich zu einer silbrigen Pfütze auf dem Bürgersteig in der Gasse hinter ihrer Galerie auflöste.

Sie hatte sich angewöhnt, ihre Klinge überallhin mitzunehmen. Sie hoffte, eines Tages herauszufinden, warum die Feen es auf sie abgesehen hatten, aber im Moment stand das nackte Überleben an erster Stelle.

Seufzend warf Sasha ihr langes, glattes schwarzes Haar über die Schulter und hob die Mülltüte auf, die sie fallen gelassen hatte, gleich nachdem sie nach draußen gekommen war. Sie warf sie in den Müllcontainer und ging rückwärts zur Tür ihrer Galerie, bevor sie hineinschlüpfte und hinter sich abschloss.

Dreifachverriegelung, eisenbeschlagen, und ein Sicherheitsalarm.

Nicht nur wegen der Feen, sondern auch wegen der Wertgegenstände, die sie hier verwahrte. Cloak & Dagger war Sashas ganzer Stolz und weit mehr als nur eine traditionelle Galerie. Mit einem Schwerpunkt auf Waffen aus allen Epochen beherbergte sie eine der größten Sammlungen verzierter und aufwendig gestalteter Schwerter und Dolche in ganz Europa.

Sie konnte nicht genau sagen, wann ihre Obsession mit scharfen Gegenständen begonnen hatte. Es könnte im zarten Alter von vier Jahren gewesen sein, als ihr Vater sie mit einem Messer in der Hand auf dem Tresen tanzen sah. Oder es war, als sie ihr erstes Fechtbuch entdeckte und sich selbst mit einem dünnen Stock hinter der Gartenmauer das Fechten beibrachte.

Sasha lächelte, als sie ihre Klinge in die Scheide an ihrem Gürtel steckte. Sie erinnerte sich noch an das erste Mal, als sie das Florett herausgezogen und es vor sich herge- schwungen hatte. Sofort hatte sie erkannt – verstanden – dass sie dazu geboren war, eine Waffe zu führen.

Auf diese Entdeckung folgte ein strenges Studium der Kampfkünste, des Fechtens, des Schwertkampfes und schließlich ein intensives Studienprogramm, das sie quer durch Europa führte, um antike Waffen zu erforschen. Ihr gutes Aussehen in Verbindung mit ihrer sachlichen Art hatten ihr die Türen von zahlreichen Kunstsammlern geöffnet.

Im zarten Alter von dreißig Jahren hatte sie ihr eigenes Geschäft eröffnet und war eine der führenden Expertinnen für keltische und römische Waffen in Irland, wenn nicht sogar in der ganzen Welt.

Man sollte meinen, dass ihre Fähigkeiten mit dem Schwert ihrem Verlobten zu denken hätten geben sollen, bevor er sie betrog.

Sasha rollte mit den Augen, als sie über den honigfar- benen Holzboden ihrer Galerie schritt, um das Licht in den vorderen Schaufenstern auszuschalten. Sie zog das Metall- gitter herunter, das die Fenster nachts sicherte, schloss ab und drehte sich um, um ihre Galerie zu betrachten.

Aaron hatte nie zu schätzen gewusst, was sie hier aufge- baut hatte.

Die Wände waren in einem kühlen Grauton gestrichen,

der nur einen Hauch dunkler als Weiß war, so dass die Farben der ausgestellten Schwerter und Dolche besonders gut zur Geltung kamen. Sasha hatte kleine abgetrennte Bereiche in ihrer Sammlung geschaffen, die den Besucher durch die verschiedenen Epochen der Waffentechnik führten. Die Ausstellung war atemberaubend, und sie fand, dass der Laden eine ihrer größten Errungenschaften war.

Aaron hatte nur die Nase gerümpft und die Galerie als „Sashas albernes, kleines Laster" abgetan. Sasha schüttelte den Kopf, während sie den Raum durchquerte und das Licht ausschaltete. Ihre Hand wanderte unbewusst zu der Klinge an ihrer Hüfte, als sie sich an den Tag erinnerte, an dem sie früher nach Hause gekommen war, um Aaron ausnahmsweise mit einem selbstzubereiteten Abendessen zu überraschen.

Sasha musste verächtlich lachen.

Es war alles so banal und langweilig, dachte sie, als sie sich an ihren Schreibtisch setzte und den Laptop einschaltete. Dieselbe alte Geschichte. Den Geliebten mit einer anderen im Bett zu erwischen.

Betrug war ein Ausweg für Feiglinge. Und das Letzte, was Sasha gebrauchen konnte, war, mit einem faulen Betrüger verheiratet zu sein. Und so hatte sich die Episode im Nachhinein doch als Segen herausgestellt, obwohl Sasha damals Mühe hatte, ihm nicht auf der Stelle ein Messer in die Familienjuwelen zu rammen. Sie prustete. *Obwohl von Juwelen wirklich keine Rede sein konnte,* dachte sie.

Nicht, dass sie nicht damit gedroht hätte.

Doch der Ausdruck blanker Angst in seinen Augen hatte ausgereicht, um die Bestie in Sasha zu zähmen. Sie hatte ihn noch am selben Tag hinausgeworfen und seither nicht mehr sehen müssen. Sie konnte nicht sagen, dass diese Erfahrung ihre Bereitschaft, anderen Menschen zu vertrauen, verstärkt hatte – aber sie arbeitete daran.

Es half auch nicht, dass überall, wo sie hinging, silberäugige Feen auftauchten, die versuchten, sie umzubringen. Das würde wohl das Vertrauen eines jeden Menschen in so ziemlich alles und jeden erschüttern.

Sasha beugte sich vor, um eine E-Mail zu lesen, die sie von einer Kontaktperson an der Universität erhalten hatte, an die sie sich gewandt hatte. Seit einem Monat versuchte sie, die Geschichte der Feen in Irland zu erforschen und herauszufinden, wie Legende und Realität miteinander verwoben waren. Das Auseinanderhalten von Fakt und Fiktion war eine fast unüberwindbare Aufgabe, aber sie arbeitete Tag für Tag daran.

Fakt war jedenfalls, dass es Feenwesen gab und dass sie gerade versuchten, sie zu töten.

Das reichte aus, dass sie die ganze Nacht wach bleiben würde, um nach Antworten zu suchen.

KAPITEL ZWEI

E r beobachtete sie. Wie er es immer tat – immer getan hatte.

Declan Manchester lehnte sich in den Schatten der Gasse, als Sasha um kurz vor halb zwei Uhr morgens das Gebäude verließ. Im vergangenen Monat hatte sie immer später Feierabend gemacht, und das begann ihn zu frustrieren. Was dachte sie sich dabei, spät nachts allein durch die Straßen zu gehen?

Der Wind des späten Februars peitschte um die Ecke der dunklen Straße und wirbelte ein Stück Papier in die Luft, das im warmen Schein einer Straßenlaterne flatterte. Sasha schritt daran vorbei, mit – für ihren zierlichen Körper – langen Schritten, den Kopf erhoben und wachsam den Bürgersteig absuchend. Mit ihren engen schwarzen Leggings, die in schnörkellosen schwarzen Stiefeln steckten, einer taillierten Lederjacke und einer schwarzen Mütze, die sie über ihr glattes Haar tief ins Gesicht gezogen hatte, sah sie aus, als wolle sie gleich eine Bank ausrauben.

Oder wie jeder beliebige Stadtbewohner, der im Winter die Straße entlangging.

Sie bevorzugte Schwarz, wie Declan im Laufe der Jahre gelernt hatte. Er fragte sich, warum. Bei ihrem schwarzen Haar und ihren stechend blauen Augen fragte er sich oft, ob ihr etwas mehr Farbe nicht besser stehen würde.

Allerdings wäre sie dann auch nicht seine wilde Sasha, die ihre Herausforderungen ganz in Schwarz gekleidet meisterte. *Seine* Sasha.

Die er zu beschützten hatte.

Die er zu verstehen hatte.

Seine Sasha, für alle Zeiten.

Declan richtete sich auf und folgte ihr, immer im Schatten bleibend, sich nie zeigend. Die Zeit, es ihr zu sagen, war nahe – er musste sich aber noch darüber klar werden, ob er es war, der dazu bestimmt war, sie über die Geschehnisse zu informieren. Darauf vertrauend, dass sich die Göttin darum kümmern würde, hatte sich Declan an die Anweisung gehalten, unsichtbar zu bleiben.

Der erste Schatz war gefunden worden. Es war nur eine Frage der Zeit, bis die Lage eskalieren würde.

Na Cosantoir sollten sich nicht zu erkennen geben.

Ihre Aufgabe war es, die Sucherin auf ihrer Mission zu beschützen.

Und so sehr es Declan auch danach verlangte, mit Sasha zu reden, ihr zu sagen, wie schön sie war, wie sehr er ihre Galerie und sie selbst bewunderte...

Es war verboten.

KAPITEL DREI

Sasha schritt leichtfüßig die Straße entlang, die zu ihrer kleinen Wohnung führte. Sie hatte gelernt, sich leise zu bewegen, immer lauschend, immer darauf achtend, ob irgendetwas eine Warnung in ihrem Gehirn auslöste.

Sie warf einen Blick hinter sich und sah sich eine dunkle Gasse genau an, bevor sie weiterging.

Seit einiger Zeit hatte sie den Eindruck, dass ihr jemand folgte. Sasha wurde das juckende Gefühl in ihrem Nacken nicht los, dass sie irgendjemand auf Schritt und Tritt beobachtete. Doch es war anders als das Gefühl, das sie hatte, wenn Feen versuchten, sie anzugreifen. Solche Angriffe geschahen plötzlich und lösten sämtliche Alarmsysteme in ihr aus.

Doch dieses Gefühl war... anders. Beruhigend, fast.

Und das allein sollte ihr eine Warnung sein, dachte Sasha, als sie die Tür aufschloss und die schwach beleuchtete Treppe zu ihrer Wohnung hinaufstürmte. Ein falsches Gefühl von Geborgenheit zu wollen – oder zu brauchen – machte sie verletzlich.

Und Verletzlichkeit war etwas, das sie nie wieder empfinden wollte. Sie konnte Aaron für diese kleine Lektion danken. Sasha warf ihre Schlüssel in eine Schale auf einem kleinen Tisch und hängte ihre Lederjacke an einen Haken neben der Tür. Sie wollte keine Verbindlichkeit mehr. Nachdem sie die Tür dreifach verriegelt hatte, drehte sich Sasha um und sah sich in ihrer Wohnung um, um zu sehen, ob irgendetwas nicht an seinem Platz war.

Wenn sie ihre Wohnung verließ, ließ sie die Dinge immer in einer bestimmten Anordnung zurück – ein Kissen in einem merkwürdigen Winkel, eine leicht geöffnete Schranktür. Wenn jemand einbrach und versuchte, seine Spuren zu verwischen, würde er automatisch das Kissen zurechtrücken oder die Schranktür schließen.

Als Sasha sah, dass alles in Ordnung war, folgte sie dem schmalen Flur, der zu ihrem kleinen Schlafzimmer führte. Nach der Trennung von Aaron hatte sie sich zu dieser kleinen, beschaulichen Wohnung hingezogen gefühlt, die das genaue Gegenteil des opulenten modernen Penthouse war, das er bevorzugt hatte. Geldverschwendung, dachte Sasha, als sie das Licht in ihrem Schlafzimmer anknipste und zu ihrer Kommode ging. Warum sollte sie Geld für schicke Tische und Stühle ausgeben, wenn sie sich damit auch einen mit Rubinen besetzten Dolch aus dem achtzehnten Jahrhundert kaufen könnte?

Und das war nur eines der vielen Themen, bei denen sie und Aaron unterschiedliche Meinungen hatten.

Sasha faltete ihre Kleidung ordentlich zusammen und streifte sich ein abgetragenes T-Shirt über den Kopf. Warum dachte sie überhaupt an Aaron? Es war ja nicht so, dass sie ihn vermisste.

Vielleicht war es nur, um sich an ihre Fehler zu erinnern und daran, wie weit sie gekommen war, dachte Sasha, als sie ihre abendliche Hautpflege-Routine durchführte. Obwohl sie keine Freundin von Make-up war, war sie stolz auf ihre taufrische Haut, die sie mit den besten Cremes und Seren, die sie sich leisten konnte, einschmierte.

Mit Aaron mochte sie einen großen Fehler gemacht haben, aber mit ihrer Haut würde sie nicht so sorglos umgehen.

Und in diesem Sinne – dachte Sasha, als sie ins Bett schlüpfte – würde sie gut daran tun, sich auf die Probleme in ihrem Leben zu konzentrieren, die wichtiger waren als der faule Betrüger von einem Ex-Freund. Wie zum Beispiel die E-Mail von ihrem alten Kontakt am Trinity College, die sie überflogen hatte, bevor sie an diesem Abend die Arbeit verlassen hatte.

Der keltische Schöpfungsmythos von den Vier Schätzen.

Es schien, dass es noch mehr gab, das sie dazu recherchieren musste.

KAPITEL VIER

Die Sonne hatte Mühe, durch den grauen Wolkenschleier zu dringen, der tief über den belebten Straßen von Dublin hing. Graues Wetter war für die Dubliner nichts Ungewöhnliches, und sie gaben sich dem morgendlichen geschäftigen Treiben hin, während sie die Bürgersteige und Straßen auf ihrem Weg zur Arbeit verstopften. Sasha schlängelte sich geschickt durch die Menschen auf dem Bürgersteig, während sie über den Inhalt der E-Mail nachdachte, die sie am Abend zuvor erhalten hatte.

Die Geschichte war nicht so ungewöhnlich. Nun, vielleicht doch, dachte Sasha, als sie einem Mann auswich, der einen heißen Becher Kaffee zum Mitnehmen in der Hand hielt und dabei wütend in sein Handy schrie. Sie schüttelte nur den Kopf und ging weiter. Es wäre nicht dieselbe Stadt, wenn nicht schon vor acht Uhr morgens jemand eine Arbeitskrise hätte.

Der Mythos der Vier Schätze war eine Erzählung, die eng mit der keltischen Geschichte verwoben war. Sie handelte von der Göttin Danu, die ihre Kinder nach Innisfail, auch bekannt als Irland, schickte, um das Land vor den bösen Feen zu retten, die es bewohnten. Sie nahmen die vier großen Schätze der vier großen Götterstädte mit auf ihre Suche. Es war alles sehr mystisch und schön, geschichtsträchtig, voller Dramatik und Schlachten, wie es bei Legenden üblich war.

Aber was das alles mit ihrer jetzigen Situation zu tun hatte, konnte Sasha nicht so recht begreifen. Doch wenigstens gab es ihr eine Richtung, auf die sie sich konzentrieren konnte.

„Ein Tag nach dem anderen, Sash", murmelte Sasha sich selbst zu, während sie über ihre Schulter blickte, bevor sie schnell die Hintertür ihrer Galerie aufschloss und hineinschlüpfte. Das war auch ihr Mantra nach der Trennung von Aaron gewesen. Jetzt, da Feen versuchten, sie zu ermorden, nahm sie an, dass ‚ein Tag nach dem anderen' eine noch viel größere Bedeutung hatte.

Als sie einen Blick auf ihre Sammlung warf, fühlte sie sich augenblicklich besser. Es hatte etwas Beruhigendes, in der Nähe ihrer Schwerter und Dolche zu sein.

Sie musste zugeben, dass sie auf manche Menschen wie eine Verrückte wirken musste.

Auf die meisten Menschen, wenn man es recht bedachte.

Aber Sasha liebte ihre Galerie und die Kunstgegenstände, die sie dort ausstellte. Es gab keinen Grund, ein Leben ohne Leidenschaft zu führen – und ihre Leidenschaft galt der Klinge.

Sasha warf ihre Lederjacke über die Lehne ihres Schreibtischstuhls und nahm die Strickmütze von ihrem

Haar, das sie heute nach hinten geflochten trug. Dann schaltete sie ihren Computer ein. Sie hatte noch gut zwei Stunden Zeit, bevor sie öffnen würde, und sie war fest entschlossen, mit den Legenden voranzukommen. Sie griff in die rechte Schublade, holte einen Müsliriegel aus ihrem Vorrat und mampfte ihr übliches Frühstück, während ihr der Computer mitteilte, dass sie neue E-Mails hatte.

Das Klingeln des Telefons auf ihrem Schreibtisch ließ sie aufschrecken, und Sasha hielt sich einen Moment lang die Hand aufs Herz, während sie das Telefon misstrauisch beäugte. Es war noch sehr früh am Tag für einen Anruf in der Galerie. Sie beschloss, den Anruf zu ignorieren und ihn auf den Anrufbeantworter gehen zu lassen, und richtete ihren Blick wieder auf den Bildschirm.

Und als der Anrufer nach ein paar Mal Klingeln wieder auflegte, lächelte Sasha. Sie hatte Recht gehabt, keine Zeit mit jemandem zu verschwenden, der sich vermutlich verwählt hatte.

Das Telefon klingelte erneut, und sie hob eine Augenbraue.

„Cloak und Dagger", antwortete sie steif und legte einen Hauch von Verärgerung in ihren Tonfall.

„Sasha Flanagan?" Eine fröhliche Frauenstimme zwitscherte ihr durch das Telefon zu.

„Ja, mit wem spreche ich?", fragte Sasha, und ihr Blick wanderte zu dem Dolch, der neben ihrem Computer lag.

Manche sagten, sie sei paranoid.

Sasha gefiel der Begriff ‚gewappnet' besser.

„Mein Name ist Bianca. Ich wollte nur sehen, ob du früher da bist. Ich muss sofort mit dir sprechen", sagte

Bianca mit fester Stimme, aber ohne allzu große Dringlichkeit.

„Wir öffnen erst um zehn. Ich fürchte, Sie werden warten müssen. Gibt es eine bestimmte Waffe, an der Sie interessiert sind?"

Sasha legte den Kopf schräg, als die Frau kicherte.

„Seamus wäre der Erste, der sagen würde, dass ich besser nicht zu viele Waffen tragen sollte. Aber ich habe mich ganz gut geschlagen, oder?" Bianca schien mit jemand anderem zu sprechen.

„Wenn Sie nicht daran interessiert sind, was ich in meiner Galerie verkaufe, können Sie mir dann vielleicht verraten, was so wichtig ist, dass wir uns dringend unterhalten müssen?", sagte Sasha mit vor Verärgerung triefender Stimme, während sie mit dem Finger über den juwelenbesetzten Griff des Dolches fuhr, in dem sich das Licht der Lampe auf ihrem Schreibtisch spiegelte.

„Ich dachte mir, dass du vielleicht wissen wolltest, warum diese Feentypen die ganze Zeit versuchen, dich umzubringen. Aber wie dem auch sei – wenn du zu beschäftigt bist, gehen Seamus und ich rüber zu Bee und Bun und gönnen uns erstmal ein komplettes irisches Frühstück. Die haben den besten Kaff—" Bianca brach ab, als Sasha ihr ins Wort fuhr.

„Zehn Minuten."

„Bis gleich!", zwitscherte Bianca.

Sasha stand auf, ließ den Dolch in ihre Tasche gleiten und zog eine weitere Schublade auf. Adrenalin strömte durch ihren Körper, zusammen mit einem tiefen Misstrauen gegenüber der Anruferin. Es konnte nicht so einfach sein, herauszufinden, was sie wissen wollte.

Das war es nie.

Es hatte immer seinen Preis.

In wenigen Augenblicken war Sasha vollständig bewaffnet. Sie hatte Messer in beiden Stiefeln, ein Schwert an der Taille, ihren Dolch in der Hosentasche, weitere Messer in verschiedenen Manteltaschen und sogar eine kleine Rasierklinge im Knoten ihres Zopfes versteckt.

Obwohl die Stimme der Frau keine Warnsysteme in ihrem Kopf ausgelöst hatte, war sich Sasha ziemlich sicher, dass sie drauf und dran war, in eine Falle zu tappen. Mit diesem Gedanken im Hinterkopf verließ sie das Gebäude und schloss hinter sich ab. Auf keinen Fall würde sie eine mögliche Bedrohung in ihre Galerie lassen, in der Hunderte von Waffen aufbewahrt wurden, die gegen sie eingesetzt werden konnten.

Sasha war äußerst misstrauisch gegenüber allen – und sie war nicht dumm.

Sie lehnte sich an die Tür und verschränkte die Arme vor der Brust, um zu warten.

KAPITEL FÜNF

E s dauerte nicht lange, bis eine quirlige Blondine in einem knallroten Mantel und einer blauen Strick- mütze um die Ecke kam. Sasha verwarf sogleich die Idee, dass sie eine potenzielle Bedrohung sein könnte, richtete sich dann aber mit dem Dolch in der Hand auf, als ihr Blick auf den Mann fiel, der einen Schritt hinter der Blondine folgte.

Groß und schlaksig, mit rotem Haarschopf und einem lässigen Stil, schien er ein recht normaler, fröhlicher irischer Kerl zu sein.

Abgesehen von der Tatsache, dass ihn ein schwaches violettes Leuchten zu umgeben schien.

Sasha kniff die Augen zusammen und stellte fest, dass der Farbton dadurch noch intensiver wurde.

„Sasha?", fragte die Blondine, blieb einige Meter von ihr entfernt stehen und beäugte den Dolch misstrauisch.

„Bianca. Und ich nehme an, das ist dieser Seamus, von dem ich gehört habe", murmelte Sasha und ließ ihren Blick zwischen den beiden hin und her wandern. Sie fragte sich, was hier gespielt wurde.

Silberne Feen waren eine Sache, aber Menschen, die lila leuchteten? Entweder war die ganze Welt verrückt geworden, oder Sasha kippte gerade über den Abgrund und rutschte einen langen, steilen Hang hinab in den Wahnsinn.

„Zu Euren Diensten", bestätigte Seamus, wippte auf seinen Fersen und strahlte Sasha an. Das reichte aus, dass Sasha ihr Messer fester umklammerte und ihr Gewicht gleichmäßig auf den Füßen verteilte, damit sie sich schnell bewegen konnte, falls es nötig wurde.

„Ich kann nicht behaupten, dass ich auf irgendwelche Dienste scharf wäre", sagte Sasha, und Bianca lachte schallend.

„Ich bin die Einzige, der Seamus in diesen Tagen seine Dienste erweist, nicht wahr, mein Süßer?", sagte Bianca und schickte ein kokettes Lächeln über ihre Schulter zu Seamus. Obwohl sich seine Wangen leicht röteten, schenkte er ihr ein strahlendes Lächeln, bevor er sich wieder Sasha zuwandte.

„Meine Schöne hat recht. Das ist nicht die Art von Dienstleistung, die ich gemeint habe. Aber ich bin mir sicher, dass du in diesem Bereich keine Schwierigkeiten haben solltest, falls du mal jemanden benötigst, der dir, naja... aushilft", sagte Seamus leichthin.

Bianca nickte enthusiastisch. „Er hat recht, du siehst umwerfend aus. Die Männer stehen sicher Schlange, um mit dir ausgehen zu dürfen." Bianca betrachtete den Dolch in Sashas Hand und fügte hinzu: „Allerdings wäre mein Vorschlag, den Dolch wegzulassen. Er könnte auf manche eine leicht abschreckende Wirkung haben."

Sasha seufzte. Sie hätte am liebsten ihr Gesicht in den Händen vergraben, wenn sie nicht gerade eine Waffe damit festhalten musste.

„Ihr wolltet mit mir sprechen?", fragte Sasha, um das Thema – was auch immer das verdammte Thema war – zu wechseln und auf den Punkt zu kommen.

„Korrekt, das wollten wir. Aber vielleicht sollten wir drinnen reden?", schlug Bianca vor und blickte die Gasse entlang. Obwohl sie leer war, wusste Sasha, dass viele Leute durch diese Gasse gingen, um die belebten Bürgersteige der Hauptstraße zu umgehen.

„Und euch in einen Laden voller Waffen lassen, die gegen mich eingesetzt werden könnten? Vor allem mit dem hier?", fragte Sasha und deutete auf Seamus, der immer noch leicht violett leuchtete.

„Was soll das denn heißen?" Bianca verengte ihre Augen.

Daraufhin verengte auch Sasha ihre Augen. Sie blickte nach links und rechts und senkte ihre Stimme. „Er ist lila", zischte sie und spürte, wie sie bei den Worten leicht verlegen wurde.

„Tja, er ist ein Danula", sagte Bianca und kicherte, als ob die ganze Welt in ein Geheimnis eingeweiht wäre, von dem Sasha noch nie gehört hatte. Sasha wusste nur, dass es sie irritierte, wenn sie das Gefühl hatte, bei einem Witz – oder etwas viel Größerem – außen vor gelassen zu werden.

Das ging auf Aarons Rechnung, dachte Sasha. Nichts hasste sie in diesen Tagen mehr als das Gefühl, nicht zu wissen, was vor sich ging, oder dass sie für dumm verkauft wurde.

„Und ihr erwartet von mir, dass ich weiß, was das bedeutet?", zischte Sasha.

Bianca blickte wieder zu Seamus. „Ich selbst kann es nicht sehen", grübelte Bianca. „Aber ich bin auch keine *Na Sirtheior*. Und das ist wahrscheinlich auch gut so. Ich bin mir nicht sicher, ob ich sehen will, wie mein Mann lila leuchtet, wenn du verstehst, was ich sage?"

Sashas Hand schloss sich wieder fester um ihren Dolch. Sie dachte kurz darüber nach, der Blondine mit der Spitze des Messers eins auszuwischen. Gerade genug, um sie zum Quietschen zu bringen, keine ernsthafte körperliche Verletzung, aber wenn sie nicht bald zur Sache kamen, würde Sasha der Kragen platzen.

„Nein, ich weiß wirklich nicht, was du meinst. Überhaupt keine Ahnung", giftete Sasha.

Bianca seufzte, rollte mit den Augen und drehte sich zu Seamus. „Sieht aus, als hätten wir es mit einem schlechtgelaunten Exemplar zu tun. Hattest du noch keinen Kaffee heute?"

Sasha presste die Lippen aufeinander und zählte bis zehn, während sie die Augen zum Himmel richtete und tief durch die Nase atmete.

„Ich glaube, sie hat kein Interesse an Smalltalk, meine Süße. Gut, nun hör mir mal zu. Mein Name ist Seamus. Ich bin ein Danula, was so viel wie ‚gute Fee', beziehungsweise ‚guter Feenmann', bedeutet. Die bösen Feen – du weißt schon –, diese silbernen Typen, die immer wieder versuchen, dich zu ermorden? Nun, wir versuchen, sie daran zu hindern, die Vier Schätze zu finden, bevor das Jahr vergangen ist. Und du bist als Nächste dran, Schwester, also wisch dir den ungläubigen Blick aus dem Gesicht und konzentriere dich mal schnell auf deine Aufgabe."

„Siehst du? Siehst du, warum ich diesen Mann liebe? Er ist einfach so... selbstbewusst. Knallhart. Man würde es nicht erwarten, wenn man ihn sieht, aber er ist es wirklich. Ich habe gesehen, wie er eine Horde von Domnua niedergemäht hat – für dich sind das die silbernen Feen – und ich würde lügen, wenn ich behaupten würde, dass mein Herz nicht höhergeschlagen hätte." Bianca strahlte Sasha an.

„Und woher soll ich wissen, dass das, was ihr sagt, die Wahrheit ist?", stotterte Sasha. Sie fühlte sich wie eine Katze, die in eine Ecke gedrängt wurde und einen Buckel machte.

„Ich habe dir gesagt, dass sie uns nicht glauben wird", sagte Bianca und griff nach ihrer Handtasche. Sie hielt inne, als Sasha ihre Hand mit dem Dolch hob. „Ganz ruhig, Kriegerin. Ich werde dir nur ein paar Informationen und unsere Kontaktdaten geben. Wir wohnen in einem protzigen Hotel gleich hier in der Nähe. Es ist, als ob ich in meiner eigenen Stadt Urlaub machen würde! Vielleicht bekomme ich sogar eine Massage!", sagte Bianca und hielt ihr einen kleinen Umschlag hin.

Sasha riss ihn ihr aus der Hand und gestikulierte mit dem Dolch. „Bitte geht jetzt. Ich melde mich bei euch, wenn ich die Sache geprüft habe."

„Von mir aus. Mehr Zeit zum Frühstücken", sagte Bianca fröhlich und schlang ihren Arm um Seamus. Sie drehten sich um und gingen die Gasse hinunter, scheinbar ohne eine Sorge in der Welt. Abgesehen von dem schwachen lila Schimmer, der Seamus umgab, hätten sie ein beliebiges Paar bei ihrem gemächlichen Morgenspaziergang sein können.

Sashas Finger umklammerten den Umschlag. Sie schaute sich schnell um, schloss die Tür auf und schlüpfte mit pochendem Herzen zurück in die Galerie.

Sie wusste nicht, wem – oder was – sie noch vertrauen konnte.

KAPITEL SECHS

K luge Frau, dachte Declan, als er beobachtete, wie Sasha zurück in ihre Galerie schlich. Er befand sich auf dem Dach des Gebäudes auf der anderen Seite der Gasse. Er hatte den Ort schon vor Jahren nach einem schnellen Aufstieg über die Feuerleiter für sich entdeckt. Es war das höchste Gebäude in der Gegend und damit ein idealer Beobachtungsposten.

Als *Na Cosantoir* verfügte er über eine übermenschliche Geschwindigkeit, und sollte sich ein Domnua an Sasha heranschleichen, konnte er blitzschnell herabgleiten und die Situation regeln.

Der Mann mit der hübschen Blondine war der erste Danula, den Declan seit langem gesehen hatte. Es erfüllte ihn sofort mit einem Gefühl der Brüderlichkeit, wie es immer der Fall war, wenn er sich in der Nähe seiner Angehörigen befand. Feen waren komplizierte Wesen – sowohl glühend und temperamentvoll als auch zutiefst emotional. Declan war immer noch verwirrt darüber, wie die Domnua so mörderische Kreaturen sein konnten. Aber er dachte sich, dass ein paar tausend Jahre in der Unterwelt selbst die nettesten Kerle ein bisschen grantig machen würden.

Bianca und Seamus, dachte er, holte sein Handy heraus und schickte eine Textnachricht – natürlich verschlüsselt, denn Feen liebten Elektronik und konnten sich leicht in die höchsten Sicherheitsstufen hacken. Der Code, den er verwendete, war nur den Beschützern bekannt.

Seine wahren Brüder.

Diejenigen, die mit ihm auf dieser Reise waren, damals wie heute, und die den Auftrag hatten, die Sucherinnen zu beschützen. Es war eine der höchsten Ehren, die einem Danula zuteilwerden konnte, und eine, die Declan nicht auf die leichte Schulter nahm.

Mit seinem hochgewachsenen Körper und seinen schlanken, definierten Muskeln bewegte sich Declan wie eine Katze, die sich streckt, bevor sie zuschlägt. Er trug sein braunes Haar zu einem kleinen Dutt im Nacken zusammengebunden – vielleicht hatte er es aus Eitelkeit länger wachsen lassen, aber es lag wohl eher daran, dass er sich keine Zeit für Dinge wie einen Friseurbesuch nahm. Wenn überhaupt, dann schnippelte er gelegentlich mit einem Dolch daran herum. Haselnussbraune, ins Grüne gehende Augen dominierten sein markantes und interessantes Gesicht, und mehr als einmal hatte man ihm gesagt, dass er ein heißer Typ sei.

Declan schüttelte bei dem Gedanken daran den Kopf.

Was zählte es schon, „heiß" zu sein? Er versuchte, Sashas Leben zu beschützen und die Göttin Danu zu ehren, indem er half, das Schwert des Lichts zu finden – den nächsten Schatz auf ihrer Suchmission.

Jetzt war er endlich an der Reihe – sie waren an der

Reihe – und er würde sich durch nichts davon abhalten lassen, Sasha auf ihrer Reise zu beschützen.

Er konnte nur hoffen, dass er dabei auch sein Herz schützen konnte.

KAPITEL SIEBEN

asha zerrte die Rasierklinge aus dem Haargummi in ihrem Zopf, denn sie wusste, wenn sie sie jetzt nicht herauszog, würde sie sie wahrscheinlich vergessen und sich später schneiden, wenn sie ihren Zopf löste. Sie ließ die Klinge auf den Schreibtisch neben dem Umschlag fallen und ging zu einem langen Sideboard in ihrem Büro. Sie zog einen Schlüssel aus ihrer Tasche, schloss eine Tür auf und holte eine schlanke Taschenlampe heraus. Nachdem sie sie eingeschaltet hatte, leuchtete sie mit dem Schwarzlicht den Umschlag ab, um ihn auf Spuren von Pulver oder anderweitiger Manipulationen zu untersuchen.

Als sie nichts fand, setzte sich Sasha hin, nahm die Rasierklinge zur Hand, trennte den Umschlag auf und zog die gefalteten Seiten heraus. In wenigen Augenblicken war sie völlig in das Geschriebene vertieft.

„Die Suchenden", murmelte Sasha, lehnte sich zurück und starrte auf eine düstere Meereslandschaft, die sie über ihren Schreibtisch gehängt hatte. Es war eine ihrer ersten Anschaffungen für die Galerie gewesen, die keine Waffe war, und es hatte sie unendlich gefreut, dass sie es sich hatte leisten können. Es war von einer brillanten Künstlerin namens Aislinn gemalt worden, die an der Westküste Irlands lebte, und der Kontrast der Klippen zu dem stürmischen Himmel und dem tosenden Wasser hatte etwas, das sie ansprach.

Friedliche Sonnenuntergänge waren nichts für Sasha. In ihrem Inneren tobte immer ein Sturm.

Wenn das, was Bianca auf diesen Seiten geschrieben hatte, der Wahrheit entsprach, dann war Sasha im Begriff, einen inneren *und* äußeren Sturm zu erleben. Bianca zufolge glaubten sie, dass Sasha zu einer mythischen Gruppe von Suchenden gehörte, deren Aufgabe es war, die Vier Schätze zu finden, bevor das Jahr zu Ende war.

Sollten sie scheitern, würden sich die Domnua – die bösen Feen der Unterwelt – erheben und wieder über Irland herrschen.

Keine große Sache also.

Sasha lehnte sich zurück und zog ihren Zopf von der Schulter, wobei sie unbewusst mit den Händen über die Struktur ihres Haars fuhr, etwas, das sie immer tat, wenn sie tief in Gedanken versunken war.

Trotz der Tatsache, dass Aaron sie belogen und betrogen hatte, glaubte Sasha, dass sie ziemlich gute Sensoren für Schwindeleien hatte. Oder zumindest einmal gehabt hatte – vielleicht konnte sie ihren Instinkten nicht mehr trauen. Immerhin hatte sie jemanden geliebt und mit ihm zusammengelebt, der sie jahrelang belogen hatte. Vielleicht waren ihre Instinkte zum Vergessen.

Die in dem Brief enthaltenen Informationen wirkten jedoch nicht unglaubhaft auf Sasha. Und das machte sie aus irgendeinem Grund sehr, sehr wütend. Sie schlug mit der Hand auf den Schreibtisch und stand auf, um durch die Galerie zu gehen.

War dies eine weitere Situation in ihrem Leben, in der sie nur ein Spielball war? Etwas, in das sie verwickelt war und dessen Regeln sie nicht kannte? Bei dem sie nicht wusste, welches Spiel gespielt wurde? Wem konnte sie vertrauen – und wie konnte sie überhaupt jemandem vertrauen? Es machte sie wütend, zu wissen, dass sie möglicherweise Teil von etwas viel Größerem war und dass man ihr nie etwas davon erzählt hatte.

„Ich meine... wer macht so was? Ich soll verdammt noch mal das Schwert des Lichts finden und, ganz nebenbei, eine Horde mordender Feenwesen umbringen, aber sie warten bis zum Sankt-Nimmerleins-Tag, um mir davon zu erzählen?" Sasha fluchte lange und laut, während ihre Wut an den Wänden ihrer Galerie abprallte.

„Ich meine, das ist wahrscheinlich die bescheuertste Art und Weise, eine Schatzsuche zu organisieren. Es muss einen Plan geben. Und Diskussionen. Und einen Plan", wetterte Sasha und zerrte an ihrem Zopf, während sie auf und ab ging.

Aber was, wenn das alles nur ein schlechter Witz war? Vielleicht eine abgekartete Sache, die Aaron ausgeheckt hatte, um sie zu ärgern...

Kopfschüttelnd setzte Sasha ihr Auf- und Abschreiten fort und verdrängte den Gedanken an Aaron, während sie mental die Informationen durchging, die sie gerade gelesen hatte. Bianca zufolge war Sasha eine der Sucherinnen, es gab eine Art Beschützer, der sie auf ihrer Suche begleiten würde, und Bianca und Seamus würden anscheinend auch mit von der Partie sein.

„Hm...ein richtiges Team und so." Sasha warf die Hände empor und ging zurück zum Schreibtisch, um sich die Seiten erneut anzuschauen. Als sie einen roten Tintenklecks in Form eines Pfeils entdeckte, blätterte sie die letzte Seite um.

„Schau unter deinem Haar nach. Du trägst ein Mal. Es sieht so aus", hatte Bianca hingekritzelt und das Muster eines keltischen Viererknotens gezeichnet.

„Du willst mich wohl für dumm verkaufen", schimpfte Sasha. Dann fuhr sie mit den Fingern durch ihr schwarzes Haar und über ihre Kopfhaut, bis sie über eine winzige Beule in ihrem Nacken glitt. „Was zum ..."

Sasha holte einen kleinen Spiegel aus ihrer Handtasche und ging in das Badezimmer, das in der Ecke der Galerie versteckt war. Sie schaltete das Licht an, drehte sich um und hielt den Spiegel hoch, um die Beule in ihrem Nacken zu untersuchen.

Sasha fluchte und lehnte sich näher heran. „Das kann doch unmöglich..."

Tatsächlich war da ein kleiner, leicht hervortretender Knoten in ihre Kopfhaut graviert, der fast an eine Tätowierung erinnerte.

Ein Blitz der Angst und Wut durchzuckte sie.

So hatte sie sich den Verlauf ihres Lebens nicht vorgestellt. Sie wollte ihre Galerie und den Laden weiter ausbauen, bis er zu den elitärsten der Welt gehörte. Dann würde sie einen gutaussehenden Mann finden, der sie anbetete, und ihre Fotos würden in sämtlichen Boulevardblättern abgedruckt werden, damit Aaron sehen konnte, was er verloren hatte.

Das Letzte, wovon sie träumte, war, in eine verrückte Schatzsuche hineingezogen zu werden und Irland vor dunklen Feen zu retten.

„Verdammt, verdammt, verdammt", fluchte Sasha und schritt weiter durch die Galerie. Es wäre gelogen gewesen, zu behaupten, dass sie das Ganze nicht auch faszinierte. Immerhin war es das Schwert des Lichts. Es war genau ihr Ding.

So viele Mythen und Legenden rankten sich um das Schwert des Lichts, aber die Geschichte, die sich ihr ins Gedächtnis gegraben hatte, war, dass es auch das Schwert der Wahrheit war – der Gerechtigkeit. So betrachtet, konnte Sasha sich vorstellen, auf eine solche Suchmission zu gehen.

Als sie wieder auf die Blätter blickte, kam ihr ein Gedanke.

Sie schritt zur Hintertür und riss sie auf.

„Beschützer!", schrie Sasha aus vollem Halse, und ihre Stimme hallte durch die Gasse. Als sie keine Antwort erhielt, rief sie erneut.

„Beschützer!"

„Bist du verrückt geworden?"

Sasha erstarrte. Einen Augenblick zuvor hatte noch niemand vor ihr gestanden. Jetzt wanderte ihr Blick an Jeans hinauf bis zu den breiten Schultern, die von abgewetztem Leder bedeckt waren, das wie eine zweite Haut saß. Und dann weiter hoch und noch höher, bis sie ein finsteres Gesicht und mürrische grüne Augen fand, die auf sie herabstarrten.

Sasha hielt inne, während sich Hitze in ihrem Bauch ausbreitete und ihre Gedanken um allerlei Unanständiges zu kreisen begannen – und nicht um ihr nacktes Überleben, was sie eigentlich hätten tun sollen, nachdem ein fremder Mann mit übernatürlicher Geschwindigkeit vor ihr aufgetaucht war.

„Ah, du bist also mein Beschützer. Schön, dich kennenzulernen", sagte Sasha, trat zurück und knallte ihm die Tür vor der Nase zu.

Sie lehnte sich zurück und vergrub ihr Gesicht in den Händen, während ihr das Herz in der Brust pochte und sie daran erinnerte, dass sie noch am Leben war, dass alles, was geschah, sehr real war – und dass sie offenbar immer noch Gedanken der Wollust hegen konnte, wenn sich die Gelegenheit bot.

„Das verspricht ja wirklich interessant zu werden", murmelte Sasha und suchte nach Biancas Kontaktinformationen.

KAPITEL ACHT

„Ich habe dir einen Scone mitgebracht. Ein dürres Mädel wie du muss mehr essen."

Sasha sprang auf und stieß mit dem Knie gegen die Unterseite des Schreibtisches. Sie rieb es wütend, während sie ihrem Assistenten Maddox einen bösen Blick zuwarf.

„Kannst du dich bitte vorher ankündigen?"

Maddox stemmte die Hände in die Hüften, legte den Kopf schief und sah Sasha mit erhobener Augenbraue an. Er gab das Bild einer genervten Diva ab.

„Und wie kommst du darauf, dass ich es nicht getan habe? Habe ich etwa irgendetwas in aller Stille gemacht? Ich bin geradezu singend in das Gebäude gekommen, denn du musst wissen, dass ich gestern Abend eine wirklich unglaubliche Zeit mit einem wunderbar köstlichen neuen Exemplar von einem Mann gehabt habe", sang Maddox, ließ die Tüte mit dem Essen auf ihren Schreibtisch fallen und tänzelte durch den Raum, wobei sein legeres weißes Hemd um ihn herumwirbelte und die Armbänder an seinen Handgelenken klimperten.

Maddox war vor zwei Jahren in Sashas Laden gekommen und hatte darauf bestanden, für sie zu arbeiten. Obwohl sie damals eigentlich keinen Assistenten gebraucht hatte, hatte er sie mit seinem unkonventionellen Charme, seiner pragmatischen Einstellung und seinem guten Auge für teure Dinge schnell für sich eingenommen. Es schadete auch nicht, dass er ein geborener Verkäufer war, der die Leute schnell dazu brachte, nach ihrer anfänglichen Überraschung über seinen glitzernden Nagellack und die Unmengen an Schmuck, die er trug, etwas zu kaufen, von dem sie nicht einmal wussten, dass sie es haben wollten.

Sasha sah Maddox mit zusammengekniffenen Augen an, während er durch den Raum schwirrte und ihr weitere Einzelheiten über seinen neuesten Schwarm erzählte. Spielten ihre Augen ihr einen Streich?

„Maddox", sagte Sasha, deren Stimme scharf genug war, um seine ausufernde Geschichte zu durchschneiden. Und tatsächlich, ein schwacher Hauch von Lila umgab seinen Körper.

„Ja?", fragte Maddox, der kurz verärgert darüber aussah, dass er unterbrochen wurde.

„Du bist ein Danula", sagte Sasha und blickte ihn fest an. Dann bemerkte sie das leichte Flackern in seinen Augen und erhob sich mit dem Dolch in der Hand von ihrem Sitz.

„Leg sofort das Messer weg, Schatz. Ich bin hier, um dich zu beschützen und nichts weiter."

„Du hast mich angelogen", zischte Sasha und trat näher, während das Gefühl des Verrats durch ihren Magen schlich wie eine brennende Schlange.

„Ich hatte keine andere Wahl", sagte Maddox, während

er die Hände in die Luft warf und sie sorgenvoll mit seinen braunen Augen ansah.

„Sag mir, warum du keine Wahl hattest. Erkläre es mir. Sofort!", sagte Sasha, und die Worte zischten aus ihr heraus, während die Wut in ihr brodelte.

„Es ist ein jahrhundertealter Fluch. Es gibt bestimmte Regeln, die nicht gebrochen werden können. Eine davon ist, dass die Danula nicht über deine Rolle sprechen dürfen, bis deine Zeit gekommen ist."

Sasha dachte über seine Worte nach, ohne den Blick von ihm abzuwenden.

„Das ist einfach nur dumm", beschloss sie.

„Das finde ich auch. Wirklich. Ich liebe dich und ich weiß, wie sehr du Menschen hasst, die dich anlügen. Glaube mir. Wenn ich Aaron hätte enthaupten können, hätte ich es getan. Aber das Einzige, was ich tun darf, ist, jeden Domnua zu töten, wenn er versucht, an dich heranzukommen. Das schwöre ich bei allem, was mir in meinem Leben lieb ist." Maddox hielt seine Armbänder und glitzernden Nägel theatralisch in die Höhe. „Ich hätte es dir gesagt, wenn ich gekonnt hätte. Du bist meine beste Freundin."

Sasha hielt ihren Blick auf den seinen gerichtet, ihr Herz pochte und sie ließ den Dolch sinken.

„Du musstest wissen, wie ich mich jetzt fühlen würde."

„Das tue ich. Das tue ich wirklich. Aber es ging darum, dich entweder ungeschützt zu lassen oder mich deinem Zorn auszusetzen, sobald du herausfindest, was ich bin. Mir ist es lieber, du bist wütend auf mich und lebst, als dass du schutzlos bist."

Da hast du es, dachte Sasha und steckte ihren Dolch

wieder zurück an die Hüfte. Vielleicht gab es Schattie-
rungen und Abstufungen, wenn es um Lügen ging, aber
das bedeutete nicht, dass es nicht weh tat.

„Ich bin verletzt. Aber ich werde darüber hinwegkommen", sagte Sasha schließlich.

Maddox' Augen leuchteten auf. „Du verzeihst mir?"

„Ich... gib mir einen Moment. Ich habe erst heute
Morgen mehr Einzelheiten erfahren. Es schwirrt mir gerade
alles im Kopf herum. Ich glaube, ich begreife noch nicht
ganz, was hier vor sich geht", gab Sasha zu und ihre Hand
wanderte unbewusst zu der Beule in ihrem Nacken.

„Nun, dann lass uns anfangen, den Dingen einen Sinn
zu geben. Denn die Uhr hat gerade zu ticken begonnen",
sagte Maddox und trat vor, um ihren Arm zu berühren und
sie zurück zu ihrem Schreibtisch zu führen. Er hielt inne
und schlang einen Arm locker um ihre Schulter. „Du weißt,
dass ich dich liebe."

Sasha seufzte und der wütende Knoten des Verrats in
ihr begann sich zu lösen, als sie sich kurz in seine Wärme
lehnte.

„Ja, das weiß ich."

„Erzähle mir alles, was du weißt. Ich werde die Lücken
füllen", sagte Maddox, griff nach seinem Kaffeebecher und
lehnte sich im Sessel neben ihrem Schreibtisch zurück. Er
hatte im Laufe der Jahre schon tausendmal auf diesem Platz
gesessen, und Sasha konnte nicht anders, als sich von der
Vertrautheit dieser morgendlichen Routine trösten zu
lassen, die darin bestand, bei Kaffee und Scones zu reden
und sich gegenseitig über ihr Privatleben auf dem
Laufenden zu halten. Sie konnte sich an dem Schmerz,
belogen worden zu sein, festklammern... oder sich dazu

entschließen, nach vorne zu schauen und mehr über dieses mythologische Netz zu erfahren, in das sie verstrickt war.

„Nun, ich habe zum Beispiel nach meinem Beschützer gerufen", sagte Sasha und lehnte sich in ihrem Stuhl zurück.

Maddox verschluckte sich an seinem Kaffee, knallte den Becher auf den Schreibtisch und hielt sich die Hand vor den Mund, während er hustete und seine Augen tränten. Heute war sein platinblondes Haar zu einer Art Mini-Irokesenfrisur hochgegelt und die Spitze wippte hin und her, während er nach Luft schnappte.

„Alles in Ordnung?", fragte Sasha und beugte sich vor, um einen Schluck von ihrem Kaffee zu nehmen.

„Moment..." Maddox schnappte nach Luft, wischte sich über die Augen und schlug sich dramatisch auf die Brust, bevor er noch einmal tief Luft holte. „Bitte erkläre mir, was du damit meinst, wenn du sagst, dass du ‚nach deinem Beschützer gerufen' hast."

„Nun, ich habe erfahren, dass es eine Art Gruppe von Beschützern gibt, deren Aufgabe es ist, sich um die Sucherinnen zu kümmern. Und das bin ich anscheinend. Also bin ich einfach rausgegangen und habe nach ihm geschrien."

Maddox bedeckte sein Gesicht mit beiden Händen und atmete tief durch, während er seinen Kopf hin und her schüttelte und die Armbänder an seinem Handgelenk leise klimperten.

„Bist du verrückt geworden?", fragte Maddox schließlich durch seine Hände.

„Witzig, genau das hat er mich auch gefragt."

„Dein Beschützer soll sich dir gegenüber niemals offenbaren. Die Idee ist, dass ihr getrennt bleibt, damit keine Gefühle ins Spiel kommen und er dich um jeden Preis schützen kann", sagte Maddox gleichmütig.

„Ja, sieht so aus, als hätte ich meine erste Regel gebrochen", sagte Sasha und zuckte leicht mit einer Schulter. „Ups."

„Ups, genau", murmelte Maddox und widmete sich der Tüte mit den Scones. „Ich brauche Trostessen."

„Du brauchst ständig Trostessen", sagte Sasha.

„Vielleicht brauche ich ständig Trost", schoss Maddox zurück und wedelte mit dem Gebäck in seiner Hand. „Vorzugsweise in den Armen von jemandem, der gut aussieht."

„Dann solltest du meinen Beschützer kennenlernen." Sasha zwinkerte Maddox zu, während sie in der Tüte nach ihrem eigenen Scone kramte.

„Ohhh", hauchte Maddox und beugte sich vor. „Erzähl mir mehr."

„Er ist groß. Bestimmt einen Meter größer als ich. Stark, aber, du weißt schon, nicht auf die übermäßig brutale Art" sagte Sasha. Maddox nickte zustimmend und winkte mit seinem Gebäck, damit sie fortfuhr. „Eher wie ... ein Panther oder so. Er bewegte sich schnell, schneller als ein Mensch, und sein Gesicht war kantig, mit rebellischen grünen Augen. Langes Haar, zu einem Dutt gebunden."

Maddox fächelte sich dramatisch das Gesicht.

„Sie wählen immer die Besten für die Rolle der Beschützer aus."

„Keine Ahnung, wovon du sprichst. Könntest du mich aufklären?"

„Ein Beschützer zu sein, ist eine große Ehre. Seit unsere Sippe in Irland lebt, wissen wir von diesem Fluch. Es gibt seit Hunderten von Jahren Beschützer und Suchende, aber alles geschah in der Absicht, Informationen zu sammeln. Aber in diesem Jahr? In diesem letzten Jahr, bevor der Fluch entweder endet oder seine volle Wirkung entfaltet? Nun, jetzt ist es an der Zeit, dass die Suchenden tatsächlich etwas *finden*. Es läuft alles auf das hier hinaus. Die Zeit ist gekommen – *The Final Countdown*." Maddox begann die Melodie des Liedes zu pfeifen.

„Keinerlei Druck also?", fragte Sasha und hob eine Augenbraue.

„Überhaupt nicht, meine Liebe, alles völlig entspannt." Maddox schenkte ihr ein freches Grinsen.

Trotz allem musste Sasha zurückgrinsen. Sie liebte Herausforderungen. „Dann packen wir's an."

„Das ist meine Sasha, wie ich sie kenne." Maddox gab ihr einen Luftkuss.

KAPITEL NEUN

„W er sind die beiden überhaupt?" Maddox
schniefte, als sie ein elegantes Hotel betraten,
das nur zehn Minuten von Cloak und Dagger entfernt war.

„Ich weiß nur, dass der Typ einer deiner Brüder ist.
Und die Blondine hat eine ziemlich große Klappe", sagte
Sasha. Maddox sah fasziniert aus, hielt aber den Mund,
während Sasha den Mann hinter der Rezeption begrüßte.

In Anbetracht der Umstände hatten sie beschlossen,
dass es am besten wäre, die Galerie für einen Tag zu schließen, wenn nicht sogar für eine ganze Weile. Sasha wollte gar
nicht daran denken, welchen Schaden ihr Geschäft nehmen
könnte, wenn sie die Galerie für ein paar Wochen
geschlossen ließe. Glücklicherweise lebte sie recht sparsam
und hatte einen ansehnlichen Betrag auf die Seite gelegt,
aber trotzdem fiel es Sasha nicht leicht. Sie mochte ihre
Arbeit – es war das Einzige, was ihre Seele wirklich mit
Glück erfüllte. Den Laden zu schließen, war so, als würde
sie ihrem Kind keine Nahrung geben.

„Du bist hier gerade dabei, die Welt zu retten, Sash",

murmelte Sasha vor sich hin, während sie zu den Aufzügen gingen. Die moderne Einrichtung in Neongrün und dezentem Grau missfiel Sasha und bei all den grellen Farben musste sie fast blinzeln. *Was ist eigentlich aus dem guten alten Schwarz-Weiß geworden?* fragte sie sich, als sie in den Aufzug stiegen.

„Es wirkt etwas angestrengt", entschied Maddox.

Sasha wandte sich ihm lächelnd zu. „Die Einrichtung?"

„Natürlich", schniefte Maddox und untersuchte einen Fingernagel. „Diese neuen Läden versuchen so elegant und ausgefallen rüberzukommen. Kannst du dir vorstellen, den ganzen Tag in dieser neongrünen Umgebung zu arbeiten? Ich würde blind werden."

„Und genau deshalb arbeiten wir so gut zusammen", stimmte Sasha zu, als sich die Türen nahtlos öffneten. Sie traten in einen weiteren grau-neongrünen Korridor hinaus.

„Ich sehe, das farbliche Thema findet hier seine Fortsetzung", murmelte Maddox, als sie die Tür fanden.

Sie hielten inne, während die Tür aufschwang und Bianca auf der anderen Seite mit den Händen in den Hüften erschien. Die Blondine musterte Maddox kühl, und er wich zurück und tat es ihr gleich.

„Du bist perfekt", entschied Bianca und lächelte zu Maddox hoch.

„Was perfekt ist, ist deine Haarfarbe, Schatz. Sag mir, wo du sie machen lässt", sagte Maddox, als würde er sie ewig kennen.

„Nirgendwo. Alles ganz natürlich."

„Nein", hauchte Maddox, als sie die Hotelsuite betraten.

„Ich schwöre", sagte Bianca und warf Sasha ein Lächeln

über die Schulter zu. Sasha versuchte, sich nicht darüber zu ärgern, dass es bei Maddox und Bianca so schnell Klick gemacht hatte.

„Dann kannst du dich glücklich schätzen, soviel steht fest", sagte Maddox und Bianca hüpfte beinahe, als sie sie weiter durch die Suite führte. Seamus lümmelte auf einer langen, schmalen, grauen Couch, die mehr aufgrund ihrer Ästhetik als wegen ihres Komforts ausgewählt worden zu sein schien.

„Bruder", sagte Maddox sofort und neigte seinen Kopf leicht zu Seamus. Seamus stand auf und streckte beide Hände für einen komplizierten Handschlag aus, der so schnell ablief, dass Sasha ihm kaum folgen konnte.

„Geheimer Handschlag aus der Jungs-Clique?", fragte Sasha und hob eine Augenbraue.

Bianca warf Sasha einen anklagenden Blick zu, während die Männer lachten. „Du hast mir nichts davon gesagt, dass du schon einen Danula hast."

„Ich wusste nicht, dass ich einen habe ..." Sashas Stimme verstummte und sie zupfte an ihrem Zopfende, ein sicheres Zeichen von Verärgerung, das Maddox sofort registrierte.

„Ich schenke uns mal eine Tasse Tee ein, und dann machen wir es uns gemütlich und plaudern ein wenig", sagte Maddox und ging zum Beistelltisch, auf dem Obst und Kekse stilvoll angerichtet waren.

Sasha setzte sich vorsichtig auf die Lehne eines grauen Sessels mit neongrünen Flecken, die über den Polsterstoff verstreut waren. Hatte der Dekorateur wirklich keine anderen Farben in Betracht gezogen? Sie winkte eine Tasse Tee ab und warf Bianca einen prüfenden Blick zu.

„Also? Hier bin ich."

Bianca hob eine Augenbraue und sah Maddox an, der nur mit den Schultern zuckte.

„Na, du bist ja ein richtiger Sonnenschein." sagte Bianca und schniefte ein wenig, während sie sich auf der Couch zurücklehnte, wo Seamus automatisch seinen Arm um ihre Schultern legte. Sasha betrachtete die beiden aufmerksam, prägte sich ein, wie Biancas Augen in den Winkeln ein wenig schräg standen und wie Seamus' Haar genau das perfekte irische Rot hatte. Es war eine alte Angewohnheit von ihr – andere schnell zu mustern und sich Nuancen zu merken, die den meisten entgehen würden. Es half, beim Fechten Gesichter zu studieren – oder eigentlich in jeder Nahkampfsituation, dachte Sasha, während sie ungeduldig mit dem Finger auf ihr Bein klopfte. Menschen verrieten ihren nächsten Schritt klar und deutlich, wenn auch nur mit den kleinsten Hinweisen.

„Mit Sonnenschein und Rosen gewinnt man keine Schlachten", sagte Sasha und rümpfte die Nase, als Maddox ihr einen bösen Blick zuwarf. „Was? Ich meine ja nur."

„Nun, da die Nettigkeiten ausgetauscht sind, lasst uns doch zur Sache kommen, ja?", sagte Bianca mit einem Hauch von Bissigkeit in ihrem Ton, während sie mit ihren Händen über die Hose strich. „Du bist an der Reihe, einen der vier Schätze zu finden, und zwar denjenigen, den wir alle als das Schwert des Lichts – oder, je nach Betrachtungsweise, das Schwert der Wahrheit – aus verschiedenen Mythen und Legenden kennen. Ich selbst ziehe es vor, es das Schwert der Wahrheit zu nennen, aber das ist nur eine persönliche Meinung."

„Warum?", fragte Sasha und entspannte sich ein wenig,

während Biancas Gesicht im Laufe ihres Vortrags lebhafter wurde.

„Die älteste Nacherzählung des keltischen Schöpfungsmythos der Vier Schätze besagt, dass das Schwert ein Schwert des Lichts war und alles zerstören konnte, was der Träger zu zerstören wünschte. Ich habe jedoch in anderen Texten weitere Versionen gelesen, die nahelegen, dass es auch ein Schwert der Wahrheit oder der Gerechtigkeit war. Es hieß, wenn der rechtmäßige Besitzer es in der Hand hielt, konnte es nicht nur den Kopf eines Menschen oder eines Feenmannes direkt vom Körper trennen, sondern es wich auch nicht von der Seite des Besitzers. Es war ein nützliches Werkzeug der großen Herrscher und sie setzten es im Kampf ein, da es niemand besiegen konnte."

„Es ist also aus Stahl? Dieses Schwert?", fragte Sasha.

Bianca hielt inne, während sie über ihre Worte nachdachte. „Habe ich nicht gesagt, dass es aus Stahl ist? Werden Schwerter auch aus anderen Materialien gefertigt?"

„Das hängt vom Clan, der Epoche und dem Handwerk ab. Theoretisch kann ein Schwert aus vielen verschiedenen Materialien hergestellt werden. Gibt es irgendwelche Erkennungsmerkmale, auf die ich achten sollte?", fragte Sasha.

„Nun, wir haben es mit der Feenwelt zu tun. Es ist magisch. Bedeutet das, dass es trotzdem aus Stahl ist?", fragte Bianca, und Sasha hielt inne.

„Ich kann nicht sagen, dass ich die Antwort darauf kenne. Ich habe in meinem Leben nie wirklich an Magie geglaubt, bis diese Feen auftauchten und versuchten, mich umzubringen."

„Wie lange geht das schon so?", warf Seamus ein.

„Ein paar Monate, wenn nicht länger", sagte Maddox

und ließ sich mit einer perfekt ausbalancierten Tasse Tee in der rechten Hand auf die Couch fallen. „Ich habe mich um den einen oder anderen gekümmert, und ich bin sicher, ihr Beschützer hat dasselbe getan. Aber sie hat selbst mehr von ihnen erledigen müssen als eigentlich vorgesehen war."

Von außen betrachtet hätte man den Eindruck haben können, als würde die Gruppe bei Scones und Tee einfach nur ungezwungen plaudern – und vielleicht eine nachmittägliche Museums- oder Kneipentour durch den Stadtteil Temple Bar planen. Stattdessen sprachen sie über Magie und Enthauptungen, gute und böse Feen, als ob sie die Wettervorhersage für den nächsten Tag besprechen würden.

„Das Schwert? Wie sieht es aus? Wann wurde es zuletzt gesehen? Was wisst ihr darüber?" Die Fragen kamen in rascher Abfolge aus Sasha herausgeschossen, die damit die Diskussion darüber beendete, warum sie selbst hatte Feen töten müssen. Es gab nichts zu diskutieren – ein Problem war aufgetaucht und sie hatte sich darum gekümmert. Punkt. So lebte sie ihr Leben.

„Wir wissen, dass es einen quaternären Knoten an der Basis hat", sagte Seamus und zog Biancas Hand in seinen Schoß, um sie zum Schweigen zu bringen. Sasha bemerkte den verärgerten Blick, der über Biancas Gesicht huschte, war aber beeindruckt von der Fähigkeit der Blondine, ihren Mund zu halten, wenn es nötig war. „Und dass der Knoten aus vier Metallen besteht – Kupfer, Silber, Gold und Platin. Sie alle sind zu einem wunderschönen Zeichen verflochten – von dem es heißt, dass es leuchtet, wenn der rechtmäßige Besitzer es in der Hand hält."

„Ein keltisches Knotenmuster wie das in meinem Nacken?", fragte Sasha.

Seamus nickte. „Ja, vier Ecken des Knotens. Vier Schätze. Vier Sucherinnen. Vier Beschützer."

„Und vier Monate", fügte Bianca hinzu und hob ihr Kinn ein wenig, „vier Monate, um das Schwert zu finden."

„Und ihr sagt, der Stein sei gefunden worden? Wie lange hat das gedauert?"

Biancas Gesicht erstrahlte daraufhin und ihr rundlicher Körper vibrierte förmlich vor Aufregung, als sie die Geschichte einer Frau namens Clare erzählte, die den Mt. Brandon bestieg und die Domnua in die Tiefen verbannte, bevor sie mit dem Stein zurückkehrte. Es war eine tolle Geschichte, und Bianca erzählte sie mit einem solchen Elan, dass Sasha wusste, dass sie eine geübte Erzählerin war.

„Wir sind also gerade dabei zu gewinnen? Und der Staffelstab ist an mich weitergegeben worden?", fragte Sasha.

Bianca strahlte sie an. „Ganz genau. Ich denke, wir sollten einen Schlachtplan aufstellen", begann Bianca und Sasha hob ihre Hand, um Biancas Redefluss zu stoppen.

„Es gibt kein ‚wir'. Ich werde einen Aktionsplan ausarbeiten. Könnt ihr mir sonst noch etwas sagen, was ich wissen sollte? Irgendwelche Anhaltspunkte? Der letzte bekannte Ort, an dem dieses Schwert gesichtet wurde?", fragte Sasha schnell, ohne sich darum zu kümmern, dass Bianca sie nun finster anblickte.

„Ähm, ich glaube, es war in einem Schloss in der Nähe von Killarney. Nun, was von dem Schloss übrig ist. Jetzt ist es nur noch eine Ruine, da bin ich mir sicher", sagte Seamus schnell und drückte Biancas Hand fest mit seiner eigenen.

„Name?", fragte Sasha. Maddox seufzte und schüttelte den Kopf. Sie würdigte ihn keiner Reaktion.

„Ich kenne es nur unter seinem Feennamen", sagte Seamus. „Aber ich bin mir nicht sicher, ob es die Einheimischen überhaupt noch so nennen würden."

„Gibt es noch etwas, das ich wissen sollte, bevor ich gehe?", fragte Sasha, als sie aufstand. Bianca blieb der Mund offen stehen, dann klappte sie ihn zu, stand ebenfalls auf und stemmte die Hände in die Hüften.

„Nun, wir sind hier, um dir zu helfen, und nicht deine Diener, die nur die Antworten ausspucken, die du gerade brauchst." Bianca schnaubte und wurde langsam ziemlich wütend. „Es gibt eine Menge, was du wissen solltest. Zum Beispiel, wie man Feen tötet und welche magischen Kräfte du hast, wo man nach Hinweisen sucht und wie man die Bösen erkennt..."

„Ich habe Feen getötet. Ich bevorzuge das Schwert, direkt durchs Herz. Aber jede Art von Eisen ist ausreichend. Und jetzt weiß ich, dass die Guten lila und die Bösen silbern sind. Was Hinweise angeht, habt ihr mir nichts geben können, außer vielleicht den möglichen Namen eines Ortes. Was meine magischen Kräfte angeht, bin ich mir ziemlich sicher, dass sie etwas damit zu tun haben, mich von niemandem für dumm verkaufen zu lassen. Sonst noch etwas?", fragte Sasha ruhig und den Schmerz ignorierend, der sich auf Biancas Gesicht abzeichnete.

Für sie stand fest: Je weniger Menschen mit auf ihrer Reise dabei waren, desto weniger Menschenleben hatte sie zu verantworten. Verletzte Gefühle waren nichts im Vergleich zum Tod, und Sasha wollte nicht, dass irgendjemandes Blut an ihren Händen klebte.

Außer das der Feen, die immer noch versuchten, sie zu töten.

„Nein?", fragte Sasha in die Stille hinein und wandte sich dann an Maddox. „Ich werde gehen. Es ist wahrscheinlich das Beste, wenn du auch hierbleibst. Ich weiß, du willst mein treuer Helfer sein und so, aber ich bezweifle, dass du im Moment viel tun kannst. Überlassen wir den Schutz doch einfach dem berühmt-berüchtigten Beschützer, oder?"

Sasha wollte die Augen schließen, um den Gesichtsausdruck von Maddox nicht miterleben zu müssen, und ein leichtes Ziehen in ihrem Bauch verriet ihr, dass ihre verletzenden Worte ins Schwarze getroffen hatten. Als sie die schockierten Gesichter im Raum betrachtete und die eisige Stille spürte, die ihr entgegenschlug, sah sie ihre Arbeit als erledigt an.

Sie drehte sich um und verließ schnell den Raum, mit geradem Rücken und einem Knoten im Bauch.

„Du wirst uns brauchen! Du solltest deinen Freunden nicht den Rücken zukehren", rief Bianca ihr nach.

„Freunde? Ich kenne euch doch gar nicht."

KAPITEL ZEHN

„Was für eine…" Bianca brach ab, als Seamus seine Hand fester auf ihre legte. Sein subtiles Nicken in Maddox' Richtung erinnerte Bianca daran, dass jetzt nicht der richtige Zeitpunkt für ihre Meinung über Sasha war.

„Ich entschuldige mich für Sashas Verhalten", sagte Maddox steif, sein Gesicht fast so weiß wie sein Hemd.

„Ach, mach dir keine Gedanken. Du hast wunderbare Arbeit geleistet, um sie zusätzlich zu schützen. Sie scheint ein bisschen kratzbürstig zu sein, wie ich sehe", sagte Seamus in einem fröhlichen Ton, während er an seinem Tee nippte. „Ich kann mir vorstellen, dass es nicht immer einfach war, ihr Freund zu sein."

„Sie ist eigentlich gar nicht so übel", sagte Maddox und sein Gesicht entspannte sich etwas, als er sich zurücklehnte. „Sie ist sogar einer meiner Lieblingsmenschen."

„Warum fällt es mir schwer, das zu glauben?", fragte Bianca.

Maddox lachte. „Sasha ist eine Kämpfernatur, aber das

musste sie auch sein. Sie hat harte Zeiten durchgemacht. Alles, was sie in ihrem Leben je erreicht hat, musste sie sich hart erkämpfen – von der Durchsetzung in einer von Männern dominierten Branche über die Kreditwürdigkeit und das Geld, um ihre Galerie zu eröffnen, bis hin zum Rauswurf ihres betrügerischen Ex. Danach wurde die Situation ein bisschen prekär, und sie hat Mauern um sich herum errichtet."

„Das ist einfach nur furchtbar", sagte Bianca und ihre Miene wurde weicher. „Ich hasse Lügner."

„Ich würde dich nie anlügen, meine Schöne", sagte Seamus sofort und beugte sich vor, um Bianca auf die Wange zu küssen. Bianca zwinkerte ihm zu und wandte dann ihre Aufmerksamkeit wieder Maddox zu.

„Sasha lebt ihr Leben nach einem strengen Ehrenkodex, der wahrscheinlich von den unzähligen Stunden Training in den Kampfkünsten herrührt, die sie absolviert hat. Mit einem Lügner fertig werden zu müssen, und dann noch im Zusammenhang mit einer so intimen Sache... nun, es ist das erste Mal, dass ich sie wirklich fertig erlebt habe."

„Ich hoffe, sie hat ihre Kampfkünste an ihm ausprobiert", murmelte Bianca.

„Das hatte ich auch gehofft, aber am Ende hat sie es nicht getan. Sie entschied sich, sich zusammenzureißen und machte ganz ruhig weiter. Obwohl er sie anflehte, ignorierte sie seine Bitten einfach. Sobald er diese Grenze überschritten hatte, war er... nun, es war fast so, als hätte er für sie nie existiert. Und doch stimmt das nicht ganz. Denn ich habe seitdem nicht erlebt, dass sie jemandem vertraut hat. Obwohl ich weiß Gott was versucht habe, um sie zu verkuppeln. Ihre Mauern sind hoch, soviel steht fest." Maddox seufzte.

„Und was sollte dann diese kleine Nummer, die sie da gerade abgezogen hat?", fragte Bianca.

„Nun, Maddox ist einer ihrer besten Freunde. Der einzige Grund, warum sie so gemein zu ihm sein würde, ist, um zu versuchen, ihn auf Distanz zu halten. Und nach dem, was er uns gerade erzählt hat, gibt es nur zwei Gründe, warum sie ihn auf Distanz halten würde", sagte Seamus und hielt zwei Finger hoch.

„Weil sie Angst hat, verletzt zu werden..." Bianca brach ab und schnippte mit den Fingern. „Oder dass wir verletzt werden. Was wiederum sie verletzen würde."

„Scheiße", sagte Maddox und vergrub sein Gesicht in den Händen.

„Pfff... das ist doch gar nichts. Wir kommen gerade aus einer Schlacht gegen einen Berg von Domnua. Sasha ist kein Gegner für uns", sagte Bianca und bedeutete Maddox, aufzustehen. „Auf, auf. Los geht's. Sie hat zwar Vorsprung, aber wir werden sie einholen."

„Ja, das werden wir."

KAPITEL ELF

Sasha ging den Bürgersteig entlang und hatte, wie sie der Reaktion der Leute, die ihr auswichen, entnehmen konnte, einen zornigen Ausdruck auf dem Gesicht. Ein paar Sonnenstrahlen fanden ihren Weg durch die Wolken, doch der feuchte Wind hielt das Versprechen des Frühlings gefangen. Noch nicht, dachte Sasha, als sie ihre Nase in die feuchte Luft hielt. Nein, nicht einmal annähernd Frühling.

Als sie an einer Gasse vorbeikam, fiel ihr ein schwaches silbernes Flackern ins Auge, und ohne zu zögern wandte sie sich um, um sich anzuschleichen. Gab es einen besseren Weg, das ungute Gefühl in ihrem Bauch loszuwerden, als ein paar Feenmänner zu töten? Immerhin waren sie der Grund für ihren Zorn. Sasha mochte schnelle und direkte Justiz – und in diesem Fall war sie gerechtfertigt.

Drei von ihnen lauerten an einem Müllcontainer und sahen aus wie ein paar jugendliche Punks, die eine Zigarette schnorren wollten, abgesehen von dem schwachen silbernen Leuchten, das von ihnen ausging. Sasha verengte ihre Augen, während sie ihre Bewegungen verfolgte, und sah, dass sie sich aufgerichtet hatten, obwohl sie immer noch einen auf lässig machten.

„Hey, habt ihr ne Kippe?", rief Sasha und setzte ein freundliches Lächeln auf, während sie so tat, als kramte sie in ihrer Handtasche herum. „Wenn ich nur mein Feuer finde..." Mit einer hauchdünnen Klinge in der Hand lächelte sie die Feentypen strahlend an.

„Klar", murmelte einer von ihnen. Die anderen schienen sich zu freuen, während sie sich ihr näherten und etwas auseinandergingen, um sie zu in die Zange zu nehmen. Sasha wippte leicht auf ihren Fersen und verfolgte jede ihrer Bewegungen.

Der erste war tot, noch bevor er auf dem Boden aufschlug, denn sie hatte seinen Ausfallschritt vorausgesehen, da seine Augen kurz vor der Bewegung nach links geschaut hatten. Sie hatte kaum Zeit, um wieder Luft zu holen, bevor die anderen beiden über sie herfielen. Sasha stöhnte, als ihr einer in den Magen schlug, aber sie hatte die Bewegung gesehen und zugelassen. Grunzend schwang sie die Klinge um sich, und erledigte den zweiten mit einem sauberen Schnitt durchs Herz. Beide Feenmänner verschwanden in einer silbernen Pfütze und es war nur noch einer übrig, der sich vor ihr tänzelnd mit übermenschlicher Geschwindigkeit bewegte.

Sashas Herz pochte, während der Domnua herum-hüpfte und sie in einer unverständlichen Sprache anschrie. Gerade als er zuschlagen wollte, verschwand er in einer silbernen Wolke und ließ Sashas Hand in der Luft baumeln, ihre Klinge bereit zum Angriff.

„Was...?", rief Sasha und wirbelte mit erhobenem Messer herum, um sich dem zu stellen, was hinter ihr stand.

„Vorsicht", sagte Declan, packte ihr Handgelenk und hielt es Zentimeter vor der Stelle zurück, an der es seine Kehle durchbohren wollte.

Eine Gewitterwolke zog über sein hübsches Gesicht, während er auf sie herabblickte und sein ganzer Körper vor Wut vibrierte.

„Schleich dich nicht so an ein Mädchen heran", warnte Sasha und zog ihren Arm zurück, entschlossen, die Wärme zu ignorieren, die sich in ihrem Arm ausbreitete ab der Stelle, an der seine Finger ihre Haut berührt hatten. Eine Berührung durfte keine solche Wirkung auf sie haben, dachte sie, als er sich weigerte, ihren Arm loszulassen.

„Bist du verrückt geworden?", fragte Declan, der ihren Arm immer noch festhielt. Sein Tonfall war mörderisch und das Grün seiner Augen schien sich durch seinen Zorn zu verdunkeln.

Ein Schauer lief Sasha den Rücken herunter, und das lag nicht an dem Wind, der aufgefrischt hatte und nun eine lose Haarsträhne um Declans markantes Kinn wehte. Sie kämpfte gegen den unwiderstehlichen Drang an, sie zu ergreifen und hinter sein Ohr zu streichen, um dann mit den Fingern über seinen markanten Kiefer zu fahren.

Und überhaupt, was war eigentlich los mit ihr? Sasha versuchte erneut, erfolglos, ihren Arm zurückzuziehen. Beschämt blickte sie zu ihm auf.

„Das ist das zweite Mal, dass du mir diese Frage stellst", bemerkte Sasha und zerrte an ihrem Handgelenk. „Du tust mir weh."

Kaum hatte sie die Worte ausgesprochen, ließ er ihren

Arm fallen und fluchte lange und leise, während er vor ihr auf und ab ging. Sasha nutzte den Moment, um ihre Klinge zu umschließen und Declan beim Gehen zu beobachten.

Oh ja, Maddox würde in Ohnmacht fallen, dachte Sasha, während sie alle Details aufnahm, die sie ausmachen konnte. Ein gefallener Engel, entschied sie schließlich. Sein launischer Blick, sein markantes Kinn und sein perfekter, muskulöser Körper ließen sie an einen verdorbenen Engel denken.

Als er sie wieder wütend anblickte, änderte Sasha diesen Gedanken schnell. Dieser Mann war kein Engel.

„Es erinnert tatsächlich an eine Verrückte, nicht wahr? Eine, die sich Domnua bereitwillig entgegenstellt? Eine, die nach ihrem Beschützer schreit? Ja, ich wurde damit beauftragt, eine Verrückte zu beschützen. Das ist die einzige Möglichkeit", sagte Declan.

Sasha rollte mit den Augen. „Ich bin nicht verrückt. Ich bin ganz einfach jemand, der auf sich selbst aufpassen kann. Jetzt, wo ich das Problem kenne, werde ich mich darum kümmern", sagte Sasha und wandte sich Declan zu.

„Du ... du ... du kümmerst dich einfach selbst darum?", stotterte Declan und ballte seine Hände zu Fäusten, während er sie ungläubig ansah.

„Ja. Ich werde das Schwert finden, es übergeben und die Sache abhaken." Sasha zuckte die Achseln.

„Ganz allein?"

„Ja, ganz allein. Gut, dass du aufgetaucht bist. Ich werde deine Dienste nicht mehr benötigen. Du kannst gehen", sagte Sasha und warf ihm einen hochmütigen Blick zu, bevor sie auf dem Absatz kehrtmachte und die Gasse verließ.

Doch dann stieß sie einen Schrei aus, als er wie von Zauberhand direkt vor ihr auftauchte und sie gegen seine muskulöse Brust prallte.

„Autsch", rief Sasha und versuchte reflexartig, ihre Hand zu heben, um sich die Nase zu reiben. Aber stattdessen fand sie ihre Arme an ihrer Hüfte wieder, festgehalten von einem Mann, der zugleich sehr wütend und sehr sexy war.

„Du bist nicht die Göttin. Ich nehme nur ihre Befehle entgegen. Ist das klar?", sagte Declan leise und todernst.

Sasha fühlte sich einen Moment lang verloren, seine Lippen sahen zum Anbeißen aus. Himmel, was war nur los mit ihr? Sie schüttelte den Kopf, starrte ihn an und setzte ihr bestes wütendes Gesicht auf, während sie an seinen Körper geklemmt war.

„Da ich deine Göttin nicht kenne, kann ich nicht wirklich sagen, ob du auf sie hören solltest oder nicht. Aber ich kann dir sagen, dass du mir aus dem Weg gehen kannst. Ich werde mich selbst darum kümmern. Das Letzte, was ich will oder brauche, ist, dass jemand meinetwegen verletzt wird. Dich eingeschlossen, wenn du mich fragst", zischte Sasha. Sie hätte sich selbst in den Hintern treten können, als sie sah, wie sich die Falten um seinen Mund lockerten.

„Es ist meine Aufgabe, mich um dich zu kümmern", sagte Declan und berührte sie leicht mit einer Hand am Zopf. Die Berührung sprach von einer Intimität, die Sasha nicht behagte, und sie versuchte erneut, sich aus seinen Armen zu befreien.

„Und es ist meine Aufgabe, dafür zu sorgen, dass niemand getötet wird, nur weil ich in eine bescheuerte Mission hineingezogen wurde, über die ich keine Kontrolle habe... Würdest du bitte damit aufhören?", verlangte Sasha, die sich über das Grinsen ärgerte, das jetzt so angenehm auf seinem hübschen Gesicht lag. Wenn er finster dreinschaute, hatte Declan einen gefährlichen Blick, der ihre niederen Instinkte ansprach, aber wenn er lächelte?

Sie hätte sich darin verlieren können.

„Ich glaube, mir war gar nicht bewusst, was für eine zärtliche Seite du hast", murmelte Declan und überraschte sie, indem er mit der Daumenkuppe über ihre Lippe strich. Überall in ihrem Körper gab es kleine Explosionen der Hitze und, ach, sie wollte das sanfteste Stöhnen von sich geben.

Stattdessen tat sie, was jede Frau in dieser Situation getan hätte – nun ja, jede Frau, die sie war.

Sie trat ihm gegen das Schienbein und rannte davon.

KAPITEL ZWÖLF

Das kratzige Geräusch aus seiner Kehle ließ Declan stutzen. Lachte er etwa? Er konnte sich nicht erinnern, wann er zum letzten Mal gelacht hatte. Bei der Göttin, was für ein Temperament Sasha hatte!

Seine kleine Kriegerin, die Frau seiner Träume und ihre fleischgewordene Wirklichkeit – Declan war in Sasha vernarrt, seit er sie zum ersten Mal gesehen hatte. Hinter ihrem wilden Äußeren verbarg sich ein weicher innerer Kern, der ein Herz so rein wie Gold enthielt.

Declan hatte sie über die Jahre beobachtet und alles in seiner Macht stehende getan, um diesen nutzlosen Typen, mit dem sie einmal zusammen gewesen war, nicht zu verprügeln. Aaron war nie gut für Sasha gewesen, und es hatte Declan jedes Mal erschaudern lassen, wenn er die beiden zusammen sehen musste.

Er würde nicht sagen, dass er glücklich darüber war, dass Aaron ihr Vertrauen gebrochen hatte, aber zumindest hatte sich dieses Problem auf diese Weise erledigt. Sasha hatte es so gehandhabt wie alles andere in ihrem Leben – mit stählernem Rückgrat und unerschütterlicher Würde.

Declan lachte erneut und schüttelte den Kopf. Er fuhr sich mit der Hand über das Kinn, während er an sie dachte. Es gab keinen eindeutigen Zeitpunkt, den er als den Moment identifizieren konnte, in dem er sich in sie verliebt hatte. Er wusste nur, dass es so war – so sicher wie der Regen nach Irland kam, würde sein Herz keiner anderen gehören.

Declan fluchte wieder und verwendete seinen inneren sechsten Sinn, so dass er sie in seinem Kopf verfolgen konnte. In wenigen Augenblicken hatte er sie eingeholt, blieb aber weit zurück, da er wusste, dass sie wütend sein würde, wenn sie sah, dass er ihr gefolgt war.

Sasha verstand immer noch nicht, wie es lief. Er würde ihr bis zu seinem letzten Atemzug folgen, sie um jeden Preis beschützen und sie selbst nach jedem Wutanfall oder Tritt ins Schienbein lieben.

Auch wenn es gegen die Regeln verstieß.

KAPITEL DREIZEHN

S asha unterdrückte die Emotionen, die in ihrer Brust aufzusteigen drohten, als sie in Richtung ihrer Galerie lief, ja beinahe rannte. Jetzt war nicht die Zeit für Gefühle, sondern für den Verstand – für eine Strategie. Was Sasha anging, befand sie sich im Krieg.

Das bedeutete, dass sie ihre Liebsten um jeden Preis schützen musste – und alle anderen, die als Kollateralschaden in Frage kamen. Dies war die Bürde, die sie auf sich nahm. Sie würde dafür sorgen, dass andere so wenig Schaden wie möglich nehmen würden.

Sashas Augen huschten hin und her, als sie zur Hinterseite ihrer Galerie ging. Da sie kein Anzeichen von Silber entdecken konnte, tippte sie ihren Code ein, entriegelte die Schlösser und schwang sich hinein, wobei sie die Tür schnell hinter sich zuschlug und abschloss.

„Denk nach. Was brauchst du?", sagte Sasha laut, betrachtete ihre Galerie und ließ ihre Gedanken schnell durch ihr mentales Inventar huschen. Sie wusste, dass sie nur wenige Minuten Zeit hatte, bevor die Domnua kommen würden. Sie würde kein wehrloses Opfer sein.

Sasha eilte zum Schrank in ihrem Büro und holte ein Überlebenspaket heraus. Sie hatte immer eines bereit liegen, mit dem Allernötigsten und ein paar Waffen bestückt. Sasha hatte genug Zombiefilme gesehen, um zu wissen, dass es nicht schaden konnte, vorbereitet zu sein. Vielleicht war es lächerlich, aber nun klopfte sie sich selbst auf die Schulter, während sie durch die Galerie sprintete und verschiedene Messer und Dolche einsammelte, um sie in ihren Rucksack zu packen.

Auf der anderen Seite der Galerie fiel ihr ein Lichtschimmer auf, der sie innehalten ließ. Langsam schritt sie durch den dunklen Raum und stellte sich vor eines ihrer Lieblingsstücke.

Der dünne Lichtstreifen der Überwachungskamera schimmerte auf dem Griff eines Dolches mit keltischer Prägung aus dem achtzehnten Jahrhundert. Es war eine perfekt ausbalancierte Klinge mit verschlungenen Mustern, die den Griff verzierten und zu einem einzelnen Smaragdstein in der Mitte führten. Der Stein war es, der im Licht geschimmert hatte. Sasha streckte die Hand aus und nahm die Klinge vorsichtig aus dem Gehäuse, das sie an der Wand befestigt hatte.

In dem Moment, als der Dolch ihre Hand berührte, floss ein Energiestrom durch Sashas Arm und direkt in ihr Innerstes. Sie neigte den Kopf zum Dolch und betrachtete ihn sorgfältig, während sie ihn in der Hand wog. Er fühlte sich richtig an... fast so, als wäre er für sie gemacht worden.

„Jetzt sei nicht lächerlich. Das ganze Gerede über die Feen macht dich ganz versponnen", sagte Sasha. Aber das hielt sie nicht davon ab, den Dolch an ihr Bein zu schnallen, direkt über ihrem Stiefel.

Mit einem letzten Blick auf die Galerie schloss sie ihre Augen.

„Göttin... wenn du wirklich existierst, bitte ich dich nur darum, diesen Ort und all die Antiquitäten zu beschützen, die ich so mühsam zusammengetragen habe. Ich gehe jetzt und werde die Domnua weg von hier führen. Bitte beschütze diesen Ort."

Sasha kam sich dumm vor, um Hilfe zu bitten, selbst wenn es sich um ein unbekanntes und allmächtiges Wesen handelte. Sie warf sich den Rucksack über die Schultern und schnallte ihn an der Taille fest, schloss den Reißverschluss ihrer Lederjacke und schlüpfte ohne einen Blick zurück zur Hintertür hinaus.

Und stürzte sich ins Chaos.

KAPITEL VIERZEHN

Sasha sprach ein kurzes Gebet des Dankes für die schweren Türen, die zuschlugen, denn die Domnua waren über sie hergefallen, sobald sie nach draußen getreten war. Nachdem sie ihre Sachen gepackt hatte, hatte sie bereits damit gerechnet und den Dolch kurz bevor sie nach draußen trat, aus ihrem Stiefel gezogen.

Sasha tötete drei, ohne Luft zu holen, der Dolch glitt durch sie hindurch und hinterließ silbrige Pfützen. Sie hatte einen kurzen Moment Zeit, sich über die Schärfe der Klinge zu wundern, bevor sie von oben angegriffen wurde.

„Verdammt!", war alles, was sie denken konnte, bevor sie automatisch abtauchte, um sich über dem Boden abzurollen. Sie hatte genug Gruselfilme gesehen, um zu wissen, dass sie nach oben schauen musste. Es war immer das naive Mädchen, das im Wald umherirrte und nie nach oben schaute, das dran glauben musste. Und jetzt war sie eines dieser Mädchen, das nicht einmal seine Umgebung absuchte.

Nicht, dass sie viel Zeit dazu gehabt hätte, dachte sie, als sie aus der Rolle kam und automatisch ihr Knie zwischen die Beine ihres Angreifers brachte, was ihn kurzzeitig lähmte, so dass sie ihm den Dolch direkt ins Herz rammen konnte. Sasha drehte sich und konnte nur knapp dem Spritzen des silbernen Glibbers ausweichen, als er sich vor ihren Augen auflöste. Gott sei Dank, dachte sie, als sie auf die Füße kam. Sie war sich nicht sicher, ob man den silbrigen Schleim aus dem Leder herausbekommen würde.

Dann war keine Zeit mehr zum Nachdenken, denn die Domnua kamen auf sie zu, eine Reihe nach der anderen. Sashas Herz pochte in ihrer Brust, während sie sich wegduckte, rollte und immer wieder ausholte. In wenigen Augenblicken tropfte Silber von sämtlichen Oberflächen hinter der Galerie, und es kamen immer mehr.

In diesem Moment wurde Sasha klar, wie unvorbereitet sie auf diese Situation war. Vielleicht war sie übermütig geworden, weil sie wusste, dass sie es gut allein mit ein oder zwei Feen aufnehmen konnte. Aber mit einer ganzen Armee?

Sie war geliefert.

Aber eine Sache, von der sie wusste, dass man sie nie über sie sagen würde, war, dass sie kampflos untergegangen war. Das Adrenalin schoss durch ihren Körper und sie wirbelte herum, um einen weiteren abzustechen, und keuchte, als er schmolz, noch bevor ihr Dolch seine Haut gestreift hatte. Schnaufend begegnete sie einem Paar strahlend blauer Augen.

„Sieht so aus, als würdest du das alles gut allein hinbekommen, Champion. Warum lässt du dir nicht ein bisschen von uns helfen?", fragte Bianca fröhlich, während sie sich umdrehte und schnell einen weiteren Domnua ausschaltete. Sasha drehte sich um und strich sich die Haare aus dem Gesicht, die sich aus ihrem Zopf gelöst hatten, um zu sehen, wie Maddox, Seamus und Declan die Domnua bekämpften, bis innerhalb weniger Augenblicke keiner mehr übrig war.

Stille erfüllte die Gasse, abgesehen von ihren heftigen Atemzügen, während sie das rasch verschwindende silberne Blut betrachteten, das den Boden bedeckte.

„Also?", verlangte Bianca, stemmte die Hände in die Hüften und hob trotzig ihr Kinn.

Ohne es zu wollen, musste Sasha über die pummelige Blondine grinsen.

„Du bist echt in Ordnung. Es wird mir eine Ehre sein, dich in meinem Team zu haben."

Bianca schniefte, während sie beiläufig ihre Nägel auf eventuelle Risse überprüfte. „Du bittest also um unsere Hilfe?"

Sasha blickte kurz zum Himmel und verkniff sich die rotzige Antwort, die ihr auf der Zunge lag. Sie hatte es nicht anders verdient.

„Ja. Würdet ihr mir bitte helfen, das Schwert zu finden?", fragte Sasha und weigerte sich, Declan anzuschauen.

„Ich dachte, du würdest nie fragen! Seamus, hol den Wagen."

„Ja, meine Liebe, für dich tue ich alles."

„Das war ein ordentlicher Kampf, nicht wahr? Glaubst du, man bekommt das Blut aus dem Wildleder heraus? Ich wusste, dass ich meine Stiefel hätte wechseln sollen", schnatterte Bianca und sah auf einen silbernen Fleck herab, der ihre honigbraunen Stiefel verunzierte.

In diesem Moment wurde Sasha klar, wie sehr sie die Blondine mochte. „Die meisten Frauen würden jetzt einen Anfall bekommen", sagte Sasha, und Bianca sah sie verwirrt an, als sie zum Eingang der Gasse gingen, um Seamus zu treffen.

„Wegen der Stiefel? Na ja, in einer Schlacht kann schonmal was kaputt gehen", sagte Bianca und tat es achselzuckend ab.

„Nein", sagte Sasha lachend, „nicht wegen der Schuhe." Sie wies auf die Gasse hinter ihnen. „Wegen dem hier. Die Schlacht. Das Töten von Feen. Ohne kreischend vor Angst wegzulaufen."

„Nicht mein Stil. Es gibt eine Menge, was du über mich lernen musst. Aber das Erste, was du wissen solltest", sagte Bianca und schaute sie mit kühlem Blick an, „ist, dass die Göttin Danu mich persönlich dazu auserkoren hat, anderen auf dieser Mission zu helfen. Wenn du das Vertrauen einer Göttin hast, nun, dann ist es leicht, voll auf die Zwölf zu gehen. Und jetzt lasst uns dieses verdammte Schwert finden."

Mit einem anerkennenden Nicken von Maddox hüpfte die Blondine auf den Beifahrersitz. Sasha schüttelte leicht den Kopf und ließ sich auf den mittleren Sitz gleiten, dicht an Declans muskulösen Körper gepresst.

„Du hattest recht ... er ist wirklich zum Anbeißen", flüsterte Maddox ihr ins Ohr. Sasha hätte schwören können, dass sie Declan leise kichern hörte. Sie unterdrückte ein Seufzen, schloss die Augen und ließ ihren Kopf nach hinten gegen den Sitz fallen. Wenige Minuten später war sie eingeschlafen.

KAPITEL FÜNFZEHN

Sasha wachte auf und erstarrte sofort. Als sie bemerkte, dass sie an Declans Seite gekuschelt war und sein Arm locker über ihre Schulter hing, zuckte sie innerlich zusammen. Sie richtete sich auf, sah ihm kurz in die Augen, und die Intensität, die sie darin sah, ließ ihren Mund trocken werden.

„Ähm, Entschuldigung. Ich wollte nicht...", sagte Sasha und löste sich abrupt von ihm. Sein Arm ruhte immer noch auf ihren Schultern und die Hitze, die durch ihren Körper strömte, nur weil er ihren Nacken berührte, ließ sie über Dinge nachdenken, die sehr wenig mit ihrer Mission zu tun hatten.

Und sehr viel mit einer anderen Art von Mission zu tun hatten.

„Dornröschen ist aufgewacht." Bianca drehte sich um und schenkte ihr ein Lächeln. Ihre Augen leuchteten mit einem wissenden Blick, während sie Declans Arm betrachtete, der über Sashas Schulter gelegt war.

„Tut mir leid. Ich neige dazu, in Autos einzuschlafen,

aber normalerweise brauche ich nur wenig Schlaf, um mich völlig zu regenerieren", sagte Sasha, während sie Declans Arm um ihren Hals mit einem entschlossenen Blick entfernte.

Er sah sie mit schweren Lidern an, ein Blick, der ihr kurz den Kopf verdrehte, dann grinste sie spöttisch zurück.

Bianca beobachtete den gesamten Austausch mit einem erfreuten Gesichtsausdruck.

„Hör auf damit", brummte Sasha, und sowohl Maddox als auch Bianca mussten kichern.

Wahrscheinlich lag es einfach daran, dass sie schon lange nicht mehr mit jemandem geschlafen hatte. Frauen haben Bedürfnisse, dachte Sasha mit einem mürrischen Gesichtsausdruck. Und Declan war sexy. Es war ganz einfach. Da gab es für die beiden nichts weiter hineinzuinterpretieren.

„Weißt du", sagte Bianca und drehte sich Seamus zu, um ihn anzulächeln, „Clare und Blake sind jetzt zusammen."

Sasha vergrub ihr Gesicht in den Händen und seufzte, ohne Declans Kichern an ihrer Seite zu beachten.

„Können wir das nicht einfach lassen? Ich habe Wichtigeres zu tun als mich mit Sex zu beschäftigen."

Das Wort „Sex" hing einen Moment lang in der Luft und alle wurden still.

„Kann mir selbst nichts Besseres vorstellen, als mich mit Sex zu beschäftigen", sagte Seamus fröhlich, und das Auto brach in Gelächter aus. Sogar Sasha stimmte schließlich mit ein.

„Na schön. Aber können wir bitte weitermachen?

Wohin fahren wir? Was wissen wir? Wie funktioniert das alles?"

„Nun, das letzte Mal hatten wir einen Hinweis. Hast du irgendwelche Hinweise?", fragte Bianca.

Sasha sah sie einen Moment lang an. „Das kann ich ehrlich gesagt nicht behaupten."

„Nichts? Keine Gedichte? Keine Notizen? Keine seltsamen körperlichen Empfindungen oder dass du dich von irgendwelchen Dingen angezogen fühlst?"

„Nur mein Dolch", sagte Sasha automatisch und hielt dann inne.

„Zeig mal her", verlangte Bianca. Sasha zog ihn aus ihrem Stiefel und gab ihn ihr.

„Also, Declan", begann Maddox und beugte sich ein wenig vor, um Declan anzusehen, während es Sasha schwerfiel, nicht die Augen zu verdrehen. „Erzähl uns mehr von dir."

Declan beugte sich vor und lächelte Maddox an.

„Ich bin *Na Cosantoir*", sagte Declan einfach.

„Nun, ja. Das wissen wir. Aber was ist mit dir selbst? Woher kommst du, was treibst du so? Hast du eine Familie?", fragte Maddox, die Arme vor der Brust verschränkt.

„Ich habe eine Familie. Einen Bruder und eine Schwester. Meine beiden Eltern leben noch", sagte Declan und schloss dann den Mund.

„Gesprächiger Typ, wie?", kommentierte Maddox.

„Ich bin nicht zum Plaudern hier. Eigentlich dürfte ich nicht einmal in diesem Auto sein. Der Kodex besagt, dass ich ungesehen bleiben soll. Aber diese Frau hier hatte etwas anderes vor", sagte Declan, dessen Stimme verärgert klang.

„Nicht alles kann so laufen, wie man es sich vorstellt", brummte Sasha.

„Nichts ist nach meiner Vorstellung gelaufen, seit ich dich zum ersten Mal gesehen habe", sagte Declan und drehte sich, um aus dem Fenster zu starren. Maddox wollte mehr wissen.

„Und wann hast du unsere schöne Sasha zum ersten Mal gesehen?"

Sasha rollte mit den Augen. „Bemerkenswert" oder „einzigartig" waren akzeptabel – aber als „schön" bezeichnet zu werden, gab ihr immer ein komisches Gefühl. Sie hatte zu hart dafür gekämpft, in ihrem Fachgebiet ernst genommen zu werden, und erlebte zu oft Kollegen, die die Begriffe „hübsch" oder „schön" in herablassender Art und Weise verwendeten.

„Vor einer Handvoll Jahren", sagte Declan.

Sashas Gehirn fiel beinahe aus. „Was?", rief sie und holte aus, um ihm einen Schlag auf den Arm zu verpassen. „Du verfolgst mich schon seit Jahren? Jahrelang! Und du hast nie ein Wort zu mir gesagt? Du weißt, dass das Stalking ist, oder?"

Declan schüttelte nur den Kopf und fuhr sich mit der Hand über die Stoppeln an seinem Kinn.

„Es ist kein Stalking, wenn ich dein Leben rette."

„Ich dachte, das alles hätte erst vor Kurzem angefangen. Warum musstest du mich so lange beobachten?", wollte Sasha wissen. Ihre Gedanken kreisten um all die Jahre in der Galerie, ihre Zeit mit Aaron, ihre Reisen. Wie oft hatte er sie beobachtet und wobei hatte er ihr zugesehen? Es war ein ausgesprochen unheimliches Gefühl, zu wissen, dass jede ihrer Bewegungen jahrelang von einem Dritten erfasst worden war.

Sie fragte sich, ob er sie mochte.

Was für ein dummer Gedanke, ermahnte sich Sasha. Seine Aufgabe war es nicht, sie zu mögen – seine Aufgabe war es offenbar, ihr Leben zu bewahren und vor den mordenden Feen zu schützen, die immer wieder vor ihrer Haustür aufgetaucht waren. Das war alles. Er musste sie nicht mögen, um seinen Job zu machen.

„Feen sind gerissen. Sie entziehen sich leicht der Kontrolle und versuchen, die Suchenden von ihrem Weg abzubringen. So war es schon immer. Es ist eine große Ehre, auserwählt zu werden."

„Wie wurdest du auserwählt?" fragte Maddox.

„Die Göttin wählt einen aus. Es ist ein Geburtsrecht. Das Mal erscheint und damit ist es so", sagte Declan.

„Du hast das gleiche Mal wie die Suchenden?", fragte Sasha und drehte sich, um ihn zu mustern.

„Ja, nur umgekehrt. Genau hier", sagte Declan und drehte sein Handgelenk, um etwas zu zeigen, das wie eine kleine Tätowierung auf der Innenseite seines Handgelenks aussah.

Sasha wollte gerade eine weitere Frage stellen, doch Bianca unterbrach sie. „Apropos Geburtsrecht", sagte sie und hielt den Dolch hoch. „Hast du mir gesagt, woher du den hast? Da ist eine Inschrift, genau hier."

„Ach ja?" Sasha war ehrlich überrascht. Sie katalogisierte die Details jeder Antiquität, die in ihre Galerie kam, äußerst gewissenhaft. Eine Inschrift hätte sie auf keinen Fall übersehen können.

Man muss die Dunkelheit kennen, bevor man das Licht sieht.

„Im Ernst?", fragte Sasha und nahm Bianca den Dolch aus der Hand, um die kleine Textzeile auf dem Griff des Schwertes zu untersuchen, die sich um eine der Gravuren schlängelte. „Wie konnte ich das übersehen? Meine Detailgenauigkeit ist normalerweise unübertroffen."

„Das ist wohl wahr, meine Liebe. Aber hier haben wir es mit dem Feenreich zu tun", sagte Maddox und nahm ihr den Dolch sanft aus der Hand. „Rätsel, Inschriften, Runen – all diese Dinge erscheinen zu gegebener Zeit."

„Sasha, wo bist du geboren?", unterbrach Bianca.

Sasha sah sie verwirrt an. „Was hat das damit zu tun?"

„Wir haben in Clares Geburtshaus Hinweise gefunden. Wir können nochmal von vorne anfangen, oder?", fragte Bianca und zuckte mit den Schultern.

Sasha wurde missmutig, wie jedes Mal, wenn dieses Thema aufkam. „Ich war ein Waisenkind. Eine Pflegefamilie nahm mich auf. Sie wussten nicht so recht, wie sie ein Kind wie mich erziehen sollten, und ich verließ sie, sobald ich alt genug war, um mein eigenes Geld zu verdienen", sagte Sasha schnell und hoffte, dass das Thema damit erledigt war.

„Moment mal, was? Du bist einfach gegangen? Was hast du gemacht?"

„Ich habe abgewaschen, in einer Bibliothek gearbeitet, ein paar Häuser geputzt und auf Kinder aufgepasst." Sasha zuckte mit den Schultern. „Diese Art von Jobs, bis ich zur Uni gehen konnte."

„Wie waren deine Eltern so?", fragte Bianca.

„Das spielt keine Rolle", sagte Sasha, und im Auto

herrschte Schweigen. Sasha seufzte und zupfte an ihrem Zopf. Maddox tätschelte ihr Bein zur Beruhigung. „Ach, wisst ihr, es sind gute Menschen. Sie wussten nur nicht, wie sie ein Kind wie mich erziehen sollten. Sie waren sehr autoritär, und wenn ich nicht mit ihren Überzeugungen oder ihrem Verhalten einverstanden war, wurde ich als schwarzes Schaf abgestempelt. Anstatt mir die Chance zu geben, frei meine Erfahrungen zu machen und daran zu wachsen, regierten sie mit eiserner Hand. Leider funktioniert das nicht gut mit jemandem wie mir. Wir gerieten oft aneinander. Ich glaube, sie waren genauso erleichtert, mich gehen zu sehen, wie ich es war, als ich mich von ihnen verabschiedete."

„Das tut mir leid, Liebes. Das hört sich furchtbar an", sagte Bianca sanft und voller Mitgefühl.

„Es ist, wie es ist. Ich wünschte nur, sie hätten mich so akzeptiert, wie ich bin, anstatt zu versuchen, aus mir das zu machen, was sie aus mir machen wollten. Das hätte das Leben wesentlich einfacher gemacht. Natürlich gab man mir die Schuld an den Streitereien und den Auseinandersetzungen, so dass es für sie ein Leichtes war, mir die Rolle des schwarzen Schafes zuzuschieben – ich war immer die Böse. Und am jetzigen Zeitpunkt in meinem Leben spielt es eigentlich auch keine Rolle mehr. Lange Zeit habe ich nach ihrer Anerkennung gesucht. Ich wollte, dass sie stolz auf mich sind. Und jetzt? Nun, ich habe mein eigenes Leben und bin stolz darauf, wer ich bin und wer meine Freunde sind. Ich bin ein guter Mensch", sagte Sasha und war überrascht, dass die alte innere Unruhe in ihr hochkochte.

„Natürlich bist du das. Du bist einer der besten Menschen, die ich kenne", sagte Maddox automatisch.

„Danke, aber ich glaube, du bist vielleicht etwas vorein-
genommen. Ich bin nicht immer so nett", sagte Sasha seufzend und wollte das Gesprächsthema wechseln. „In den
Papieren aus dem Waisenhaus steht, dass ich in der Nähe
von Killarney gefunden wurde."

„Sollen wir in diese Richtung fahren?", fragte Seamus.

Sasha seufzte wieder und zerrte an ihrem Zopf.

„Wenn wir zum Anfang zurückgehen müssen, dann
gehen wir eben zum Anfang zurück."

KAPITEL SECHZEHN

Als der Wagen die Küstenstraße entlangfuhr, wurde Sasha still und hörte teilnahmslos den Gesprächen um sie herum zu. Sie dachte nicht gerne an ihre Kindheit und noch weniger gerne an die Tage vor dem Waisenhaus. Vage Bilder von einer Frau, die von einem Lichtschein umgeben war, während sie auf Sasha herabblickte und hinter ihrem Kopf eine Sonne zu strahlen schien. Ein Gefühl von Wärme. Danach nur noch vage Bilder von einem dunklen Raum, von Hunger und völligem Kontroll-verlust, bis sie in einer Pflegefamilie landete.

Das war eines der Dinge, die sie in die Welt der Kampf-künste gezogen hatten – die Kontrolle zu haben. Nach ihrer unsteten Kindheit war Kontrolle für Sasha von entschei-dender Bedeutung.

„Gibt es etwas Bestimmtes, das dir in den Sinn kommt, wenn du an das Schwert und deine Erziehung denkst? Siehst du da irgendeine Verbindung?", fragte Bianca und weckte Sasha aus ihrer Träumerei.

„Dass Liebe an Bedingungen geknüpft ist", sagte Sasha

automatisch und hielt dann inne. Maddox griff nach ihrer Hand und drückte sie, sagte aber nichts.

„Oh, Liebes, glaubst du das wirklich?" Biancas Gesicht war in Traurigkeit gehüllt und Sasha musste alles aufbieten, um ihre Mauern aufrechtzuerhalten.

„Es ist leider wahr", beharrte Sasha und zuckte mit den Schultern. „Ich bin mir allerdings nicht sicher, was das mit dem Schwert zu tun hat."

„Warum sagst du, dass es so ist?", fragte Seamus, wobei in seiner Stimme nur Neugierde, aber kein Urteil lag.

„So ist es nun einmal", sagte Sasha, die Mühe hatte, ihre Gefühle zu artikulieren. „Wenn du dich nicht an die Menschen anpasst, die dich lieben – wenn du nicht so wirst, wie sie dich haben wollen –, dann entziehen sie dir ihre Liebe. Wenn du nicht die perfekte Tochter oder die perfekte Ehefrau bist, lieben sie dich nicht. Das ist die Bedingung für ihre Liebe. Das ist gar nicht so ungewöhnlich, ich bin mir nicht sicher, warum euch das überrascht. Die Menschen haben ständig Erwartungen an andere. Wenn du sie nicht erfüllst, entziehen sie dir ihre Liebe. Das ist einfach so."

Sasha spürte, wie all die alten Ängste in ihrem Magen rumorten, ein Loch brannten und verzweifelt versuchten, sich den Weg nach draußen zu bahnen. Ihre Hand krampfte sich unbewusst um den Dolch und ein kribbelndes Hitzegefühl durchströmte sie, zog ihren Arm hinauf und schoss wie ein Blitz direkt in das Dach des Wagens.

Sasha erstarrte und blickte fassungslos auf den angesengten Stoff an der Decke. Maddox klopfte fluchend das Feuer aus, Bianca kreischte, und Seamus lenkte den Wagen an den Straßenrand. Der Einzige, der ruhig blieb, war Declan, der ihr einen undurchdringlichen Blick zuwarf.

Sasha schloss die Augen und wehrte sich gegen die Tränen, die plötzlich zu kommen drohten.

Sie hatte seit Jahren nicht mehr geweint. Aber jetzt saß sie hier und stand kurz davor, die wenigen Menschen zu verlieren, die behaupteten, auf ihrer Seite zu stehen. Es war zu erwarten. Man konnte nicht einfach einen Feuerball durch die Decke eines Autos schießen und glauben, dass die Leute bei einem blieben.

Überhaupt, was war eigentlich gerade geschehen? Seit wann konnte man Feuer aus Dolchen schießen? Schweiß brach an Sashas Haaransatz aus und rann ihr den Nacken hinab in den Zopf. Sie schloss die Augen und hielt die Tränen mit bloßer Willenskraft zurück.

Dann zuckte sie zusammen, als sie spürte, wie Declan seinen Arm um ihre Schultern legte und sie an sich zog. Sie wollte sich sofort an ihn kuscheln, ihr Gesicht an seinen Hals schmiegen und alles herausweinen. All die Jahre des Schmerzes, des Gefühls, die einzige Person auf ihrer eigenen privaten Insel zu sein und die ganze Zeit stark sein zu müssen gegen diejenigen, die ständig versuchten, sie zu ändern oder zu geißeln, weil sie anders war.

Sie spürte ein Klopfen auf ihrem Knie und öffnete die Augen. Bianca lächelte sie an.

„Ich kann nur sagen, das war ziemlich krass."

Und wider Erwarten musste Sasha so sehr lachen, dass ihr schließlich doch die Tränen kamen. Aber dieses Mal waren es Tränen der Freude darüber, dass sie Menschen gefunden hatte, die sie annahmen, wie sie war.

KAPITEL SIEBZEHN

D eclan grub die Fingernägel in seine Handfläche, während er aus dem Fenster schaute, weg von Sasha, die sich die Tränen aus den Augen wischte. Er wollte auf etwas oder jemanden einschlagen – einen oder zwei Domnua umlegen. Die Brüchigkeit in ihrer Stimme zu hören, während sie versuchte, ruhig zu erklären, dass es keine unbedingte Liebe gab, hatte ihn wütend gemacht.

Ihre Wunden gingen tiefer, vielleicht viel tiefer, als ihm bewusst war. Kein Wunder, dass sie in ihrem täglichen Leben so kämpferisch war. Sie war nicht nur eine Kriegerin, sondern sie schützte auch ihr Herz.

Es war viel einfacher, eine Mauer aufrechtzuerhalten, als Menschen hereinzulassen und dann von ihnen verlassen zu werden.

Declan wusste alles über Mauern. Er war jahrelang allein unterwegs gewesen, um Sasha zu beschützen und hatte nur minimalen Kontakt zu seiner Familie und seinen Freunden gehalten. Dies geschah mehr aus Gründen der Hingabe an die Rolle, die ihm zugedacht war, als aus freien

Stücken; dennoch fühlte sich seine einzelgängerische und introvertierte Natur für ihn jetzt normal an. Keine Freunde haben bedeutete keine Ablenkungen, und er konnte die Göttin ehren, indem er Sashas Leben bewahrte.

Declan warf einen kurzen Blick auf Sasha und dann wieder aus dem Fenster.

In diesem Moment schwor er sich selbst etwas. Falls – nein, *sobald* sie das Schwert gefunden haben würden und die Mission beendet war, würde er Sasha bis zu seinem letzten Atemzug die Wahrheit der bedingungslosen Liebe zeigen.

Sein Dienst an der Göttin und den Danula wäre dann beendet.

Und er würde frei sein, die eine Frau zu lieben, die seine Mauern überwunden hatte, ohne es überhaupt zu versuchen.

KAPITEL ACHTZEHN

„Clare konnte die Zeit einfrieren. Nun, nicht die Zeit, aber die Domnua. Und Sasha schießt mit Feuerbällen. Ich frage mich, ob alle Kräfte elementar sind", sinnierte Bianca, während sie die gewundene Straße in Richtung des Dorfes fuhren, von dem Sasha glaubte, dass sie dort geboren wurde. Declan blickte schweigend aus dem Fenster. Sasha fragte sich, woran er dachte, oder ob er wegen ihrer neu entdeckten magischen Kräfte anders über sie dachte.

„Woher willst du überhaupt wissen, dass sie alle Kräfte haben?", erkundigte sich Maddox.

Bianca hielt inne, während sie darüber nachdachte. „Ich weiß es nicht. Wahrscheinlich hoffe ich einfach, dass sie es tun. Denn, hör mal, das wäre doch fantastisch, oder? Ich meine, ich weiß, dass ihr alle Feen seid und dieses Magie-Zeug ist für euch so etwas wie Normalität. Aber für mich? Es ist, als ob ich all die Mythen und Märchen selbst erlebe, die ich studiert habe und über die ich Vorträge halte. Meiner Meinung nach ist das einfach nur großartig. Ja, ich hoffe wirklich, dass jede ihre magischen Kräfte hat." Biancas Enthusiasmus war ansteckend und Sasha lehnte sich entspannt auf ihrem Sitz zurück.

„Du bist furchtbar still", bemerkte Sasha und stupste Declan an.

„Ich halte Ausschau", sagte Declan, ohne sie anzublicken.

Sasha richtete sich ein wenig auf und drehte ihren Kopf, um aus dem hinteren Fenster zu schauen. „Glaubst du, sie könnten uns auflauern?"

„Ja", riefen Bianca und Seamus gleichzeitig aus.

„Daran hatte ich gar nicht gedacht", gab Sasha zu und kam sich ein wenig naiv vor, weil sie angenommen hatte, dass sie sicher waren, seitdem sie Dublin verlassen hatten.

„Wir sind im Krieg. Du bist nie sicher – von jetzt an. Hast du mich verstanden? Du schleichst dich nicht allein davon, gehst nicht allein auf die Toilette, nichts.", befahl Declan, dessen grüne Augen streng auf sie herabblickten.

„Jawohl, Herr Kapitän", erwiderte Sasha frech.

Sie wurde mit einem steinernen Blick bedacht.

„Kein Sinn für Humor", murmelte Sasha und freute sich, ein kurzes Lächeln auf Declans Gesicht aufblitzen zu sehen, bevor er sich wieder den Hügeln widmete.

„Biege hier ab", sagte Sasha, als sie einen kleinen Weg sah, der von der Hauptstraße abzweigte. Sie hatte keine Ahnung, warum sie darauf bestand, dass sie abbogen – irgendetwas meldete sich im hintersten Winkel ihres Gedächtnisses, aber sie konnte nicht genau sagen, was.

Seamus lenkte den Geländewagen vorsichtig den zerfurchten Feldweg entlang und folgte einer Steinmauer, die mit Brombeeren bewachsen war. Die Sonne kämpfte sich durch die grauen Wolken, die am Horizont hingen, und ein einzelner Vogel zog träge seine Kreise über dem Weg.

Wenn Isolation ein Abbild hätte, dann wäre dies der Ort, dachte Sasha, während sich die Straße vor ihnen endlos in die Länge zog und nichts zu sehen war außer einem grünen Hügel nach dem anderen. Sie hoffte inständig, dass Seamus das Auto ausreichend betankt hatte.

„Wo bringst du uns hin?", fragte Bianca und Sasha zuckte mit den Schultern.

„Ich kann es nicht genau sagen. Ich hatte nur diesen überwältigenden Drang, diesen Weg zu nehmen", gab Sasha zu, und Declan grummelte.

„Glaubst du, es ist eine Falle?", fragte Seamus und sah Declan im Rückspiegel in die Augen.

„Ich denke, wir sollten in voller Alarmbereitschaft sein", sagte Declan und drückte ihm einen Dolch in die Hand. Bianca und Maddox taten es ihnen gleich und bewaffneten sich ebenfalls. Sasha machte sich nicht die Mühe – sie befand sich in der Mitte des Wagens und ihr Bauchgefühl sagte ihr, dass es keine Falle war.

Andererseits hatte sie schon vor langer Zeit aufgehört, ihren Instinkten zu trauen, da diese ihr in manchen Situationen – wie im Falle ihres Ex-Verlobten – eindeutig nicht geholfen hatten. Mit diesem Gedanken im Hinterkopf umfasste sie den Griff des Dolches und zog ihn aus seinem Versteck im Stiefel.

„Ich sehe etwas", sagte Bianca leise.

Eine Gruppe von einfachen Hütten und ein paar Zelte kamen hinter einem Hügel zum Vorschein, wo sie vor dem Wind, der über das Land peitschte, geschützt waren.

„Fahrendes Volk", sagte Sasha. Bianca drehte sich um und nickte zustimmend.

„Kommt dir das bekannt vor?", fragte Maddox, aber Sasha zuckte nur mit den Schultern. Sie hatte keine Ahnung, warum sie hierher hatten kommen müssen.

Bis sie die Frau auf den Weg treten sah.

„Sie wird wohl mit mir reden wollen", sagte Sasha und wies Seamus an, den Wagen zu stoppen. Sie schwiegen und warteten.

Die Frau – sicher fünfundachtzig Jahre alt, wenn nicht noch älter, wenn man die tiefen Falten in ihrem Gesicht betrachtete – hob ihr Kinn und krümmte eine Hand zu einer winkenden Bewegung. Ihre klaren grauen Augen sahen Sasha durch die Windschutzscheibe an.

„Ich steige aus", sagte Sasha und stupste Maddox an, damit er sie rausließ.

„Nicht ohne mich", sagte Declan und schlüpfte aus dem Auto, um sich vor die Frau zu stellen, die Hände in die Hüften gestemmt.

„Warte", sagte Sasha, die sich darüber ärgerte, dass er ihr kaum Gelegenheit gegeben hatte, aus dem Auto auszusteigen, bevor er mit der Frau sprach. Die Frau kicherte, als sie an seiner Seite ankam, und Declan entspannte sich ein wenig.

„Das ist Sasha, die Frau, die Sie suchen", sagte Declan, legte seinen Arm um ihre Schultern und zog sie leicht nach vorne, so dass sein Körper den ihren schütze. Eine angenehme Wärme breitete sich von hinten um sie aus. Es erinnerte sie auch daran, wie viel größer dieser Mann war, der sie beinahe wie ein Turm überragte und sie von hinten beschützte.

„Ich kenne Sasha. Ihre Augen sind die gleichen, auch wenn es lange her ist, dass ich sie in den Armen hielt." Die Augenfalten der Frau kräuselten sich, während sie sanft lächelnd ihren Blick über Sasha schweifen ließ, bevor sie anerkennend nickte. „Aus dir ist eine stattliche junge Frau geworden."

„Sie kennen mich? Aus der Zeit, als ich ein Kind war?", fragte Sasha und suchte im Gesicht der alten Frau nach etwas, das sie wiedererkannte. „Wie ist Ihr Name?"

„Du kannst mich Clodagh nennen", sagte sie und ein Lächeln umspielte ihre Lippen. „Ja, mein Kind, ich habe dir Wärme und Schutz gegeben, bis ich ein Zuhause für dich finden konnte."

„Wo kam ich her? Warum hast du mich nicht behalten? Wie lange war ich bei dir?" Sasha löcherte die Frau mit Fragen, und sie hob lachend eine Hand.

„Zuerst sollten wir euch aus der Kälte holen. Auch wenn unsere Unterkünfte bescheiden sind, bist du mit deinen Freunden hier willkommen. Innerhalb unserer Grenzen wird euch nichts geschehen."

Declan hob den Kopf und suchte die Hügel ab. Nun sah er die in verschiedenen Abständen postierten Männer und bemerkte die magischen Schutzwälle, die den Ort umgaben.

„Hat sie Recht? Sind wir hier sicher?", fragte Sasha und drehte sich um, um ihn über ihre Schulter anzublicken.

Für einen Moment stockte ihm der Atem, als er in ihre schönen Augen sah. „Ja, hier sind wir sicher. Aber wir sollten nicht lange verweilen. Es ist das Beste, bald weiterzuziehen."

„Er hat Recht. Aber eine Nacht könnt ihr bleiben. Wir

haben Essen, ein Feuer und ihr könnt in unseren Zelten übernachten. Es tut mir leid, dass wir im Moment nicht mehr anbieten können", sagte Clodagh achselzuckend, aber Declan winkte ab.

„Wir sind von der zähen Sorte. Zelten ist kein Problem. Wir sind dankbar für eure Gastfreundschaft", sagte Declan.

Sasha war von seiner Freundlichkeit verzaubert. Was hatte es nur mit diesem Mann auf sich? Mehrere Jahre lang hatte sie sich erfolgreich der Partnersuche entzogen, und nun war sie geradezu vernarrt in diesen Mann, der die meiste Zeit damit beschäftigt war, sie absichtlich zu ärgern.

Er musste sie verzaubert haben. Sasha nickte sich selbst zu. Das war die einzige Erklärung.

„Wie lange kennst du mich schon? Habe ich hier gewohnt, als ich jünger war?" fragte Sasha und Clodagh strahlte sie an.

„Warum kommt ihr nicht erst mal an und wir kümmern uns um das Essen, bevor wir uns unterhalten?"

Sasha spürte die altbekannte innere Unruhe in ihrer Magengrube – das Gefühl, nicht zu wissen, warum sie verlassen wurde, woher sie wirklich kam und warum sie niemand gewollt hatte. Sie schüttelte das Gefühl ab, zwang sich, es zu verdrängen. Es war nicht wichtig. Nicht jetzt, wo sie in ein gewaltiges, Jahrhunderte altes Abenteuer hineingezogen worden war, voller Magie und Feen und wer weiß, was sonst noch kommen würde. Wenn überhaupt, dann war es wahrscheinlich egoistisch, in einem solchen Moment an sich selbst zu denken.

„Es tut mir leid. Du hast recht. Hier geht es nicht um mich. Wir wären dankbar für einen Happen und die Wärme des Feuers", sagte Sasha leichthin.

Die alte Frau schaute sie aus schrumpeligen Augen an. „Aber natürlich geht es hier um dich, Kleine. Und das ist auch gut so", sagte Clodagh in einem fast scharfen Ton, während sie sich umdrehte und den anderen ein Zeichen gab, ihr zu folgen.

Sasha dachte darüber nach, während sie ihre Rucksäcke aus dem Auto holten und der alten Frau folgten.

Der felsige Weg, auf dem sie sich befanden, war uneben und kurvenreich, eine zerfurchte Spur, die von Schritten abgenutzt war. Wie bei den Wurzeln eines Baums gab es Abzweigungen zu jeder Hütte. Clodagh führte sie an den Hütten vorbei zu drei Zelten, die in einer Reihe aufgestellt waren – die gute alte Machart, mit schwerem Segeltuch und Holzboden.

„Es sieht vielleicht nicht nach viel aus, aber die Zelte sind dicht verschnürt, und unter den Wolldecken wird euch warm sein. Hier werdet ihr heute Nacht sicher sein", sagte Clodagh und gestikulierte mit einer vom Alter gezeichneten Hand. Sasha bemerkte, dass sie leicht zitterte, und fragte sich kurz, wie alt Clodagh eigentlich war.

„Ich nehme das hier", sagte Maddox gleich, und Sasha legte den Kopf schräg, als sie sein breites Grinsen sah.

„Und wir nehmen das hier." Bianca deutete auf das mittlere Zelt, so dass das letzte Zelt für Sasha und Declan übrigblieb. Sasha warf einen Blick auf Maddox, der nur heiter mit den Schultern zuckte.

„Ich bleibe draußen und halte Wache", sagte Declan und ging, bevor jemand reagieren konnte. Sasha sah ihm nach, wie er über das Feld stapfte und seinen Kopf in alle Richtungen bewegte, um die Umgebung auf mögliche Schwachstellen abzusuchen.

„Nun, das ist nicht so gelaufen, wie ich gehofft hatte", sagte Maddox.

„Ja, nicht wahr? Was zur Hölle?", sagte Bianca.

Sasha seufzte. „Könnt ihr mal mit diesem Verkupplungsscheiß aufhören? Daraus wird nichts", sagte sie und stürmte in ihr Zelt, genervt von allen und mit dem Wunsch, in ein Bett zu kriechen – irgendein Bett – und sich die Decke über den Kopf zu ziehen. Aber das war nicht, was erbitterte Kriegerinnen taten, ermahnte sie sich, als sie ihren Rucksack auf das Doppelbett warf und ihre Unterkunft begutachtete.

Die alte Frau hatte recht gehabt, dachte Sasha, als sie sich hinhockte und untersuchte, wie die Plane mit dem Boden verbunden war. Mit der spitz zulaufenden Decke, einem kleinen Tisch mit einer Laterne und einem weiteren langen Tisch mit einem Krug Wasser und Gläsern war das Zelt spärlich eingerichtet, aber gemütlich. Auf dem einfachen Bett lagen mehrere Kissen und ausgesprochen hübsch gewebte Decken, die bei Sasha sofort ein Gefühl der Behaglichkeit weckten. Sie fragte sich, ob Magie in sie eingewoben war.

Sie hielt kurz inne. Vor ein paar Tagen hatte sie kaum an Magie geglaubt, und jetzt sah sie hier Zaubersprüche und Magie in Decken eingewebt? Sasha erinnerte sich daran, dass ein wahrer Meister immer bereit war, zu lernen. Wenn sie diese Mission, die ihr übertragen worden war, bewältigen wollte, musste sie alle Ungläubigkeit beiseiteschieben und ihren Geist offenhalten.

Vielleicht würde es ihr das Leben retten.

KAPITEL NEUNZEHN

„Nun, es ist nicht gerade Glamping, oder?" sagte Maddox, während er den Reißverschluss seines Ledermantels fest zuzog und zur Betonung schniefte.

„Glamping?", Sasha hob eine Augenbraue.

„Glamouröses Camping", sagte Bianca und beugte sich um Maddox, um Sasha anzusehen. „Das ist, wenn reiche Leute campen gehen und etwas in der freien Natur erleben wollen, aber nicht auf die schicken Annehmlichkeiten einer Hotelunterkunft verzichten wollen."

„Warum gibt es so etwas überhaupt?", fragte sich Sasha. „Wenn du campen gehst, willst du dann nicht auch campen?"

„Sie singen Lieder am Lagerfeuer und tollen auf den Hügeln herum, haben aber trotzdem feines Essen und Designerbettwäsche", fuhr Bianca fort.

„Warum sollte man für eine Wanderung bezahlen?", fragte Sasha und streckte ihre Hand aus, um auf die Hügel hinter ihnen zu deuten, wo das letzte Tageslicht gerade noch über die Gipfel lugte. „Hügel und Wanderwege gibt es überall. Ein schöner Spaziergang ist kostenlos."

„Wo wir gerade von schönen Spaziergängen sprechen ...", murmelte Maddox, während sich Sasha umdrehte und Declan über den Hügel schreiten sah, die Schultern zurückgenommen, das Haar unter eine Wollmütze gesteckt. Er sah ganz so aus, als wäre er der Herr seines Reiches – und es schien keine Rolle zu spielen, was das Reich war. Solange er darin war, war es seines.

„Ja, er ist ein feiner Kerl, nicht wahr?", fragte Clodagh fröhlich von hinten, und Sasha biss sich fast auf die Zunge, um sich eine schnippische Erwiderung zu verkneifen. Es wurde immer lästiger, wie sehr Declan in ihre Gedanken eindrang.

„Clodagh, ich wollte fragen, ob es ein Bad gibt, das wir benutzen können", fragte Sasha und drehte Declan absichtlich den Rücken zu.

„Ja, es gibt ein Bad und Duschhaus gleich hier in der Nähe." Clodagh zeigte in die Richtung und Sasha nickte dankend. „Wir treffen uns gleich am Feuer. Wir haben einen leckeren Lammeintopf köcheln und etwas Whiskey für alle. Es wird ausreichend sein, um eure Bäuche zu wärmen."

Sie nutzten alle das spärlich ausgestattete Badehaus und wanderten dann zurück zum Feuer. Mehrere Leute waren darum versammelt, viele in lange Umhänge gehüllt, und alle waren mit der einen oder anderen Aufgabe beschäftigt. Sasha fühlte sich seltsam fehl am Platz, da sie nichts zu tun hatte, also ging sie gleich auf Clodagh zu und bot ihre Hilfe an.

„Setzt euch, setzt euch. Ihr seid Ehrengäste", sagte

Clodagh und wies auf eine der langen Bänke am Feuer. „Wir danken unserer Göttin, indem wir euch unsere Gastfreundschaft und ein wenig Hilfe auf eurer Reise anbieten."

Sasha neigte ihren Kopf fragend zu Clodagh. „Du weißt also, worum es geht, ja?"

„Ja, Kind, ich weiß es."

„Kannst du uns sagen, wo das Schwert ist?", fragte Sasha, und Clodagh warf den Kopf zurück und lachte, wobei ihr Gesicht leicht zwanzig Jahre jünger wirkte. Sasha konnte sehen, dass sie einst eine große Schönheit gewesen sein musste.

„Ich bin mir ziemlich sicher, dass du die Einzige bist, die uns das sagen kann", sagte Clodagh. Sasha setzte sich auf die Bank, verschränkte die Arme vor der Brust und bekam unerklärlicherweise schlechte Laune.

Warum war sie diejenige, die alle Antworten haben sollte? Sie hatte gerade erst von dieser blöden Legende erfahren. Alle anderen wussten schon seit Ewigkeiten davon, und sie hätten gefälligst ihre Zeit damit verbringen können, sie besser zu erforschen. Und jetzt sollte sie das alles herausfinden?

„Was ist das für ein Gesicht?", verlangte Declan und Sasha drehte sich um und sah zu ihm hoch, wo er am Feuer stand.

„Musst du dich so anschleichen?", verlangte Sasha.

Ein kurzes Grinsen blitzte in Declans Gesicht auf und ließ Sashas Herz höherschlagen, als das Licht der Flammen über die Kanten seiner Wangenknochen spielte.

„Von Anschleichen kann kaum die Rede sein. Du warst in Gedanken versunken und hast offensichtlich ein bisschen vor dich hin geschmollt."

„Wie bitte? Ich habe nicht geschmollt", sagte Sasha und starrte Declan an. Hatte sie geschmollt?

„Ich erkenne ein mürrisches Gesicht, wenn ich eines sehe", sagte Declan und richtete seinen Blick auf sie.

„Ich bin nicht mürrisch", sagte Sasha, aber selbst als sie es sagte, merkte sie, wie mürrisch es klang. „Gut, wie auch immer. Ich bin schlecht drauf. Das ist nicht dein Problem."

„Alles, was dich betrifft, ist mein Problem. Sprich", forderte Declan und setzte sich neben sie auf die Bank. Seine Nähe ließ Sashas Körper aufschrecken.

„Mensch, das ist ein todsicherer Weg, um jemanden dazu zu bringen, seine Geheimnisse auszuplaudern – ihn als Problem zu bezeichnen und dann zu verlangen, dass er redet", sagte Sasha und wurde immer ärgerlicher. Sie versuchte, ein wenig von ihm wegzurutschen, wobei sie sich bewusst war, wie groß sein Körper neben ihrem war und wie ihr Körper überall dort zu kribbeln schien, wo er ihn berührte.

Declan seufzte, kratzte sich kurz am Kopf und rückte die Wollmütze zurecht, bevor er seine langen Beine vor sich ausstreckte, so dass seine Füße fast das Feuer erreichten.

„Sasha, sag mir, was dich bedrückt", sagte er. Seine Stimme rumorte ihr entgegen, während er die Lücke schloss, die sie gerade zwischen ihnen geschaffen hatte.

„Ich ärgere mich nur darüber, dass ich diejenige sein muss, die alles herausfindet, während ihr alle schon seit Ewigkeiten in dieses Wissen eingeweiht seid. Hättet ihr nicht etwas erforschen können? Ein paar Anhaltspunkte sammeln? Irgendetwas? Wenn ihr gewusst habt, dass ihr euch auf diese epische Suchmission begeben würdet, sollte man meinen, dass ihr ein wenig besser vorbereitet seid.

Stattdessen überlasst ihr der am wenigsten vorbereiteten und in Feenangelegenheiten am wenigsten bewanderten Person die Rolle der fröhlichen Anführerin dieser bunt zusammengewürfelten Gruppe, die wir hier beisammenhaben."

„Sonst noch etwas?", fragte Declan trocken.

Sasha wollte ihm eine Ohrfeige geben, hielt sich aber zurück. „Warum schläfst du heute Nacht im Freien?", fragte sie und schlug sich dann fast die Hand vor den Mund. Woher war das gekommen?

„Hast du Angst, dass du einsam sein wirst?", fragte Declan, dessen Augen vor Freude über ihre Frage zu tanzen schienen.

Sasha vergrub ihr Gesicht in ihren Händen, ihr ganzer Stolz war in diesem Moment dahin. „Ich finde es einfach lächerlich, dass du dich von uns allen fernhältst. Im Zelt wird es wärmer sein, das ist alles", brummte Sasha.

„Es ist meine Aufgabe, dich zu beschützen. Wie soll ich das tun, wenn ich nicht wachsam bin?"

„Hier bist du sicher", sagte Clodagh, die seine Bemerkung gehört hatte, während sie zwei Schüsseln mit Eintopf brachte. Sasha seufzte fast vor Freude beim Anblick der dicken Kartoffel- und Karottenstücke, die in einer kräftigen Brühe in der blauen Tonschüssel schwammen. Lächelnd nahm sie die Schüssel und tauchte ihren Löffel hinein.

„Es stimmt." Declan neigte den Kopf zum Dank, als er die Schale von Clodagh entgegennahm, die in seinen großen Händen fast verschwand. „Deine Schutzwälle sind ausgezeichnet, und ich kann spüren, was für eine Festung du hier geschaffen hast. Ausgezeichnete Magie. Ich glaube nicht, dass wir heute Nacht Probleme haben werden. Trotzdem."

„Deine einzige Aufgabe heute Abend ist es, das zu sein, was du sein musst", ermahnte ihn Clodagh sanft.

Sasha fragte sich, was das zu bedeuten hatte, wurde aber von Bianca, die neben ihr saß, abgelenkt.

„Dieser Eintopf ist unglaublich", rief Bianca aus und löcherte Clodagh sofort mit Fragen nach den geheimen Zutaten. Dann wurde es still, während die Gruppe ihr Essen verschlang, und Sasha ließ ihren Blick über alle schweifen, die um das Feuer versammelt waren. Es waren mehrere Männer, aber noch mehr Frauen und nur wenige Kinder. Die Familienähnlichkeit war frappierend, und Sasha fragte sich, wie lange sie schon hier lebten. Würde sie von jemandem wiedererkannt werden?

„Du fragst dich, woher du uns kennst, nicht wahr?", fragte Clodagh, und ihre Augen, die Sasha über das Feuer hinweg anstrahlten, wirkten im Gegensatz zu ihrem schrumpeligen Gesicht jung.

„Ich habe eigentlich keine persönliche Geschichte", sagte Sasha achselzuckend. „Es ist ganz natürlich, dass ich mich frage, wo ich herkomme."

Die Familie schwieg. Es war klar, dass Clodagh das Gespräch führen würde, obwohl eine Frau Sasha von der anderen Seite des Feuers zugenickt hatte.

„Ja, das ist natürlich", stimmte Clodagh zu, schwenkte eine Flasche Whiskey und verteilte sie auf kleine Becher.

Der Wind frischte auf, kitzelte an Sashas Zopf und ließ ihr einen Schauer über den Rücken laufen. Sie versteifte sich, als Declan seinen Arm locker um ihre Taille legte und sie ein wenig an sich zog, um sie zu wärmen. Sie sollte das nicht zulassen, ermahnte sich Sasha, aber seine Nähe fühlte sich gut an.

Als würde er passen.

„Es war eine Nacht wie diese, nur kälter, verstehst du? Die Feuchtigkeit war von der Art, die in die Knochen zieht, und die meisten von uns hatten sich für die Nachtruhe zurückgezogen. Nur ich nicht. Ich hatte an diesem Tag eine innere Unruhe, etwas, das mich auf und ab gehen ließ. Dieses Gefühl kommt bei mir selten auf, denn wir sind fahrendes Volk und nehmen die Tage, wie sie kommen. Solange wir in der Gegenwart leben, können wir der Angst, dem Glück oder der Unzufriedenheit wenig Beachtung schenken; wir sind einfach, verstehst du? Es gibt keine Notwendigkeit oder keinen Bedarf für diese tiefe existenzielle Suche nach dem Glück. Wir existieren."

Sasha nickte. Das war Pragmatismus vom Feinsten und etwas, mit dem sie sich durchaus anfreunden konnte.

„Doch an jenem Tag war ich ruhelos. Ich beschloss, loszuwandern, verließ die Sicherheit unseres Kreises und ging in die Nacht hinaus. Ich schloss die Augen und lauschte, hob mein Gesicht in den Wind und spürte die Energie der Erde. Es fehlte nichts. Nun ist meine Magie keine Feenmagie und keine Magie, die man ganz verstehen muss, aber ich vertraue meinen Instinkten und dem, was ich im Laufe der Jahre gelernt habe. Die Naturwelt bereitete mir keine Sorgen. Und doch blieb die Ruhelosigkeit bestehen. Ich ging weiter." Clodagh deutete mit ihrer Hand in Richtung der Hügel. „Und dann sah ich es."

„Was hast du gesehen?", fragte Sasha.

„Flackerndes Licht. Als ob jemand ein Feuer entfacht hätte, so wies dieses hier, aber weit oben in den Hügeln. Ich habe nicht gezögert, dem nachzugehen, obwohl es rückblickend wahrscheinlich töricht war, allein zu gehen. Doch tödliche Gefahr bereitet mir wenig Sorgen." Clodagh zuckte mit den Schultern, als wäre diese Haltung normal, und Sasha fragte sich erneut, welche Art von Magie diese Frau wohl besaß.

„Was ist dann passiert?", fragte Bianca und kratzte am Boden ihrer Suppenschüssel.

„Ich fand das Licht – und ich hatte recht gehabt, es war ein Feuer. Aber von einer Art, wie ich es vorher nie gesehen hatte – und auch seitdem nie wieder. Es war ganz sicher magisch", sagte Clodagh und sah Sasha fest an. „Es war ein wunderschönes bläuliches Weiß, fast wie der innerste Punkt einer Flamme, verstehst du? Und es war ein Kreis. Und innerhalb des Kreises – nun, innerhalb des Kreises warst du, mein Kind."

„Ich war in einem Feuer?", rief Sasha aus.

„Ja, aber das Feuer berührte dich nicht. Ich spürte, dass es mehr zum Schutz war. Und du hast ganz ruhig zu mir aufgesehen und darauf gewartet, dass ich dich zu mir nehme. Ich griff durch die Flammen hindurch, ohne auch nur einen Hauch von Schmerz zu spüren – das sagte mir, dass ich diejenige war, die dich finden sollte – und nahm dich in meine Arme. Ich habe dich zu mir geholt, weil ich wusste, dass du berührt wurdest, auch wenn ich nicht wusste, was das bedeutete."

„Gibt es da nicht irgendein amerikanisches Lied dazu?", fragte Bianca.

Sasha drehte sich um und sah sie an. „Ach, halt die Klappe. Du meinst ‚Ring of Fire', oder?", sagte sie und spürte, wie sie kurz davor war, loszuprusten.

„Ja! Eine Country-Nummer!" Bianca summte ein paar Töne, und Sasha ertappte sich dabei, dass sie mitsummte. Es war ein Ohrwurm.

„Nur dass du nicht ins Feuer gefallen bist, sondern herausgezogen wurdest", sagte Maddox und lächelte Sasha an.

„War da irgendetwas bei ihr?" Declan unterbrach die Heiterkeit, seine tiefe Stimme rumorte in seiner Brust an Sashas Seite.

„Ja, da war etwas. Ich wurde angewiesen, es ihr zu geben, sobald die Zeit reif sei. Ich habe es nie geöffnet."

„Oh! Ein Hinweis!" Bianca klatschte vor Freude in die Hände und Seamus drückte ihr die Schulter. Sasha fühlte sich auf seltsame Weise getröstet, sie jetzt auf dieser Reise dabei zu haben. Biancas Lebensfreude und ihre große Begeisterungsfähigkeit für alles, was mit Feen zu tun hatte, brachte eine Art unschuldige Sehnsucht in die Mission, die Sasha faszinierend fand. Sie ertappte sich dabei, dass sie genauso wie die anderen nach weiteren Informationen hungerte.

„Clare hatte auch einen Hinweis von ihren Eltern. Es war dieser schöne Ring. Ich frage mich, ob du auch ein Schmuckstück bekommen wirst. Getreu dem Motto: ‚Ein Ring, sie zu binden'", sagte Bianca, ihr hübsches Gesicht in Gedanken versunken.

„Persönliche Talismane sind mächtig", murmelte Declan.

Sasha fragte sich, was sie noch gebrauchen könnte. Sie hatte bereits einen Dolch, der Feuer schießen konnte.

„Ich möchte wissen, wie es weiterging. Warum bin ich nicht bei dir geblieben?" Sasha schob das Thema mit dem

Hinweis zur Seite und konzentrierte sich auf Clodagh. Ein Teil von ihr dachte, dass ihr Leben wesentlich besser verlaufen wäre, wenn sie bei diesem magischen fahrenden Volk hätte bleiben dürfen, anstatt in die Arme unwilliger Pflegeeltern abgeschoben zu werden.

„Damals konnten wir dich nicht beschützen, mein Kind. Ach, ich hätte dich so gerne behalten. Du warst das glücklichste Baby", sagte Clodagh und lächelte, während sie sich daran erinnerte. „Diese großen Augen. Und du hast über alles gelacht."

„Ich kann mich nicht daran erinnern, ein fröhliches Kind gewesen zu sein", sagte Sasha steif und fühlte sich merkwürdig bei dem Gedanken, ein glückliches Baby gewesen sein zu sollen. Ehrlich gesagt konnte sie sich nicht daran erinnern, dass irgendetwas an ihrer Kindheit glücklich gewesen war.

„Das warst du aber. Du warst von Licht umgeben. Es tut mir leid, dass du das verloren hast", sagte Clodagh und Sasha versteifte sich. Sie musste auf der Hut sein, denn sie war gefährlich nahe daran, über Dinge zu sprechen, an die sie sich nicht erinnern wollte.

„Ist schon in Ordnung. Du hast mich also von hier weggebracht? Nach Kilkenny?", fragte Sasha schnell und versuchte, die Bilder von sich als lachendes Baby zu verdrängen.

„Ja, zu einer Familie in Kilkenny. Das Haus war geschützt, und es wurde uns gesagt, dass Wächter in der Stadt bei Bedarf helfen würden – was mehr war, als wir bieten konnten. Allerdings tat es mir ein bisschen weh, dich gehen lassen zu müssen. Es ist schön, dich zu sehen, auch wenn ich das Baby, das du einmal warst, schwer mit dieser

erbitterten Kriegerin vor mir in Einklang bringen kann."
Clodagh musterte sie mit Augen, von denen Sasha dachte,
dass sie viel zu deutlich sahen. „Diese Leichtigkeit ist immer
noch in dir, Kind."

„Licht und Lachen können einen umbringen, wie es
scheint." Sasha zuckte mit den Schultern.

„Licht und Lachen sind das, wofür wir kämpfen", sagte
Declan leise, und Sasha fühlte sich auf seltsame Weise
hintergangen.

„Was willst du damit sagen? Dass ich die Mission kaputt
mache?", fragte Sasha und befreite sich von seinem Arm,
der sich nicht länger schützend anfühlte.

„Ich will damit sagen, dass die Dunkelheit immer da
sein wird. Wir kämpfen für das Licht. Das ist der Lauf der
Dinge. Man kann es achselzuckend abtun oder vertuschen
oder was auch immer – aber wir alle kennen Schmerz und
Verlust. Man muss nach dem Licht suchen. Im Alltägli-
chen, in den schwierigsten Momenten, auf den dunkelsten
Wegen – man muss das Licht finden. Es ist der einzige
Grund, weiterzumachen."

Sashas Puls beschleunigte sich, während seine Worte
das Gefühl der Beklemmung in ihrem Magen aufzukratzen
schienen und sie dazu brachten, beide Fäuste zu ballen,
wobei sich ihre Nägel tief in ihre Handflächen gruben.

„Was weißt du schon über Verlust, Declan? Was weißt
du von Traurigkeit? Du lebst das, was anscheinend die
höchste Ehre deines Volkes ist. Du kannst unmöglich
wissen, wie es ist, aus dem Nichts zu kommen und seinen
eigenen Weg gehen zu müssen. Immer der Außenseiter zu
sein, nie ganz dazuzugehören", spuckte Sasha förmlich und
richtete ihre Augen auf Declan.

„Ich weiß nicht, wie das ist?", sagte Declan leise und hielt ihren Blick fest. „Ich bin schon seit Ewigkeiten ein Beschützer. Diese Rolle bedeutete, dass ich meine Familie, meine Zukunft, alles aufgegeben habe, um die Göttin zu ehren, indem ich dich auf dieser heiligsten aller Aufgaben beschütze. Wie sollte das kein Verlust sein? Wie sollte das nicht Einsamkeit bedeuten? Und doch strebe ich nach dem Licht. Jeden Tag. Und ich sehe es in dir, besonders dann, wenn du verletzlich bist und hinter deinen Mauern hervorkommst. Wenn ich dich dabei erwische, wie du über etwas Albernes lachst, wenn niemand zuschaut, und dein Gesicht von innen heraus leuchtet. Ja, das Licht ist da. Du musst es nur rauslassen."

„Mir war nicht klar, dass ich heute Abend einer Psychoanalyse unterzogen würde", sagte Sasha steif, stand auf und nickte Clodagh zu. „Ich gehe jetzt ins Bett. Vielen Dank für das Abendessen."

„Aber was ist mit dem Hinweis?" Biancas Stimme verstummte, als Sasha in die Dunkelheit stakste, mit einem Gefühl der Beklemmung und Traurigkeit im Bauch. Warum konnte niemand verstehen, dass sie diese Rolle nicht wollte?

Alles, was sie wollte, war, in Ruhe gelassen zu werden.

KAPITEL ZWANZIG

„Du kannst nicht jedes Mal wegrennen, wenn dir etwas Angst macht", knurrte Declan hinter ihr.

Sasha wirbelte herum und stolperte fast, als sie gegen seine Brust stieß. „Wie bitte? Wer hat gesagt, ich hätte Angst?", verlangte Sasha und schlug ihm mit der Faust gegen die Brust, um ihn zum Zurückweichen zu bewegen. Es war, als würde sie gegen Stein schlagen.

„Es war offensichtlich. Krieger sollten nicht zurückweichen, wenn es ungemütlich wird", sagte Declan, der sie mit undurchdringlicher Miene beobachtete.

„Was fällt dir ein, so mit mir zu reden? Nur weil du mich seit Jahren belauerst, heißt das noch lange nicht, dass du mich kennst", zischte Sasha und rammte ihm einen Finger in die Brust, während sich ihr Gemüt erhitzte.

„Dich belauert?! Ich habe dich beschützt. Ohne mich wärst du schon längst tot", spottete Declan, in seiner Ehre gekränkt.

„Ich beschütze mich selbst, Kumpel. Niemand sonst

hat das je getan. Wo warst du bei all den Feentypen, die ich seit Monaten töte? Toller Beschützer", spottete Sasha.

Sturmwolken zogen über Declans Gesicht. „Ach so? Dachtest du, es wäre nur einer nach dem anderen hinter dir her gewesen? Während du einen getötet hast, war ich mit den zwanzig hinter ihm beschäftigt. Du scheinst zu glauben, dass du alles weißt, Prinzessin, dabei hast du kaum an der Oberfläche gekratzt. Ich würde dir raten, endlich deinen Hintern hochzubekommen und dich den Dingen ohne Umschweife zu stellen."

„Ich stelle mich den Dingen", zischte Sasha, während sich ihr Blut erhitzte. „Ich sehe nur nicht ein, warum wir meine Kindheit sezieren müssen. Das hat nichts mit der Suchmission zu tun."

„Ach nein? Alles ist wichtig. Alles ist ein Teil davon. Du musst dir darüber im Klaren sein, dass diese Reise schon seit langem begonnen hat. Du darfst nichts unbeachtet lassen. Auch wenn das bedeutet, dass du Dinge erforschen musst, die dir unangenehm sind."

Sasha hasste, wie plausibel er klang. Aber was wusste er schon? Sicher, er hatte seine Familie zurücklassen müssen, aber sie hatten wahrscheinlich alle ein gutes Verhältnis zueinander und er konnte jederzeit mit ihnen reden. Es war etwas ganz anderes, als so aufgewachsen zu sein wie sie.

„Dann wollen wir mal sehen, was dir selbst unangenehm ist", sagte Sasha von sich selbst überrascht, bevor sie ihren Kopf ausschaltete und ihre Lippen auf seine presste.

Einen Moment lang hing Stille in der Luft und keiner der beiden bewegte sich, während sich ihre Lippen berührten und die Energie zwischen ihnen zu fließen begann.

Declan brach den Kuss ab, bevor sich die Hitze zwischen beiden noch weiter steigerte, und fluchte dann, bevor er auf dem Absatz kehrtmachte und in die Dunkelheit verschwand.

„Wer läuft jetzt weg?", rief Sasha, erfreut darüber, das letzte Wort zu haben, obwohl in ihrem Inneren eine Hitze brannte, die kaum zu bändigen war.

So viel zum Thema Weglaufen vor Dingen, die einem unangenehm waren, dachte Sasha und zog die Klappe über das Zelt, während sie sich seltsam besänftigt fühlte. Vielleicht würde sie heute Nacht doch noch Schlaf finden.

KAPITEL EINUNDZWANZIG

Sie hätte wissen müssen, dass es nicht einfach sein würde, einzuschlafen. Dennoch hatte sie mehr erwartet als die paar Stunden, die sie schließlich bekam – nachdem sie wach gelegen und ihr Bestes getan hatte, um nicht an die eine Sache zu denken, an die ihr Körper sie denken lassen wollte.

Declans Berührung. Seine Nähe. Alles an ihm. In seiner Nähe zu sein, schien ihr Gehirn durcheinanderzubringen und das gefiel ihr ganz und gar nicht. Wenn sie abgelenkt war, konnte jemand zu Tode kommen.

Sasha seufzte und erhob sich von der Pritsche, während sie sich fragte, wo Declan geschlafen hatte, oder ob er überhaupt geschlafen hatte. Sie wusste, dass sie sich bei Clodagh entschuldigen musste. Die Frau hatte sie gerettet, um Himmels willen, und als Dank dafür stellte sie sich zickig an? Sie rieb sich die Augen, während sie müde das Zelt durchquerte und die Klappe zurückschob.

Träumte sie noch?

Die Hütten waren verschwunden, ebenso die Feuerstelle. Das Einzige, was übrig war, waren die drei Zelte und das Auto. Sasha kratzte sich am Kopf und fragte sich, was für eine seltsame Feenmagie das war. Vielleicht hatte sie die ganze Episode geträumt?

Bis Bianca den Kopf aus ihrem eigenen Zelt steckte und nach Atem schnappte.

„Es geht also nicht nur mir so?", fragte Sasha und rieb sich mit der Handfläche über die verschlafenen Augen.

„Wie konnten sie so schnell verschwinden? Da ist nicht einmal eine Stelle, wo das Feuer war!" Bianca zog ihren Kopf zurück ins Zelt und rief nach Seamus. „Seamus, Clodagh ist weg. Bist du sicher, dass du nicht weißt, über welche Art von Magie sie verfügt?"

Seamus steckte seinen Kopf aus dem Zelt und schaute sich um. Sein rotes Haar stand in alle Richtungen und vermittelte Sasha eine ziemlich gute Vorstellung davon, was sie in der Nacht zuvor getrieben hatten.

„Ich bin mir nicht sicher, welche magischen Kräfte sie hat, aber sie hat ganz bestimmt starke Schutzwälle gehabt, um die diesen Ort zu sichern. Ich frage mich, warum sie gegangen sind", sagte Seamus.

„Ich bin sicher, dass es an mir lag", sagte Sasha und sah den beiden in die Augen. „Es tut mir leid. Ich hätte zurück ans Feuer kommen und die Dinge wieder geradebiegen sollen."

„Clodagh schien es nicht sonderlich gestört zu haben. Ich denke, wir alle wissen, wie viel Stress auf deinen Schultern lastet." Seamus zuckte mit den Schultern, und Bianca nickte zustimmend.

„Ist das der Hinweis? Das Päckchen zu deinen Füßen?" Bianca deutete auf ein kleines Paket, das vor Sashas Zelt lag und das sie völlig übersehen hatte. Sie fragte sich, was sie sonst noch übersehen hatte, und suchte den Horizont ab, um nach etwas Ungewöhnlichem Ausschau zu halten, bevor sie sich bückte, um das Paket aufzuheben.

„Warum glaubst du, dass es ein Hinweis ist? Was, wenn es einfach ein Geschenk ist?", überlegte Sasha und zerrte an der Schnur, mit der das Paket umwickelt war.

„Warte – willst du nicht, dass Declan es mit dir zusammen öffnet?"

„Was hat Declan mit der Sache zu tun?", fragte Sasha.

„Ich bin ein Teil hiervon, ob es dir gefällt oder nicht", sagte Declan und kam um die Ecke des Zelts. Sasha hätte vor Frust mit dem Fuß aufstampfen können. Dieser Mann hatte beträchtliche Fähigkeiten, wenn es ums Anschleichen ging.

„Ich habe mich nur gefragt, was du mit einem Geschenk zu tun haben solltest, das für mich bestimmt ist", sagte Sasha, die sich an seiner Nähe störte. Der Mann machte sie ganz hibbelig.

„Schicksal ist Schicksal", sagte Declan und hob eine Augenbraue.

Sasha konnte nicht anders, als mit den Augen zu rollen. Die Vorstellung, dass ihr Leben für sie vorbestimmt war und alles, worauf sie hingearbeitet hatte, irrelevant war, ging ihr langsam gehörig auf die Nerven.

„Und damit hat sich's also? Du folgst einfach blind den Anweisungen der Göttin – folgst mir überall hin, weil es dein Schicksal ist? Was ist mit deinem freien Willen? Was willst du selbst mit deinem Leben anfangen?", fragte Sasha und zog mit dem Finger an der Schnur, während sie sich gegenüberstanden.

„Ich will das Beste für dich", sagte Declan mit ernstem Blick.

„Aber was ist mit deinen eigenen Bedürfnissen und Wünschen?"

„Meine Bedürfnisse sind erfüllt, wenn deine Wünsche erfüllt sind."

„Aber du bist doch kein willenloses Objekt", argumentierte Sasha, die aus irgendeinem Grund das Bedürfnis hatte, auf ihrem Punkt zu beharren. „Du musst doch Träume oder Wünsche haben, die über deinen ... Job hinausgehen."

„Die habe ich. Aber ich hebe sie mir für später auf. Im Moment zählt für mich nur deine Sicherheit und dein Glück."

„Habt ihr das gehört? Er hat von ‚ihrem Glück' gesprochen. Das wird von einem Beschützer nicht verlangt", sagte Bianca zu Seamus, während sie ihn fröhlich lächelnd mit dem Ellbogen in die Rippen stieß.

„Würdest du bitte damit aufhören, nach etwas zu suchen, das nicht da ist?", brummte Sasha, aber Bianca kicherte nur.

„Ist da etwa nichts?" fragte Declan.

Sasha hielt einen Moment inne, als ihre Augen die seinen trafen.

„Ohhhhhh", hauchte Bianca, und Seamus stupste sie an, um sie zum Schweigen zu bringen.

„Letzte Nacht schienst du nicht besonders interessiert zu sein", fauchte Sasha, die Hände in die Hüften gestemmt, während sie ihm einen festen Blick zuwarf.

„Letzte Nacht? Was war letzte Nacht?", sagte Bianca im Flüsterton, und Seamus brachte sie wieder zum Schweigen.

Maddox kam aus seinem Zelt, erstarrte aber sofort, als er die fehlenden Hütten und den Streit zwischen Declan und Sasha bemerkte.

„Es hat nichts damit zu tun, ob ich interessiert bin oder nicht", sagte Declan, dessen sonore Stimme eine Sexualität ausstrahlte, die Sasha innerlich wärmte.

„Womit, bitte schön, hat es dann zu tun?", fragte Sasha.

„Ich bin ein Krieger mit einer Mission. Die Mission steht an erster Stelle. Sex mit dir wäre eine Ablenkung", sagte Declan mit einer Gelassenheit, als ob er mit einem Kind sprechen würde. Gieße kein Benzin ins Feuer, Kleines, verstehst du? Das führt nur zu einer Explosion.

„Ich kann mich nicht erinnern, Sex angeboten zu haben", sagte Sasha zu Declan und kniff die Augen zusammen.

Er zuckte mit seinen unglaublich breiten Schultern und blickte einen Moment lang zum Horizont, bevor er sie wieder fixierte.

„Es war offensichtlich."

„Ein Kuss bedeutet nicht gleich Sex. Ich weiß nicht, aus welchem Jahrhundert du kommst, aber diese Art von Anmaßung kann dich ins Gefängnis bringen", brachte Sasha hervor und spürte, wie sie rot wurde, während ihre Freunde gebannt zuhörten.

Ein Anflug von Wut zog über Declans umwerfend schönes Gesicht, und er trat vor, bis er nur noch Zentimeter von ihr stand und von oben auf sie herabblickte. Sie hatte ihn eindeutig in seiner Ehre gekränkt.

„Ich würde mir nie etwas nehmen, was du mir nicht frei-willig gibst", sagte Declan, ohne den Blick von ihr abzuwen-den. „Aber es ist klar, dass wir zusammen sein werden. Ich werde die Zeit und den Ort bestimmen – und ich werde nicht zulassen, dass dich das von der Mission ablenkt. Eines musst du aber wissen, Sasha Flanagan. Du bist für mich bestimmt."

Ein heller Lichtstreifen erblühte in Sashas Brust, auch wenn sie gleichzeitig einen Funken der Wut in ihrem Bauch aufflammen spürte. Die widersprüchlichen Gefühle von Begeisterung und Frustration über das, was man ihr über ihre Zukunft erzählte, ließen sie aufstampfen wollen, wie ein Kind, das einen Wutanfall hatte.

Declan ließ ihr keine Chance zu reagieren. In nicht mehr als einer halben Sekunde war er mit seiner übernatürlichen Geschwindigkeit verschwunden, und Sasha stieß einen Atemzug aus, von dem sie gar nicht wusste, dass sie ihn eingehalten hatte.

„Darling, dieser Mann ist eine wahre Köstlichkeit. Ich würde ihn augenblicklich vernaschen", erklärte Maddox und fächelte sich dramatisch Luft zu.

Bianca lachte zustimmend. „Das ist doch fantastisch. Ihr seid umwerfend zusammen."

„Es gibt kein ‚zusammen'. Es wird nicht passieren. Er kann mich nicht so herumkommandieren", sagte Sasha und schüttete ihre Worte wie einen Eimer Eis über die Begeisterung ihrer Freunde.

„Ich befürchte, du hast da nicht viel mitzureden", sagte Maddox, und Sasha warf ihm einen finsteren Blick zu.

„Können wir nicht einfach dieses Geschenk öffnen und weitermachen? Wir haben keine Zeit für solchen Unsinn." Sasha riss an der Schnur, merklich genervt von Declan, der all diese Dinge vor allen hatte ausbreiten müssen. Für ihn bestimmt? Ernsthaft? Der Typ hatte Neven.

Sie kannten sich kaum.

Entschlossen schob sie diese Gedanken beiseite und öffnete das Päckchen. Im Inneren fand sie ein kleines Holzkästchen, in dessen Deckel ein quaternärer Knoten – der den auf ihrer Kopfhaut widerspiegelte – kunstvoll eingraviert war. Das Alter des Kästchens war für Sasha deutlich zu erkennen, als sie behutsam den Deckel hob und eine Halskette zum Vorschein brachte, die in üppigen schwarzen Samt gehüllt war.

„Oh, ich sterbe hier vor Neugierde. Was ist drin?", rief Bianca und rieb sich ihre Hände vor Aufregung.

„Es ist ein Anhänger. Katzenauge, wahrscheinlich aus dem achtzehnten Jahrhundert, nach den Metallarbeiten zu urteilen", sagte Sasha und hielt die Kette hoch, so dass der Stein in der frühen Morgensonne schimmerte und das Licht des Katzenauges fast weiß aufleuchtete.

„Eine ungewöhnliche Wahl für einen Stein", überlegte Bianca und fuhr mit einem Finger sanft über den Anhänger. Sasha spürte den Impuls, ihn zurückzuziehen, überrascht davon, wie sehr sie den Stein beschützten wollte. Eine bemerkenswerte Reaktion, dachte sie bei sich, während sie Bianca erlaubte, ihn zu untersuchen.

„Katzenauge ist dafür bekannt, dass es die Intuition stärkt, das Vertrauen in die eigenen Instinkte fördert und dabei hilft, die Vergangenheit loszulassen", fuhr Bianca fort. „Ich frage mich allerdings auch, ob es etwas mit Licht zu tun hat. Siehst du, wie es das Licht einfängt? Der andere Hinweis hatte auch etwas mit Licht zu tun. Und wir sind auf der Suche nach dem Schwert des Lichts oder dem Schwert der Wahrheit, je nachdem, welcher Version der

Legende man anhängt. Alles in allem würde ich sagen, dass dies eine sehr interessante Wahl für einen Stein ist."

„In dem Kästchen ist ein Stück Papier", sagte Sasha und zog an der Ecke des Samtstoffes, um eine kleine Schriftrolle zum Vorschein zu bringen, die mit einem roten Band verschnürt und vom Alter vergilbt war.

Dein geistiges Auge kennt die Wahrheit.

„Hmm. Beim ersten Hinweis ging es darum, die Dunkelheit zu kennen, um das Licht zu sehen, und bei diesem geht es darum, seinen Instinkten zu vertrauen", sinnierte Bianca.

Sasha drehte sich um und sah sie an. „Das ist das zweite Mal, dass du sagst, ich solle meinen Instinkten vertrauen."

„Ach ja?" Bianca zuckte mit den Schultern. „Ich spinne nur herum. Ich sage einfach, was mir in den Kopf kommt."

Aber es war mehr als das. Sasha spürte es tief in ihrem Inneren, während sie die leere Landschaft vor ihnen absuchte.

„Wir müssen los. Und zwar sofort."

Der Überfall begann, noch bevor die Worte ihren Mund verlassen hatten.

KAPITEL ZWEIUNDZWANZIG

Sie reagierten sofort und auf eine derart schnelle Weise, dass Sasha überrascht war, vor allem von Maddox. Sie hatte ihn bislang lediglich in seiner Rolle des extrovertierten schwulen besten Freundes gekannt – nicht als magiebegabten Feenkrieger.

„Ich dachte, wir wären hier sicher", rief Sasha, die mit ihren Freunden Rücken an Rücken stand, den Dolch vor der Brust erhoben.

„Der Schutz hat uns mit Clodagh verlassen", sagte Seamus, während sie sich im Kreis bewegten und darauf warteten, dass sich die ersten Domnua, die sich über die Hügel geschlichen hatten, in Bewegung setzten.

„Ich würde die Kette umhängen", schlug Bianca vor, und Sasha stellte überrascht fest, dass sie noch immer an ihrer Hand baumelte.

Sie streifte sich die Kette über den Hals und spürte, wie sie warm auf ihrer Haut wurde, während sie unter ihr Oberteil glitt und der Anhänger direkt über ihrem Herzen zur Ruhe kam.

Wo war Declan? Würden sie ihn warnen können, ohne die Domnua zu alarmieren? Sashas Blick huschte nach rechts und links, während sie versuchte, ihn zu erblicken. Ruhe hatte sich über die morgendlichen Hügel gelegt. Nicht einmal die Vögel machten sich die Mühe, ihr Morgenlied zu singen, als wüssten selbst sie, dass die Magie, die über diese Hügel schlich, von der gefährlichen Art war.

„Jetzt!", rief Maddox, als die Domnua plötzlich in Raserei ausbrachen. Ihr silbernes Leuchten verriet ihre Bewegungen kaum, während sie in einer verhängnisvollen Welle des Untergangs auf Sasha und die anderen zuge-stürmt kamen.

Sasha stieß mit ihrem Dolch zu, mit geübten Bewegun-gen, die so instinktiv kamen wie ihr nächster Atemzug. Sie tauchte ab und fiel über sie her, arbeitete sich von einem Domnua zum nächsten, während silbernes Blut umher-spritzte, bevor es in magischen Blitzen verschwand. Im Augenwinkel sah sie, wie Bianca, ein rundlicher, wirbelnder Derwisch, das Gleiche tat, und musste fast über ihre wilde, unerschütterliche Tapferkeit lachen. Es war eine Erinne-rung daran, sich nicht von einem kecken Gesicht und arglosen blauen Augen in die Irre führen zu lassen.

„Endlich kriegen wir dich. So wie wir deine Eltern gekriegt haben. Warte nur, bis du siehst, wie sie gefoltert werden." Ein Domnua tanzte vor ihr herum und sein Gesicht war verzerrt vor Entzücken, während er mit einem Dolch fuchtelte.

„Was? Meine Eltern? Wo?", verlangte Sasha und verfolgte mit ihren Augen jede Bewegung des Feenmanns.

„Dein Lieblingsort." Der Domnua grinste, kurz bevor Seamus' Dolch seine Kehle durchtrennte und er in einer silbernen Pfütze verschwand. Sasha starrte auf die Lache herab und versuchte zu verstehen, was er gesagt hatte.

Die Klinge eines Domnuas hätte beinahe ihre Deckung durchdrungen als Sasha durch etwas, das sich oben auf dem Kamm bewegte, abgelenkt wurde – Declan, dessen Rufen laut und deutlich die morgendliche Stille durchschnitt, was die Domnua dazu brachte, ihre Blicke auf ihn zu richten.

„Ich habe das Schwert, nicht sie", rief Declan noch einmal, und Sashas Magen drehte sich um, als sich die gesamte Gruppe der Domnua, etwa fünfzig an der Zahl, auf einmal umdrehte und auf Declan zustürmte, der sie mit zurückgezogenen Schultern und dem Schwert im Anschlag erwartete.

„Jetzt wäre vielleicht ein guter Zeitpunkt, um deinen raffinierten Trick mit der Feuerkugel auszuprobieren", sagte Bianca.

Sasha hätte sich selbst gegen die Stirn geschlagen, wenn sie nicht eine tödliche Waffe in der Hand gehabt hätte. „Schon dabei", sagte sie und schüttelte ein wenig den Kopf darüber, dass sie nicht daran gedacht hatte. Dann richtete sie den Dolch auf den Pulk der Domnua und versuchte, den Zorn tief in ihrem Inneren heraufzubeschwören. Sie ließ das Feuer in ihr aufsteigen, bevor es sich seinen Weg aus dem Dolch bahnte, ein greller Hitzestrahl, der die Domnua mit einem Schlag vernichtete. Declan stand da, sein Schwert immer noch gezückt und drehte den Kopf, um nach einem letzten Domnua Ausschau zu halten. Als er keinen fand, nickte er Sasha zu, bevor er über den Kamm verschwand. Vermutlich, um noch mehr Domnua zu töten, oder um die Wunden seines verletzten Stolzes zu lecken, nachdem Sasha ihn gerettet hatte.

„Ich liebe einfach diese ganzen dramatischen Spezialef-
fekte bei euch Sucherinnen", schwärmte Bianca und legte
ihren Arm um Sashas Schultern, um sie kurz zu drücken.
Dann quietschte sie auf, als Seamus sie für einem Kuss
hochhob. „Seamus, hör auf, du lässt mich fallen. Ich bin zu
schwer."

„Du bist leicht wie eine Feder, meine Liebe, und schön
wie rote Rosen", sagte Seamus, dessen Gesicht vor Liebe
leuchtete, als er Bianca einen dicken Kuss gab. Sasha grinste,
wandte sich aber wieder ab, um den Horizont nach Declan
abzusuchen.

„Es geht ihm gut", sagte Maddox, stellte sich neben sie
und rubbelte an einem Silberfleck, der noch an seinem
Hemd klebte.

„Ich weiß. Ich halte nur nach weiteren Domnua
Ausschau", sagte Sasha genervt.

„Du kannst ihn belügen, so viel du willst, mein Schatz,
aber mich kannst du nicht belügen. Du hast eine Schwäche
für diesen Mann – und das kann ich dir nicht verdenken.
Wenn er von meiner Seite des Ufers wäre, dann wäre ich
auch ganz vernarrt in ihn."

„Genug davon. Wir müssen gehen. Meine Eltern sind in
Schwierigkeiten."

Wenn Sasha nur herausfinden konnte, was ihr Lieblingsort war.

KAPITEL DREIUNDZWANZIG

Declan schritt über den Hügel, auf der Suche nach irgendeiner Bedrohung – irgendeinem Anzeichen für verbliebene Domnua – fand aber nichts. Stattdessen kämpfte sich die Sonne durch die Wolken und die Vögel hatten begonnen, ihr Morgenlied zu singen, was Declan zu verstehen gab, dass die Magie die Region vorerst verlassen hatte.

Es war nichts weiter als eine Vorhut gewesen, um ihre Stärke zu testen. Und Sasha hatte sie alle dem Erdboden gleichgemacht, anstatt Declan das zu überlassen, wofür er sein ganzes Leben lang trainiert hatte. Er fluchte und trat gegen einen losen Stein auf dem Boden, der die Seite des Hügels hinunterrollte.

Nicht, dass sie dabei nicht wie eine wilde Kriegerin ausgesehen hätte, dachte Declan und spürte, wie etwas Stolz in seiner Brust anzuschwellen begann. Seine wilde, kleine Kriegerin, die ihren eigenen Weg ging. Sie hatte noch einen weiten Weg vor sich, bevor sie ganz realisieren würde, wozu sie fähig war – und er hatte vor, ihr bei jedem Schritt auf diesem Weg zur Seite zu stehen, dachte Declan mit einem Lächeln. Sie war schlichtweg großartig.

Er dachte darüber nach, wie entschlossen sie war, so zu tun, als ob sie nicht füreinander bestimmt wären. Er lachte spöttisch und blickte auf den Horizont. Er konnte den Energiestrom spüren, der zwischen ihnen floss, wenn sie sich berührten. Es war alles, was er tun konnte, um sie nicht über seine Schulter zu werfen und mit ihr fortzugehen – an irgendeinen anderen Ort. Er wollte Tage – nein, Wochen – damit verbringen, ihr zu zeigen, wie gut sie zusammenpassten.

Noch war die Zeit dafür nicht gekommen. Declan versprach sich selbst, den Anstand zu wahren und sein Versprechen zu halten, bis das Schwert gefunden war. Aber danach? Danach war alles möglich.

Und Sasha Flanagan würde erkennen, dass sie füreinander bestimmt waren.

Er blickte auf und sah, wie das Auto den Hügel hinauffuhr, mit Seamus am Steuer. Bianca kurbelte das Fenster herunter und streckte ihren Kopf heraus, um ihre zwei blonden Zöpfe im Wind flattern zu lassen. Declan musste fast grinsen, als er dachte, wie sehr sie einem frechen Schulmädchen glich.

„Ich will dich ja nicht beim Schmollen stören, aber wir müssen weiter", sagte Bianca.

Declan musste fast lachen, während sich ein breites Grinsen auf sein Gesicht legte. „Von Schmollen kann keine Rede sein. Ich habe mich nur vergewissert, dass es auf der anderen Seite des Hügels nichts gibt, was wir bekämpfen müssen. Lasst uns gehen", sagte er. Er kletterte auf den

Rücksitz des Wagens, wo Sasha immer noch in der Mitte saß, die Nase so hoch in die Luft gereckt, wie es nur ging.

„Netter Schuss", sagte Declan leichthin.

Sasha zuckte zusammen und sah ihn überrascht an. „Ich dachte, du wärst wütend", rief sie aus.

„Warum? Wir sind hier alle im selben Team. Ich liebe es, einer Frau dabei zuzusehen, wie sie ihre Macht spielen lässt", sagte Declan und ließ die doppelte Bedeutung in der Luft hängen. Sasha wandte den Blick ab, aber ein Hauch von Rosa zierte ihre Wangen. Declan unterdrückte ein Lächeln, als er sich vorstellte, wie derselbe Farbton ihr Gesicht erwärmen würde, wenn er sie endlich ins Bett brachte.

„Oh là là", flüsterte Maddox und fächelte sich Luft zu, bevor Bianca in Gelächter ausbrach.

KAPITEL VIERUNDZWANZIG

Sie hatte gedacht, er würde wütend sein, weil sie ihm die Show gestohlen hatte, aber stattdessen machte er ihr Komplimente. Der Mann blieb für Sasha ein Rätsel, und sie war zunehmend daran interessiert, ihm auf die Schliche zu kommen. Es schien, als müsse sie einige ihrer lang gehegten Vorurteile über die Männer in ihrem Leben aufgeben und sich stattdessen Zeit nehmen, um ihn zu ergründen.

„Schatz, erzähl uns doch nochmal, was der Domnua gesagt hat." Maddox klopfte ihr sanft auf den Oberschenkel und holte Sasha in die Gegenwart zurück.

„Im Grunde hat er gesagt, dass sie meine Eltern haben – und zwar an meinem Lieblingsort. Ich bin mir aber nicht sicher, was oder wo das sein soll", sagte Sasha und spürte, wie ein Gefühl der Hilflosigkeit in ihr aufstieg. Es könnte überall sein. Und welche Epoche in ihrem Leben könnte gemeint sein?

„Nun, wenn es mit deinen Eltern zu tun hat, geht es vielleicht um die Zeit, als du aufgewachsen bist? Hattest du als Kind einen Lieblingsort? Oder einen Ort, wo du immer glücklich warst?"

„Das Nest", sagte Sasha automatisch und hielt dann inne.

„Das Nest?" Bianca hob fragend ihren Kopf.

„Es ist so ein süßer kleiner Teeladen, eine Art Mischung aus Pub und Buchhandlung. Die Möbel sind bunt zusammengewürfelt und es herrscht eine entspannte Atmosphäre, in der sich jeder willkommen fühlt. Ich bin immer gerne hingegangen und habe in der Ecke ein Buch gelesen. Ehrlich gesagt fühlte ich mich dort mehr wie zu Hause als zu Hause." Sasha tat ihre letzte Bemerkung mit einem Achselzucken ab, aber Maddox tätschelte ihr sanft das Bein.

„Dann auf ins Nest", sagte Bianca.

„Was glaubt ihr, warum sie hinter meinen Eltern her waren? Ich meine, sie sind nicht wirklich meine Eltern. Es gibt keine Blutsverwandtschaft. Es ist nichts, was mit dieser Suche zu tun haben sollte, würde ich meinen", sagte Sasha mit einem Schulterzucken und fuhr mit dem Finger über den Anhänger an ihrem Hals und die glatten Konturen des Steins.

„Es muss irgendeine Verbindung geben oder etwas, das es zu überwinden gilt", schlug Bianca vor. „Normalerweise gibt es bei einer Suche drei Hürden, die man überwinden muss, um zum Schatz zu gelangen. Vielleicht ist das die erste?"

„Und diese kleine Domnua-Show war keine?", fragte Sasha. „Und warum ist Clodagh eigentlich verschwunden?"

„Sie gab dir deinen Anhänger. Er ist Teil deiner Kraft. Ihr Job war erledigt. Es war klug von ihr, zu verschwinden und somit ihre Familie zu beschützen. Dies ist ein Krieg.

Als Anführer eines Clans hätte ich dasselbe getan", sagte Declan.

Sasha sah ihn überrascht an. „Mit anderen Worten, Päckchen abliefern, Aufgabe erledigen, abhauen?"

„Ihr Zweck war erfüllt. Es wäre leichtsinnig gewesen, zu bleiben und ihre Familie in Gefahr zu bringen."

„Aber..." Sasha schluckte. Ein Teil von ihr dachte, sie gehöre zu Clodaghs Familie – und war es nicht irgendwie wie ein Tritt in den Hintern?

„Du hast sie als Teil deiner Familie betrachtet?", fragte Declan leise.

Sasha sah, wie Bianca einen mitfühlenden Blick aufsetzte, was sie sofort dazu brachte, zu mauern. „Nein, ich dachte nur, sie würde sich ein wenig für mich verant- wortlich fühlen, weil sie diejenige war, die mir als das Leben gerettet hat, als ich ein Baby war. Aber egal. Sie hat ihren Job gemacht, ich habe meinen Anhänger, und wir haben einen Anhaltspunkt, wie es weitergehen könnte." Sasha zuckte mit den Schultern und sah, wie Bianca ihre Lippen zusammenpresste, um das, was sie sagen wollte, zurück- zuhalten.

„Machst du dir Sorgen um deine Eltern? Wann hast du das letzte Mal mit ihnen gesprochen?", fragte Seamus statt- dessen, und Sasha wandte sich wieder der Aufgabe zu, die vor ihnen lag.

„Es ist schon eine ganze Weile her. Ich hatte nie wirklich das Gefühl, dass ich gut in die Familie passe." Sasha zuckte wieder mit den Schultern. Es war ihr unangenehm, über diese Familienangelegenheiten zu sprechen.

„Ja, aber es kann doch sein, dass du nicht hineinpasst

und sie dich trotzdem lieben", sagte Bianca. „Glaubst du nicht, dass das der Fall ist?"

„Wie ich schon sagte, ich habe das Gefühl, dass Liebe an Bedingungen geknüpft ist. Wenn ich mich anpasse und die richtigen Dinge tue, dann werde ich geliebt. Wenn ich meinen eigenen Weg gehe und ein exzentrisches Leben führe, dann vielleicht nicht so sehr", sagte Sasha und biss sich auf die Lippe, während sie aus dem Fenster starrte.

„Aber warum sollte es ein ‚exzentrisches Leben' sein, wenn man ein eigenes Geschäft führt und eine erfolgreiche Antiquitätenhändlerin ist?" fragte Bianca.

„Ich glaube, es liegt einfach daran, dass ich eine starke Frau bin und dass sie mich nicht verstehen. Ich habe nicht das Bedürfnis, Kinder zu bekommen und eine Hausfrau zu sein, also falle ich aus der Norm von dem, was sie nachvollziehen können. Ich bin mir nicht einmal sicher, ob das böse gemeint ist. Ich weiß nur nicht, ob sie mich jemals so akzeptieren werden, wie ich bin."

Auf ihre Worte folgte ein Schweigen im Auto, denn es gab nichts hinzuzufügen. Manche Dinge waren schlicht und einfach die Wahrheit und es gab nichts zu beschönigen. Es war weder gut noch schlecht – es war einfach so.

„Wir werden noch früh genug herausfinden, warum wir auf diesen Weg geschickt wurden. Ruhe dich jetzt erst einmal aus", sagte Declan, legte seinen Arm um Sasha und zog sie fest an sich, obwohl ihre Arme verschränkt und ihre Schultern steif waren.

Es dauerte weniger als eine Minute, bis sie eingeschlafen war.

KAPITEL FÜNFUNDZWANZIG

Sasha erwachte schlagartig und stellte überrascht fest, dass sie sich in die Armbeuge von Declan geschmiegt hatte und ihre Hand auf seinem Waschbrettbauch ruhte. Lieber Gott, so bewahrte man keinen kühlen Kopf, dachte sie, während sie sich langsam aus seinem Griff befreite, ohne ihm in die Augen zu sehen.

Sie hatten ein kleines Dorf in der Nähe der Stadt erreicht, in der Sasha aufgewachsen war. Sie erinnerte sich daran, wie sie jeden Tag mit dem Fahrrad in das Dorf fuhr, um aus ihrer Stadt herauszukommen und etwas Neues zu erleben. An einem Ort, an dem sie sie selbst sein konnte, ohne die kritischen Blicke ihrer Familie ertragen zu müssen.

Sasha schloss ihre Augen, als sie von Erinnerungen überflutet wurde, während sie durch die verwinkelten Straßen des winzigen, bunten Dorfkerns fuhren. Es kamen die alten Gefühle der Unsicherheit hoch, die sie Tag für Tag dazu gebracht hatten, sich in einer Ecke des ‚Nestes‘ zu verkriechen und ihren Kopf in ein Buch zu stecken. Das Gefühl der Wut darüber, dass sie niemand zu verstehen schien. Ihre Frustration darüber, dass sie keine Kontrolle über ihr Leben hatte, abgesehen von der Möglichkeit, mit dem Fahrrad in das nächste Dorf zu fahren. Sie erinnerte sich, dass sie Bücher über Schwertkampf und antike Waffen las, bis die Seiten herausfielen. Nachdem sie ein Handbuch über das Fechten gefunden hatte, machte sie ihre ersten vorsichtigen Schritte in den Kampfkünsten mit einem dünnen Ast, mit dem sie hinter den Steinmauern der Weiden entlang der Dorfstraßen zustieß und parierte.

In ihrer Familie und in der Schule war sie immer der Sonderling gewesen. Sie war die Kleinste in ihrer Klasse, so dass sie beim Sport immer als Letzte gewählt wurde, und das stille Mädchen, das bei Prüfungen in der Regel gut abschnitt. Sie hatte eine recht einsame Kindheit gehabt und sich nach mehr Freunden gesehnt, vielleicht sogar nach einem festen Freund. Erst als sie ausgezogen war, versprach sie sich, ihre alte Haut abzulegen und endlich ihr eigenes Ding zu machen. In den Jahren danach hatte Sasha hart daran gearbeitet, der Hilflosigkeit und Unsicherheit ihrer Jugend zu entkommen, und mittlerweile hatte sie das Gefühl, dass es ihr gut gelungen war, zu sich selbst zu finden.

Zumindest, bis Aaron sie betrogen hatte. Es war ein härterer Schlag für ihr Selbstvertrauen gewesen, als sie erwartet hatte. Obwohl sie sich aufgerappelt und weitergemacht hatte, fiel es Sasha danach eine Weile lang schwer, ihren Instinkten zu vertrauen – ja, überhaupt jemandem zu vertrauen.

Sie hielt einen Moment lang inne. Hatte Bianca heute nicht schon zweimal erwähnt, dass sie ihren Instinkten vertrauen sollte? Sie dachte darüber nach. Schließlich war es ihre Aufgabe, Muster zu erkennen oder an bestimmten Fäden zu ziehen, die in diesem fantastischen Abenteuer miteinander verwoben zu sein schienen. Sie beschloss, später auf diesen Gedanken zurückzukommen, als Seamus in die Straße einbog, in der sich das Nest befand.

„Das sieht charmant aus", murmelte Bianca.

Ein Lächeln huschte über Sashas Gesicht. Es war ein eklektischer und warmer Ort, und einer der wenigen, die wirklich schöne Erinnerungen in ihr weckten. Das Nest, das in einer kleinen Seitenstraße lag, war ein charmantes graues Steingebäude mit uneinheitlichen Fenstern – einige oval, andere groß und mit Sprossen, wieder andere winzig und mit rautenförmigem Buntglas. Kleine Töpfe, die im Sommer mit Blumen bestückt waren, Statuen von Gnomen und Feen und andere Kleinigkeiten säumten den Fußweg und die Mauer des dahinter liegenden Gartens.

„Das ist einer meiner Lieblingsorte. Drinnen ist es sehr gemütlich, besonders im Winter, wenn das Kaminfeuer brennt. Man kann sich mit einem Buch in eine Ecke verkriechen und stundenlang entspannen", murmelte Sasha, aber ihre Augen suchten die leere Straße ab. Sie bemerkte, dass Declan dasselbe tat.

„Ist es immer so menschenleer?", fragte Seamus, und Sasha schüttelte den Kopf, während sich ihre Hand um den Griff ihres Dolches schloss.

„Sie wollten, dass wir hierherkommen. Aber warum sollten sie uns vorgewarnt haben, wenn dies eine Falle ist? Das verstehe ich nicht", fragte Bianca.

„Ich weiß es nicht. Die Feen sind ein gwieftes Volk. Es steckt immer mehr dahinter, als man auf den ersten Blick erkennen kann", sagte Declan, und sowohl Seamus als auch Maddox nickten zustimmend.

„Das werde ich mir merken", sagte Sasha in steifem Tonfall, während sie Declan einen Moment lang in die Augen blickte.

Seamus hielt neben dem Gebäude an und ließ den Wagen laufen, bis sie eine Entscheidung darüber trafen, was sie als Nächstes tun sollten. Aus den Lautsprechern ertönte Tom Pettys „Free Falling", und Sasha hatte das Gefühl, das nachempfinden zu können – es war, als wäre sie in ein anderes Universum gefallen. Zum ersten Mal identifizierte sie sich mit Alice im Wunderland.

„Ich gehe rein", entschied Sasha. Sie stupste Maddox an, sich zu bewegen, da sie sicher war, dass Declan sie auf seiner Seite nicht rauslassen würde.

„Warte kurz. Wenn du reingehst, gehen wir alle rein", erklärte Bianca und Seamus nickte.

„Tut mir leid, Sparky, aber du wirst keinen auf knallharte Einzelkämpferin machen können. Wir sind ein Team", sagte Seamus.

Sasha rollte genervt mit den Augen. „Na schön, wie auch immer. Aber sie haben uns eindeutig aus einem bestimmten Grund hierhergebracht, und wir werden nicht herausfinden, was dieser Grund ist, wenn wir hier im Auto sitzen bleiben. Also lasst uns gleich zur Sache kommen."

„Bisschen ungeduldig, was?", murmelte Maddox.

„In diesem Auto fühle ich mich wie eine leichte Beute. Wenn wir draußen sind, können wir uns wenigstens bewegen", sagte Sasha, während ihr ein unbehagliches Gefühl durch den Magen ging. Es war aber mehr als das. Sie wusste, dass ihre Pflegeeltern drinnen waren, und sie war sich nicht sicher, in welchem Zustand sie sie vorfinden würde – oder ob sie auf die Emotionen, welche die Situation hervorrufen würde, vorbereitet war.

„Wenn die Dame es hinter sich bringen will, dann bringen wir es hinter uns. Auf geht's, Leute. Und vergesst nicht, auf der Hut zu sein. Diese Mistkerle sind hinterlistig", sagte Seamus fröhlich, und alle setzten sich in Bewegung, um das Auto zu verlassen. Sasha wollte gerade an der Seite von Maddox aussteigen, als Declan sie am Arm packte und sie kurzerhand zu sich zog, sehr zu ihrem Missfallen.

„Du musst mich nicht wie ein kleines Kind herumzerren", schnauzte Sasha, während er sie dicht bei sich hielt und sie um das Auto gingen.

„Es ist einfacher, als es mit dir auszudiskutieren", sagte Declan schlicht und schirmte sie mit seinem Körper ab, während sie zur Haustür gingen. Die Stille auf der Straße jagte Sasha einen Schauer über den Rücken und sie suchte weiter die Umgebung ab, auf der Suche nach irgendetwas, das – außer der Stille – ungewöhnlich war.

„Ich sollte zuerst hineingehen..." Sashas Stimme verstummte, denn Seamus hatte bereits die Tür geöffnet. Er steckte seinen Kopf hinein und schaute dann mit einem verwirrten Gesichtsausdruck zu ihnen zurück.

„Es ist seltsam normal hier drinnen. Aber ich kann die Magie spüren", murmelte Seamus und alle drängten sich um ihn, um einen Blick durch die Tür zu werfen.

Es war genauso, wie Sasha es in Erinnerung hatte – ein warmes Ambiente, einige Leute waren über den Raum verteilt und lasen oder tranken ein Bier, während eine beschwingte keltische Melodie in der Luft hing. Bald entdeckte sie ihre Eltern in einer Ecke. Sie lächelten und sahen entspannt aus.

Das machte sie augenblicklich noch argwöhnischer. Sie hatte ihre Eltern selten entspannt erlebt. Entweder waren sie wütend, angespannt oder besorgt um ihre finanzielle Situation gewesen. Glücklich hatte sie sie nur dann erlebt, wenn sie mit ihrer Tochter sprachen – ihrer echten Tochter, um genau zu sein. Sie hatte oft versucht zu verstehen, warum sie sie überhaupt aufgenommen hatten, wenn sie eigentlich keine weitere Tochter gewollt hatten.

Ihre Mutter, der die blonden Locken über die Schulter fielen, lachte über eine Bemerkung ihres Vaters und nippte an ihrem Tee. Ihr Vater, ebenfalls blond und mit einem dichten Bart, der ihn wie einen verwirrten Löwen aussehen ließ, lächelte zurück. Einen Moment lang fielen die Jahre von ihnen ab, und sie schienen wieder ein junges Paar zu sein, das sich amüsierte. Sashas Herz klopfte, als sie die beiden in einem neuen Licht sah – als Menschen, die ihr Leben und ihren Alltag einfach so gut wie möglich zu bewältigen versuchten.

„Können sie uns sehen?", fragte Bianca, und Sasha bemerkte, dass sich niemand im Raum umgedreht hatte, um zur offenen Tür zu schauen.

„Nein. Ich glaube, es ist alles inszeniert. Seid gewappnet. Lasst uns erledigen, was wir hier erledigen müssen, und dann verschwinden wir", knurrte ihr Declan ins Ohr, wobei sie spürte, wie er vor Anspannung vibrierte, während er dicht an ihrem Rücken stand.

Obwohl sie es gewohnt war, im Alleingang zu handeln, musste sich Sasha eingestehen, dass seine Wärme beruhigend war.

Sasha trat durch die Tür, und selbst sie konnte die dünne magische Membran spüren, in die das Nest gehüllt war. Sobald sie eingetreten war, verschwand alles außer ihren Eltern.

Es war, als hätte jemand einen Schalter umgelegt und das Licht ausgeschaltet, bis auf einen flackernden Strahl, der auf ihre Eltern fiel, die sich in alle Richtungen umsahen, um herauszufinden, was los war. Alles andere war in der Dunkelheit verschwunden.

Sasha durchquerte den Raum und stellte sich vor die beiden, fragte sich, ob sie sie sehen konnten, und versuchte herauszufinden, welche Hinweise sie aus diesem seltsam inszenierten Moment mitnehmen sollte.

„Sasha?", fragte ihre Mutter, schob sich das Haar aus dem Gesicht und sah sie verwirrt an. Keiner ihrer Elternteile erhob sich, um sie zu umarmen.

„Was macht ihr hier?", fragte Sasha und betrachtete sie sorgfältig, während sie auf Anzeichen von silbernem Schimmer oder irgendeiner Art von Trickserei achtete. Obwohl sie nicht die beste Kindheit mit ihnen gehabt hatte, würde sie nicht mit sich selbst in Frieden leben können, wenn sie einen von ihnen tötete, weil sie dachte, sie seien Domnua, die sich als ihre Eltern ausgaben.

„Wir trinken eine Tasse Tee. Und was machst du hier?", fragte ihre Mutter und sah sich verwirrt um. Sasha warf einen Blick über ihre Schulter, sah aber nur Dunkelheit.

„Ich war gerade in der Gegend. Ich dachte, ich schaue mal rein. Das war mein Lieblingsort, als ich aufwuchs – wusstet ihr das?", fragte Sasha und beobachtete sie aufmerksam, nach einem Hinweis suchend.

„Ach ja?" Ihr Vater runzelte die Stirn, als er darüber

nachdachte. „Ich wusste, dass du immer irgendwo hingera-
delt bist, aber ich war mir nicht sicher, wohin."

„Ich glaube, ich wusste, dass du hierherkamst. Du hast
es ein paar Mal erwähnt", sagte ihre Mutter.

„Ihr wusstet eigentlich nicht viel über mich, oder?",
fragte Sasha und kniff die Augen zusammen.

„Du hast uns nie in dein Leben gelassen. Wir wussten
nicht so recht, was wir mit dir anfangen sollten. Du warst
einfach so anders als wir", sagte ihre Mutter und zuckte
hilflos mit den Schultern.

Sashas Mund öffnete sich etwas. All die alten Ängste
wollten hochkommen und sie zwang sich, einen Moment
lang tief durchzuatmen, während ihre Augen immer noch
über den Tisch schweiften. Warum waren ihre Freunde
hinter ihr nicht zu hören? Was war das für eine Blase von
Magie, in der sie steckte?

„Schon gut", entschied Sasha und sah den überraschten
Blick in den Augen ihrer Mutter. „Aber bedeutet anders zu
sein, dass ich ausgeschlossen werden musste? Ihr wusstet,
dass ich anders bin. Ich war ein Pflegekind. Warum habt ihr
zugestimmt, mich aufzunehmen, wenn ihr kein weiteres
Kind wolltet?"

„Wir wollten dich nicht", platzte ihr Vater heraus.

Sasha spürte den stechenden Schmerz der Ablehnung.
Doch es war eine Wahrheit, die sie bereits kannte.

„Aber wir haben dich trotzdem geliebt", sagte ihre
Mutter, während sie ihrem Vater die Hand reichte.

Ihm, nicht mir, dachte Sasha.

„Vielleicht haben wir ein anderes Verständnis von
Liebe", murmelte Sasha und schaute wieder über ihre
Schulter zu ihren Freunden.

„Wir haben gegeben, was wir konnten – wozu wir fähig waren", protestierte ihre Mutter.

Sasha ließ das eine Weile auf sich wirken, prüfte das Gewicht des Satzes und versuchte zu entscheiden, was sie damit anfangen sollte. Als Kind hätte sie wütend auf die beiden eingeschimpft. Doch als Erwachsene war es für sie an der Zeit zu verzeihen.

„Das verstehe ich heute. Ich verstehe, dass ihr nicht wusstet, wie man ein Kind wie mich aufzieht – dass ihr wolltet, dass ich jemand anderes war als ich selbst. Aber ihr habt es nicht aus Bosheit getan, und ich vergebe euch, dass ihr versucht habt, mich zu etwas zu formen, was ich nicht bin. Alles, was ich je brauchte, war die Freiheit, einfach so sein zu können, wie ich bin, ohne dafür verurteilt zu werden. Aber jetzt bin ich glücklich. Ich bin glücklich darüber, wer ich bin, glücklich mit der Frau, die aus mir geworden ist, und mit dem Leben, das ich mir selbst geschaffen habe. Ich bin stolz darauf", sagte Sasha leise.

Ihre Mutter sah sie verwirrt an. „Natürlich sind wir sehr stolz auf dich. Dein Glück ist alles, was wir für dich wollten."

Vielleicht war es einfach etwas, womit sich Sasha abfinden musste – die Tatsache, dass ihre Eltern sie vielleicht nie verstehen würden, aber zumindest das Beste für sie wollten, auch wenn ihr Erziehungsstil bestenfalls fragwürdig gewesen war. Denn manchmal war das wohl alles, was Menschen tun konnten – das Beste aus den Karten zu machen, die ihnen das Leben zugeteilt hatte.

„Erzählt mir, wo ich herkomme", bat Sasha und richtete den Blick auf ihren Vater, der an die Wand starrte und an seinem Kragen herumzupfte.

„Eine alte Frau kam auf uns zu. Du warst noch ein Baby", sprach ihre Mutter, die braunen Augen auf die Wand gerichtet, während sie sich erinnerte. „Wir wollten kein weiteres Kind, verstehst du? Wir konnten es uns nicht leisten und wollten die Last nicht auf uns nehmen. Aber es wurde uns versprochen, dass wir, wenn wir dich aufnehmen, nie wieder Not leiden müssten. Und das mussten wir auch nicht, nicht wirklich. Auch wenn das Geld knapp war, waren unsere Grundbedürfnisse stets befriedigt. Ich glaube, wir haben uns damals viel gestritten, weil wir nicht darauf vertrauten, dass alles gut werden würde. Außerdem haben wir dieses Kind, das uns geschenkt worden war, und diese Andersartigkeit, die es umgab, nie wirklich verstanden." Ihre Mutter schüttelte sich, als würde sie aus einer Trance erwachen, errötete leicht und weigerte sich, Sasha in die Augen zu blicken. „Ehrlich gesagt hast du uns Angst gemacht."

„Warum habe ich euch Angst gemacht?", beharrte Sasha.

„Du warst nicht von dieser Welt. Deine Augen wechselten manchmal die Farbe. Um dich herum geschahen seltsame Dinge. Und doch wurdest du nie verletzt. Du bist gestürzt und hast dir nichts gebrochen. Du bist hinaus auf die Straße vor ein Auto getanzt, und das Auto hat dich nicht erwischt. Du bist immer mit Vollgas losgerannt, und nichts schien dir im Weg zu stehen. Ja, du bist furchterregend. Also haben wir unser Bestes gegeben mit jemandem, den wir nicht verstanden, und mit Kräften, die wir nicht begreifen konnten", sagte ihr Vater, und seine blauen Augen trafen die ihren, als er zum ersten Mal in diesem Gespräch Blickkontakt zu ihr aufnahm.

„Warum habt ihr mir nichts gesagt?", fragte Sasha entgeistert. Aber gleichzeitig erinnerte sie sich an den Vorfall mit dem Auto, den er erwähnt hatte. Sie hatte gespürt, wie sie aus der Fahrbahn gezogen wurde. Aber von wem? Sie schaute wieder über ihre Schulter in die Dunkelheit und fragte sich, ob es Declan gewesen war, der sie schon damals beschützt hatte.

„Wir konnten es nicht. Es gab keine Möglichkeit zu erklären, was wir zu verstehen glaubten. Wir hatten keine Fakten, um es zu untermauern", sagte ihre Mutter achselzuckend.

„Wir haben unser Bestes getan", wiederholte ihr Vater.

Sasha sah ihre Eltern in einem neuen Licht. Der alte Zorn entwich allmählich, als hätte jemand ein Ventil geöffnet und als flösse er nun aus ihrer Seele. An diesem Groll festzuhalten, brachte niemandem etwas. Ihre Eltern hatten ihr Bestes getan, und sie hatte trotz allem ihren eigenen Weg gefunden. Vielleicht – aber nur vielleicht – konnten sie jetzt damit beginnen, eine neue Beziehung aufzubauen. Eine, die auf Verständnis und Respekt beruhte und die nicht von alten Verletzungen und Verhaltensmustern bestimmt war.

„Es war schon in Ordnung, wie ihr alles gemacht habt. Ich verstehe euch jetzt besser, nach eurer Erklärung. Danke, dass ihr mir alles erzählt habt", sagte Sasha sanft.

„Du warst immer im Licht. Bleib auf der Seite des Lichts", murmelte ihre Mutter. Ihr Gesicht verzog sich, sie schien verwirrt zu sein, während sie versuchte, sich an etwas zu erinnern, das schon lange zurücklag. „Ach, ja. Das war es. Die alte Frau sagte, man solle an den Ort des Lichts gehen. Nein, dorthin, wo das Licht die Dunkelheit überwindet?" Sie trommelte mit den Händen auf den Tisch, während sich Sashas Vater mit der Hand durch die Haare fuhr.

„Wo das Licht immer scheint", stellte ihr Vater richtig, und beide strahlten vor Freude, dass sich erinnert hatten.

„Geh dorthin, wo das Licht immer scheint", wiederholte Sasha und schnappte nach Atem, als ihre Eltern spurlos vor ihr verschwanden. Dann löste sich die Dunkelheit auf und die große Schlacht, die um sie herum im Gange war, kam zum Vorschein.

„Sasha!", kreischte Bianca.

Sasha keuchte, als sie von hinten getroffen wurde.

KAPITEL SECHSUNDZWANZIG

„Wo zum Teufel warst du?", knurrte ihr Declan ins Ohr, als sie sich unter einen Tisch abrollten, wobei sein Körper den ihren instinktiv vor dem harten Boden schützte. Über ihnen tobte eine Schlacht, bei der Domnua und Danula erbittert die Klingen kreuzten. Sasha keuchte auf, als Bianca vorbeiflog und sich auf den Rücken eines Domnuas stürzte, der Seamus im Würgegriff hatte.

„Was – was ist hier los? Was ist passiert?", fragte Sasha und riss sich mit dem Dolch in der Hand von Declan los, während sie versuchte, das Chaos der Bewegungen um sie herum zu verfolgen.

„Es war, als wärst du einfach verschwunden. Du bist hineingegangen und warst wie vom Erdboden verschluckt. Wir hatten keinen Anhaltspunkt – niemand konnte dich finden. Und dann krochen die Domnua durch die Fenster, und ehe wir uns versahen, hatten wir keine Zeit mehr, nach dir zu suchen. Wir waren zu sehr damit beschäftigt, um unser Leben zu kämpfen. Glücklicherweise bekamen wir kurz bevor du wieder auftauchtest

Verstärkung. Es war buchstäblich, als ob ein Schalter umgelegt wurde und die Danula aus der Luft fielen, um zu helfen. Ich frage mich, was passiert ist", sagte Declan, dessen heftiger Atem ihr Ohr kitzelte, während er seinen Arm immer noch um sie geschlungen hatte und sie die Schlacht beobachteten.

Sasha wusste, was passiert war. Es war der Moment gewesen, in dem sie die alte Wut und den Groll losgelassen und beschlossen hatte, ihre Eltern einfach als Menschen zu betrachten, die das Beste getan hatten, was sie konnten. Sie hatte es als Ventil gesehen, das geöffnet wurde und durch das etwas ausströmte, aber vermutlich konnte es auch als das Umlegen eines Schalters beschrieben werden.

„Ihr zwei kuschelt mitten im Kampf herum? Ich werde euch daran erinnern, wenn ihr mich das nächste Mal früher aus dem Bett mit Bianca holen wollt." Seamus tauchte kopfüber unter der Tischkante auf und bedachte sie mit einem frechen Grinsen, bevor er sich abwandte, um auf einen Domnua einzustechen.

„Ich denke, wir sollten helfen", sagte Sasha und löste sich von Declans Wärme.

„Warte kurz. Wo warst du? Ist alles in Ordnung bei dir?" Declan zog ihren Zopf zurück und ließ sie für einen Moment innehalten. Sie sah ihm in die Augen.

„Ja, mir geht es gut. Ich musste ein paar alte Sachen loslassen. Und ich habe einen neuen Hinweis. Nun sollten wir uns um diesen Schlamassel kümmern, bevor ich euch alles erkläre", sagte Sasha, die sich so leicht fühlte wie seit Jahren nicht mehr. Sie kroch unter dem Tisch hervor und stürzte sich ins Getümmel, wobei ihr Dolch kleine Feuer-stöße durch jeden Domnua schickte, der es wagte, ihr zu nahe zu kommen. In wenigen Augenblicken hatten sie alle Domnua erledigt.

Die verbliebenen Danula verbeugten sich gemeinsam und waren von einem andersartigen, purpurnen Schimmer umgeben, bevor sie aus dem Blickfeld verschwanden.

„Es ist seltsam, dass sie sich vor uns verbeugt haben", sagte Sasha.

„Du bist dabei, ihre Welt zu retten – es ist nur schicklich, dass sie sich verbeugen. Du bist wie eine Prinzessin", keuchte Bianca, stürzte sich dann auf die überraschte Sasha und schlang ihre Arme fest um ihre Taille.

„Hey, ist schon gut. Ich bin noch am Leben, siehst du?" Sasha hob ihre Arme, aber Bianca hielt sie noch einen Moment länger fest.

„Du hast uns einen gehörigen Schrecken eingejagt", sagte Maddox mit verärgertem Gesicht, während er das silberne Blut von seiner Klinge wischte.

„Es war nicht meine Entscheidung. Ich bin einfach hineingegangen und alles wurde dunkel, bis auf meine Eltern, die am Tisch saßen." Sasha schaute sich in ihrem geliebten Laden um und fragte sich, ob sie in der Lage sein würden, all die Schäden, die der Kampf angerichtet hatte, zu beseitigen. Tische lagen zertrümmert auf dem Boden, Gläser waren zerbrochen, und sogar eines der hübschen Buntglasfenster war zersplittert.

„Wir kriegen das schon hin. Versprochen", sagte Seamus, fing ihren Blick ein und klopfte ihr auf die Schulter.

„Was war mit deinen Eltern?", fragte Maddox mit sorgenvoller Miene. Er wusste, dass sie oft Schwierigkeiten mit ihnen gehabt hatte.

„Ich glaube, ich musste sie in einem neuen Licht sehen und die alte Verbitterung loswerden, an der ich zu lange festgehalten hatte. Am Ende haben sie mir einen Hinweis gegeben." Sasha zuckte mit den Schultern. „Auch wenn er für mich wenig Sinn ergibt."

„Welchen?", fragte Declan.

Sie drehte sich zu ihm und schaute dann schnell wieder weg. *Meine Güte, der Typ war sexy.* Erst recht nach dem Kampf und mit dem Adrenalin, das nun durch ihren Körper schoss. Er sah grandios aus, das Haar zerzaust und mit den Augen eines Raubtiers, die den Raum absuchten.

„Sasha?", fragte Bianca. Sasha riss sich zusammen und wandte ihren Blick von Declan ab.

„Geh an den Ort, wo das Licht immer scheint. Dorthin. Geh dorthin, wo das Licht immer scheint", korrigierte Sasha und ärgerte sich über ihre Zerstreutheit.

„Was könnte das bedeuten?"

„Der Himmel?", fragte sich Bianca.

Alle sahen sie an, und Bianca zuckte mit den Schultern. „Was? Das war das erste, was mir in den Sinn kam. Ich dachte, wir tauschen hier unsere Gedanken aus."

„Ich denke, es muss ein Ort sein, an den wir gehen können, ohne dafür sterben zu müssen", sagte Maddox.

Bianca lächelte ihn an. „Na schön, aber ich behaupte, dass diese Antwort bei einem Kneipenquiz funktionieren würde."

„Abgesehen von Antworten für einen Rätselabend im Pub, hat sonst noch jemand eine Idee?", fragte Sasha, die Hände in die Hüften gestemmt, während sie den Schaden im Nest betrachtete. Es tat ihr im Herzen weh, den Ort in

Trümmern zu sehen, aber sie vertraute Seamus, der versprochen hatte, es zu reparieren. Irgendwie.

„Hmmm, wo das Licht immer scheint... ein Widerschein? Ein Spiegelbild? Feuer? Wasser? Ich weiß es!", sagte Bianca, tänzelte herum und wedelte mit den Händen, als hätte sie gerade im Lotto gewonnen. „Ein Leuchtturm!"

Alle schwiegen und dachten darüber nach.

Declan warf Sasha einen Blick zu.

„Was sagt dein Bauchgefühl?"

Sie wusste es zu schätzen, dass er innehielt, um sich nach ihr zu erkundigen und zu sehen, wie sie sich fühlte, obwohl es eine unglaubliche Last auf ihren Schultern war, eine Mission zu leiten, von der sie erst seit kurzem wusste, dass sie ein Teil davon war.

„Es fühlt sich richtig an", sagte Sasha schließlich.

„Juhu!" Bianca klatschte in die Hände.

„Und welcher Leuchtturm?"

„Oh", sagte Bianca und sah plötzlich wie ein begossener Pudel aus. Sasha musste lachen.

„Wir werden es herausfinden. Aber jetzt lasst uns erst einmal weiterziehen. Es ist nicht sicher, hier zu bleiben", sagte Declan, und sie gingen alle zum Auto. Sasha schaute wehmütig über ihre Schulter auf das Chaos, aber Maddox legte seinen Arm um sie und führte sie weg.

„Es wird wieder gut gemacht. Ich verspreche es."

Sie hoffte, dass es stimmte. Es war der einzige Ort, an dem sie sich jemals wirklich zu Hause gefühlt hatte.

KAPITEL SIEBENUNDZWANZIG

S asha entschied sich, im Auto zu bleiben, und Declan blieb bei ihr, während die anderen drei in den Laden gingen, um Proviant zu kaufen. Sie mussten sich noch entscheiden, wo sie die Nacht verbringen wollten, aber in einem waren sie sich einig: Sie hatten einen Bärenhunger.

Schlachten machten hungrig.

Sasha sah zu Declan hinüber. Er hatte sich locker auf den Sitz gelümmelt und seine breiten Schultern und langen Beine nahmen viel Platz ein, sodass sie sich im Vergleich dazu winzig fühlte. Sie war auf die andere Seite des Rücksitzes gerutscht, damit sie nicht an ihn gepresst war, während sie auf die anderen warteten. Ihre Gedanken schienen abzuschweifen, wenn sie sich mit ihm auf engem Raum befand, und sie musste sich konzentrieren.

Je eher sie dieses Schwert fanden, desto eher konnte sie mit ihrem Leben weitermachen.

„Was ist mit deinen Eltern passiert?", fragte Declan und Sasha warf ihm einen bösen Blick zu. Richtig, da war eine Frage, die sie beschäftigte.

„Wie lange, hast du gesagt, beschützt du mich schon?",
erwiderte Sasha, seine Frage ignorierend.

„Eine paar Jahre. Warum?" Declan zuckte mit den
Schultern. Er hatte ihre Frage nicht wirklich beantwortet.

„Eine paar Jahre sind – was? Drei Jahre? Fünf Jahre?
Fünfzehn Jahre?", fragte Sasha, verschränkte die Arme und
weigerte sich, den Blick abzuwenden.

„Eine Weile. Was macht das schon?", sagte Declan, und
Gereiztheit blitzte kurz über sein hübsches Gesicht. Er hatte
sein Haar im Nacken zurückgebunden, und das Licht, das
durchs Fenster fiel, hob seine Wangenknochen hervor. Er
war wahrscheinlich einer der am perfektesten gebauten
Männer, die Sasha je gesehen hatte. Je mehr sie sich in seiner
Nähe aufhielt, desto atemberaubender fand sie ihn, und
musste immer wieder kurz durchschnaufen, wenn sie daran
dachte, wie schön er war.

„Ich habe dir eine einfache Frage gestellt. Ich verstehe
nicht, warum du sie nicht einfach beantworten kannst",
sagte Sasha und musterte einen Moment lang ihre Nägel,
bevor sie ihn wieder ansah und schweigend wartete.

„Seit meiner Kindheit", sagte Declan schließlich, und
Sasha richtete sich erschrocken auf.

„Wie bitte? Wie konntest du mich als Kind
beschützen?"

„Das Training beginnt im Kindesalter. Andere sind
dabei, um dich zu betreuen. Es ist ein Übergangsritus. Aber
ich mache das schon, seit ich ungefähr so groß war." Declan
streckte seine große Handfläche aus, um die Größe anzuzei-
gen, und zuckte erneut mit den Schultern, da ihm das
Thema offensichtlich unangenehm war.

„Du kennst mich schon mein ganzes Leben lang? Du

hast mich beobachtet? Oh, selbst in den peinlichsten Momenten? Wenn ich ganz allein war? Beim Spielen hinter den Steinmauern? Als ich mit unsichtbaren Feinden kämpfte?" Sasha schlug eine Hand vor ihr Gesicht und seufzte. Apropos peinlich. Er hatte sie wahrscheinlich schon mehr als ein Dutzend Mal weinen sehen, oder dabei, wie sie sich imaginäre Freunde ausdachte, um mit ihnen zu spielen, oder wie sie das Küssen mit einem Kissen übte. Kannte die Peinlichkeit denn kein Ende?

„Du warst das Hübscheste, was ich je gesehen habe. Das bist du immer noch", sagte Declan sanft.

Sasha schaute ihn durch ihre Finger an. Seine Augen ruhten auf den ihren und seine Augenwinkel wurden weich, als er sie mit einem Blick ansah, der wirkte, als sei er voller Mitgefühl.

Oder voller Mitleid mit dem einsamen jungen Mädchen.

„Ich fühle mich entschieden im Nachteil, weil ich weiß, dass du mich mein ganzes Leben lang beobachtet hast, aber ich nichts von deinem weiß", sagte Sasha mit sanfter Stimme, während sie ihre Hände senkte und ihn ansah.

„Was willst du wissen?"

„Woher kommst du? Wie ist deine Familie? Was würdest du beruflich machen, wenn du nicht das hier machen würdest? Was ist deine Lieblingsmusik? Magst du Schokolade?" Die Fragen sprudelten aus Sasha heraus, bevor sie überhaupt merkte, dass sie aus ihrem Mund gekommen waren, und sie kniff die Lippen zusammen, als Declan zu lachen begann.

„Feen lieben Süßes. Also, ja, ich liebe Schokolade. Ich komme aus einem Teil Irlands, den die Menschen nicht kennen, aber sagen wir, es ist in der Nähe des Ring of Kerry. Meine Familie ist liebevoll, ausgelassen und alle sind an den Angelegenheiten der anderen interessiert. Meine Eltern sind unheimlich stolz darauf, dass ich für diese Aufgabe ausgewählt wurde, und sie prahlen vor allen damit, die es noch hören wollen. Wenn ich das nicht machen würde, würde ich wahrscheinlich irgendetwas auf dem Wasser machen, denn ich habe eine Vorliebe für das Meer. Was meine Lieblingsmusik angeht, so höre ich am liebsten schnörkellosen Rock. So – habe ich alle deine Fragen beantwortet?", fragte Declan und ein Grinsen blitzte über sein Gesicht.

Sasha spürte wieder dieses merkwürdige Gefühl der Atemlosigkeit.

„Du wärst also ein Seemann, der Led Zeppelin hört und alle Frauen mit seinen Süßigkeiten umwirbt?", fragte Sasha leichthin, aber die Vorstellung von ihm mit einer großen, glücklichen Familie und der Liebe zum Wasser ließ ihr Herz höherschlagen.

Dieser Mann verfolgte sie schon ihr ganzes Leben lang und kannte sie auf eine Weise, die ihr unangenehm war. Es war das Beste für sie, sich daran zu erinnern, dass er ein Feenmann war – kein Mensch – und nicht zu versuchen, über eine Beziehung mit ihm zu fantasieren. Verflucht seien ihre Hormone, die sie dazu brachten, eine weitere, tiefere Berührung von ihm zu wollen. Es lag auf der Hand, dass sie schon zu lange mit niemandem mehr ausgegangen war, und einige ihrer elementarsten Triebe gestillt werden mussten.

„Vielleicht. Aber das ist nicht mein Schicksal. Du bist es", sagte Declan, dessen Augen wieder auf ihre gerichtet waren.

„Siehst du, das ist es, was ich nicht verstehe", sagte

Sasha, die schon wieder genervt von ihm war. „Du behauptest ständig, dass ich dein Schicksal bin, aber du bist nicht daran interessiert, mich zu küssen oder mit mir auszugehen oder so etwas. Wie kannst du behaupten, ich sei dein Schicksal, wenn du mich nicht einmal berühren willst?"

Ein Lächeln blitzte über Declans Gesicht, während sich ein hungriger Blick in seine Augen schlich, der langsam über ihren Körper wanderte.

„Du willst also, dass ich dich berühre?"

„Das habe ich nicht gesagt!", quietschte Sasha, bevor sie das Kreischen in ihrer Stimme dämpfte. „Ich sage nur, dass du keine Anstalten gemacht hast oder so. Deshalb halte ich es für höchst unwahrscheinlich, dass ich dein Schicksal bin. Das ist ein bisschen lächerlich. Vor allem, wenn man bedenkt, dass du zwar glaubst, mich zu kennen, ich dich aber überhaupt nicht kenne."

„Gute Dinge kommen zu denen, die warten", sagte Declan.

Sasha ballte nun tatsächlich ihre Faust und dachte darüber nach, ihn zu schlagen. Nicht zu fest. Aber vielleicht direkt in sein selbstgefälliges Gesicht.

„Wer sagt, dass ich warten werde?"

Declan lachte und tätschelte ihr sanft das Knie. „Du schmollst da drüben ganz schön vor dich hin. Schenke ich dir nicht genug Aufmerksamkeit? Vielleicht sollte ich mehr Zeit darauf verwenden, dass du mich besser kennenlernst. So kannst du dich mit dem Gedanken an uns anfreunden, denn wenn diese Mission vorbei ist, wird es ein Wir geben."

„Es wird kein Wir geben. Ich habe beschlossen, die Sache nicht weiterzuverfolgen. Kennst du den Ausdruck: ‚Die Wut der Hölle ist nichts gegen die einer verschmähten

Frau'? Nun, ich habe es nicht mehr nötig, abgewiesen zu werden. Ich bin nicht mehr an dir interessiert", sagte Sasha und drehte sich um, um ihre Nase in die Luft zu stecken und ihn völlig zu ignorieren. Warum brauchten die anderen eigentlich so lange? Es war ja nicht so, dass sie Essen für eine Truppe von zwanzig Leuten kaufen mussten.

Sie keuchte, als sie plötzlich hochgehoben wurde und sich kurz darauf unelegant ausgestreckt auf Declans Schoß wiederfand, ihre Beine über ihn gespreizt, seine Hände an ihrer Taille, während seine Lippen ihr einen strafenden Kuss gaben. Dieser Kuss – oh, in diesem Kuss lag alles von ihm. Wo vorher nur ein Vorgeschmack gewesen war, legte er nun all seine Hitze hinein, und Sasha wurde schwindlig an seiner Brust, während er sie festhielt und sie seinem Willen unterwarf, und er jeden bewussten Gedanken aus ihrem Kopf löschte, bis auf einen.

Dieser Mann.

Sie lösten sich voneinander, beide heftig atmend, beide leicht wütend und mehr als erregt. Sasha rutschte unbeholfen von ihm herunter und schlüpfte zurück auf ihren Sitz, verschränkte die Arme vor der Brust und starrte wieder aus dem Fenster. Sie ignorierte das Pulsieren ihrer Lippen, die sich nach mehr von seinen Küssen sehnten.

„Das wirkte nicht gerade uninteressiert", sagte Declan milde.

„Oh, sei still."

KAPITEL ACHTUNDZWANZIG

„Was haben wir verpasst? Habt ihr rumgeknutscht? Hattet ihr einen Streit? Ich spüre hier etwas", sagte Bianca sofort, als sie die Tür öffnete und mit einem Finger in der Luft wirbelte.

„Ich habe Hunger", sagte Sasha und zeigte auf die Tüte, die Bianca in der Hand hielt, „und ich werde launisch, wenn ich Hunger habe."

„Hmmm. Ich bezweifle, dass das der Grund ist, aber ich werde es erst einmal dabei belassen", sagte Bianca und warf Sasha eine Packung Kekse zu, die sie sofort aufriss und verschlang, ohne auf den Geschmack zu achten. Sie musste alles tun, um sich davon abzulenken, wo ihr Mund gerade gewesen war – und immer noch sein wollte.

Maddox öffnete die Tür und musterte Sasha, woraufhin sie widerwillig auf den Mittelsitz rutschte, bis sie nur knapp davon entfernt war, an Declan gedrückt zu werden. Sie ignorierte ihn und bot Maddox einen Keks an. Es kostete sie all ihre Willenskraft, Declan keinen Tritt zu verpassen, als er seinen Arm locker über die Rückenlehne des Sitzes legte, so dass seine Finger dicht neben ihrer Schulter hingen.

„Es tut mir leid, dass ich die Stimmung runterziehen muss, Sasha, aber ich habe das Gefühl, dass wir die Sache mit deinen Eltern anpacken müssen", sagte Bianca und drehte sich zu ihr um, um ihr ein mitfühlendes Lächeln zu schenken. „Ich weiß, es ist für dich vielleicht etwas seltsam, dich damit zu befassen, aber es gab einen Grund für diese ganze Situation."

„Darüber habe ich auch schon nachgedacht. Ich habe das Gefühl, dass der Wendepunkt in unserem Gespräch derselbe Moment war, an dem die Danula kommen konnten, um euch zu helfen."

„Das ist interessant", murmelte Maddox neben ihr. „Vielleicht hast du eine Art Test bestanden oder etwas aufgeschlossen?"

„Im Grunde habe ich sie einfach als Menschen betrachtet, die in einer schwierigen Situation ihr Bestes getan haben, und konnte so meinen unterschwelligen Ärger über sie loslassen. Vielleicht habe ich aber auch nur meine Erwartungen an sie geändert. Wie auch immer, auf einer bestimmten Ebene war es wohl so etwas wie Vergebung. Aber ich konnte es spüren. Tief in mir. Es war fast wie eine Flut von Negativität, die aus mir herausströmte und mich verließ."

„Und ich wette, das war genau der Zeitpunkt, an dem die Danula durchkommen konnten, um uns zu helfen", sagte Bianca.

„Vielleicht ist sie eine Art Kanal? Je verschlossener oder nachtragender sie ist, desto weniger ist sie in der Lage, Hilfe anzunehmen. Beziehungsweise, ihr wisst schon, ihr Schicksal", sagte Declan, und Sasha stellte sich kurz vor, wie es wäre, ihre neu entdeckte Kraft mit den Feuerblitzen an ihm auszuprobieren. Nicht, um ihn wirklich zu verletzen – nur um ihn vielleicht ein bisschen anzusengen. Es war klar, dass sie ihre Wut in den Griff bekommen musste, denn das war heute schon das zweite Mal, dass sie daran dachte, ihm eine kleine Grausamkeit zuzufügen.

„Nachtragend? Tut mir leid, aber das verbitte ich mir", schnaubte Sasha, schloss die Augen und schüttelte leicht den Kopf, während es im Auto totenstill wurde. Sie zählte bis drei. „Lacht nur. Ich werde euch schon nicht umbringen. Dieses Mal nicht."

Das Auto brach in Gelächter aus, und auch Sasha musste lachen. Wenn sie nicht ab und zu über sich selbst lachen konnte, welchen Sinn hatte dann alles?

„Ich komme mir vor wie in einem Brettspiel, oder wie in einer Legende", sinnierte Bianca, als Seamus losfuhr – noch ohne zu wissen, wohin. „Es ist, als ob man eine individuelle Prüfung bestehen müsste, und dann wird der nächste Hinweis enthüllt. Wir haben es hier mit sehr altem, mythologischem Zeug zu tun. Sieht aus, als würde es perfekt passen. Kindheitsängste überwinden? Den Eltern für vermeintliches Unrecht verzeihen? Geschafft. Hier ist deine Belohnung. Du hast das nächste Level erreicht."

„Es hört sich auch danach an, wie Karma funktioniert – oder nach früheren Leben und solchen Sachen", überlegte Maddox.

Bianca nickte enthusiastisch über ihre Schulter, während sie an einem Knäckebrot knabberte. „Ja, als ob sie Schuldgefühle oder Wut aus einem früheren Leben mit sich herumtragen würde. Und sobald die bewältigt sind, geht es auf die nächste Ebene."

„Genau."

„Wollt ihr damit sagen: Je mehr persönliche Probleme ich aufarbeite, desto mehr Hinweise werden aufgedeckt? Das hört sich an wie eine große Psychotherapiesitzung und ich bin nicht besonders daran interessiert, das durchzumachen", sagte Sasha. „Falls ihr es vergessen habt, da draußen sind Domnua, die uns umbringen wollen. Wir haben keine Zeit, all meine ungelösten Probleme aufzuarbeiten, um das nächste Level des Spiels zu erreichen, wie ihr sagt. Hier geht es um Leben und Tod."

„Aber vielleicht geht es bei deinen persönlichen Problemen auch um Leben und Tod – für *dich*", meinte Bianca.

Sasha kniff die Augen zusammen. „Das halte ich für sehr unwahrscheinlich", sagte sie und bemerkte, dass sie auf ihren Nägeln kauen wollte. Es war ein alter Tick, an dessen Abgewöhnung sie jahrelang gearbeitet hatte. Der Drang kam immer, wenn sie sehr gereizt war. Sie dachte, dass es wie das Verlangen nach einer Zigarette war, nach einem Streit mit jemandem oder wenn man gestresst war – etwas Gewohntes, um sich zu beruhigen. Und warum, fragte sich Sasha, hatte sie jetzt das Bedürfnis, sich zu beruhigen?

„Wir versuchen nur, die Dinge aus allen Winkeln zu betrachten, meine Liebe. Rege dich nicht zu sehr auf", sagte Maddox und berührte sanft ihr Bein.

Sasha drehte sich und lächelte ihm zu. Sie wollte nicht die launische Zicke sein, die alles aufhielt. Sie wurde immer wieder daran erinnert, dass sie alle zusammen in dieser Sache steckten.

„Ich dachte an den Leuchtturm als den Ort, wo das Licht immer scheint, aber ich glaube nicht, dass es sich um einen modernen, funktionierenden Leuchtturm handelt. Es gibt eine alte Ruine, weiter unten in Kinsale, entlang der Küste zum Ring of Kerry. Sie war früher eine Festung, wurde aber im Laufe der Jahrhunderte vernachlässigt und verfiel. Oberhalb auf dem Hügel befindet sich ein alter Leuchtturm, der jedoch nicht mehr in Betrieb ist. Ich glaube, ein Teil davon ist ebenfalls eingestürzt. Aus irgendeinem Grund kommt mir das immer wieder in den Sinn, wenn ich an ‚Leuchtturm‘ denke."

„Kannst du uns den Weg weisen?", fragte Seamus über seine Schulter.

„Ja, ich kann dir sagen, wo es lang geht. Ich habe dort als Kind viel Zeit verbracht. Meine Familie machte dort in der Nähe Urlaub und ich kletterte über die Hügel, bis ich in den Ruinen herumlaufen konnte."

„Eine weitere Verbindung also", murmelte Bianca.

Sasha sah ihr in die Augen. „Ja, eine weitere Verbindung."

„Dann wird es Zeit, die Festung zu stürmen."

KAPITEL NEUNUNDZWANZIG

Declan ließ seinen Blick aus dem Fenster über die vorbeiziehende irische Landschaft schweifen, die mitten zwischen Winter und Frühling lag, wo vergilbtes Gras grün wurde und die ersten Knospen des neuen Lebens aus dem Boden kamen. Es war ein bisschen so, als würde man Sasha dabei zusehen, wie sie nach den Schlägen, die sie im Leben eingesteckt hatte, wieder zu sich kam. Nach jedem Schlag war sie so wackelig wie ein Fohlen, das laufen lernte, aber kurze Zeit später war sie stärker als je zuvor und hüpfte über die Felder.

Er hatte ihr zujubeln wollen – jedes Mal, wenn sie sich aufgerappelt und weitergemacht hatte. Declan war ihr gegenüber beschützend und stolz, und das nicht nur, weil er ihr Beschützer war. Es lag auch daran, dass er gesehen hatte, wie sie sich entwickelt hatte, von einem einsamen und vorsichtigen Mädchen zu einer starken Frau mit unverwüstlichem Charakter, die aber trotzdem liebenswürdig sein und verzeihen konnte, wenn es nötig war. Wäre sie im

Laufe der Jahre kalt geworden, hätte er seine Gefühle ihr gegenüber hinterfragen müssen.

Aber weiterhin dieses große Herz hinter ihrer eisernen Fassade zu sehen? Das reichte aus, dass er ihre Mauern einreißen und sie umarmen wollte, bis sie ein für alle Mal erkannte, dass sie bedingungslos geliebt wurde. Grenzenlos.

Für immer.

Declan spürte, wie sich sein Herz jedes Mal zusammenzog, wenn er daran dachte, diese Frau zu seiner zu machen. Eins zu werden mit ihr. Nicht nur mit ihrem Körper, sondern auch mit ihrem Geist und ihrem Herzen. Sie war die fehlende Hälfte, die ihn ganz machen würde, und ein Leben ohne sie an seiner Seite wäre ein Leben, das nicht lebenswert wäre.

Er musste warten, bis seine Zeit gekommen war, das Schwert finden und seinen Schwur erfüllen. Erst dann würde sie ihm gehören.

Wenn er so lange durchhalten würde.

Fast hätte Declan laut geflucht, als er daran dachte, wie er sie auf seinen Schoß gezogen und sie mit seinem Kuss erobert hatte. Sie hatte ihn sofort erwidert und nichts zurückgehalten, und das hatte ihn beinahe um den Verstand gebracht. Seine wilde Kriegerin, die sich so sehr abschirmte, log nicht, wenn es um ihre Leidenschaft oder ihre Gefühle ging. Sie hätte Desinteresse heucheln oder ihn wegstoßen können. Stattdessen hatte sie sich in den Kuss gestürzt und sich ihm ganz hingegeben.

Sie war wie eine Wildblume, die im Regen herabhing, aber ihr Gesicht in die Sonne hielt.

Eines Tages würde er ihr Licht sein, versprach er sich. Eines Tages.

KAPITEL DREISSIG

„Ist es hier?", fragte Seamus und deutete auf eine kleine Straße, die von der Hauptstraße abzweigte. Sie waren mehrere Stunden gefahren, Declan hatte den Horizont nach Domnua abgesucht, während Bianca mit Theorien über das Schwert um sich geworfen hatte. Sie waren zu keinen weiteren Schlussfolgerungen gekommen, aber einige Theorien hatten sich verfestigt. Bianca blieb bei ihrer Überzeugung, dass mehr Hinweise ans Licht kommen würden, wenn Sasha ihre persönlichen Probleme aufarbeitete. Beim Gedanken daran, all ihre tief verwurzelten Unsicherheiten oder persönlichen Probleme hervorzukramen, wollte Sasha am liebsten über alle Berge verschwinden und niemals zurückblicken.

„Ja, aber an einem bestimmten Punkt endet der Weg", sagte sie. „Dann müssen wir zu Fuß weiter. Und da es bald dunkel wird, sollten wir unsere Ausrüstung mitnehmen. Höchstwahrscheinlich werden wir heute Nacht hier zelten."

„Dann müssen wir Schutzwälle errichten", sagte

Seamus und warf einen Blick auf Declan, der nur zustimmend nickte.

„Oh, darf ich zusehen? Ich wollte schon immer mal sehen, wie das geht", quietschte Bianca.

„Für dich tue ich alles, meine Schöne", sagte Seamus und Bianca schickte ihm ein strahlendes Grinsen.

„Ich weiß nicht, ob mir das gefällt. Wir werden praktisch unter freiem Himmel sein, und abgesehen von unseren Schutzwällen sind wir ungeschützt", protestierte Maddox.

„Warte nur, bis du den Wehrturm siehst. Es ist eine Ruine, aber gut genug, um einen gewissen Schutz zu bieten. Es ist ja nicht so, dass wir Zelte auf einem Berggipfel aufstellen müssen", beruhigte ihn Sasha.

„Ja, aber trotzdem. Es macht mich ein bisschen nervös", sagte Maddox.

„Wir werden schon klarkommen. Es fühlt sich richtig an." Das war alles, was Sasha sagen konnte. Es schien, als ob sie bei dieser Mission auf ihr Bauchgefühl hören musste, also tat sie ihr Bestes, ihre Intuition zu befragen, um sicherzustellen, dass sie richtig lag.

„Oh, das ist einfach ... wow", hauchte Bianca, als sie einen Hügel erklommen hatten und die alte Burgruine in Sicht kam. Für eine Ruine war sie größer als für Irland typisch war, denn sie war über die Jahre hinweg recht gut erhalten geblieben, bis die nahe gelegene Stadt aufgehört hatte, Gelder für ihre Erhaltung aufzubringen.

Drei Mauern einer einstigen Burg ragten noch immer stolz in den Himmel, wo die Sonne ihre Reise zum Horizont begonnen hatte. Auf den meisten Seiten vor dem Wind geschützt, lag die zerfallene Mauer über steilen Klippen, die stolz aus dem Wasser ragten. Ein einsamer Turm, vermutlich der ehemalige Leuchtturm, stand leicht schief, hielt aber immer noch am oberen Ende der Klippe die Stellung. Im schwindenden Licht wirkte er grimmig und sehr einsam.

Ein Wachposten, der sein Licht leuchten ließ, um sie alle zu schützen.

„Es ist wirklich schön", stimmte Sasha zu, deren Kindheitserinnerungen an das Herumtollen über den Hügeln und in den Mauern wieder wach wurden. Sie sah Declan an. „Du wirst dich sicher auch an diesen Ort erinnern. Immerhin bist du mir schon damals gefolgt."

„Ich erinnere mich", sagte Declan, den Blick immer noch aus dem Fenster gerichtet.

„Was soll das bedeuten?", fragte Bianca.

„Declan hat mich schon länger beschützt, als ich dachte. Seit seiner Kindheit. Er hat mich also in all meinen peinlichen Phasen erlebt", sagte Sasha steif.

„Oh mein Gott, ich liebe es! Ist das nicht einfach süß?", schwärmte Bianca und legte ihre Hand aufs Herz.

„Ich hätte dich damals auch beschützt, wenn ich dich schon gekannt hätte", sagte Seamus, „Ich wette, du warst ein liebenswürdiges Kind."

„Nö, pummelig und unbeholfen. Aber ich glaube, das sind wir alle als Kinder. Ist es nicht so? Jeder braucht Zeit, um aufzublühen", sagte Bianca.

„Ich weiß ja nicht, wie es bei dir war, Schatz, aber ich war schon immer fabelhaft", sagte Maddox und Sasha musste lachen, ohne auch nur eine Sekunde daran zu zweifeln.

„Ich hatte auch meine peinliche Phase. Ein richtiger

Lulatsch und dünn wie eine Bohnenstange. Jetzt bin ich viel männlicher", sagte Seamus und hob seinen immer noch dünnen Arm, um ihn anzuspannen, was alle in Gelächter ausbrechen ließ.

„Wir werden unser Lager dort in der Ecke aufschlagen", wies Declan an und holte sie in die Gegenwart zurück. Seamus fuhr den Geländewagen so weit wie möglich vor, bevor sie das unebene Gelände aufhielt.

„Das wird großartig", rief Bianca aus.

Sie holten die Ausrüstung aus dem Auto, während Declan Wache hielt. Dann begannen sie, den Hügel zu erklimmen, der zur Ruine führte. Die letzten Sonnenstrahlen hüllten die Hügel in ihre winterliche Wärme und erinnerten Sasha daran, dass sie Licht benötigen würden.

„Wir brauchen Feuer", sagte Sasha und Bianca nickte zustimmend.

„Wir haben im Laden Holz mitgenommen. Ich ahnte, dass wir draußen in der Kälte sein würden. Das war einer der Gründe, warum wir so lange gebraucht haben."

„Ich habe mich schon gefragt, was ihr da die ganze Zeit gemacht habt."

„Ehrlich gesagt, ich hätte noch mehr kaufen können, aber ich habe mich gezwungen, aufzuhören. Ich wusste nicht genau, wo wir landen würden und wollte vorbereitet sein für den Fall, dass es draußen war. Vor allem zu dieser Jahreszeit. Ich wusste, wir würden die Wärme brauchen. Außerdem hat Seamus gesagt, dass er einen Feenzauber kennt, der hilft, das Feuer länger zu erhalten. Was das angeht, haben wir also Glück." Bianca schnaufte leicht, als sie die Steigung hinaufwanderten, mit Rucksäcken und den Armen voller Vorräte.

Wenn die Domnua jetzt angriffen, könnten sie beide schnell erledigt sein, dachte Sasha und schob die Vorräte auf einen Arm, damit ihre andere Hand frei war, um nach dem Dolch zu greifen.

„Es ist schön, ein Element der Magie bei dieser Mission dabei zu haben, obwohl sie auch gegen uns arbeitet. Schließlich haben auch die Domnua übersinnliche Kräfte. Aber wenn es nötig wird, habe ich wirklich nichts dagegen, wenn uns etwas Zauberei helfen kann", stimmte Sasha zu, als sie sich der ersten Mauer der Burg näherten.

„Ja, schon klar. Aber kommen wir zur Sache. Was ist mit dir und Declan? Ihr saht aus, als würdet ihr euch gegenseitig auffressen wollen, als ich zum Auto zurückkam." Bianca lenkte die Aufmerksamkeit wieder auf die wichtigen Dinge.

Sasha überlegte, ob sie dem Thema ausweichen sollte, aber ihr Bauchgefühl sagte ihr, dass sie eine Freundin gebrauchen konnte. Und so beschloss sie, ihrem Instinkt zu vertrauen und sich zu öffnen.

„Wir haben uns gestritten. Ich habe herausgefunden, dass er mich seit meiner Kindheit verfolgt, was mich total verunsichert und mir sehr unangenehm ist, wenn ich nur an all die peinlichen Situationen denke, bei denen er mich wahrscheinlich gesehen hat. Deshalb haben wir uns gestritten, und ich habe ihm gesagt, dass ich kein Interesse an ihm habe, und dann hat er mich einfach auf seinen Schoß gezogen und mich so lange geküsst, bis ich nicht mehr klar denken konnte", sagte Sasha hastig. Sieh an, sie hatte sich jemandem anvertraut.

„Hmmmh, das klingt doch köstlich", sagte Bianca mit einem verträumten Blick in ihren blauen Augen, während

sie sich den Moment vorstellte. „Nicht, dass ich nicht überglücklich mit meinen Seamus wäre, aber Declan ist einfach
zum Anbeißen. Ich glaube, du und jede Frau, die noch
atmet, würde lügen, wenn sie sagen würde, sie wäre nicht
interessiert."

„Sicher, er ist ganz nett anzusehen. Aber an diesem
Punkt muss es aufhören", betonte Sasha, als sie sich dem
Teil der Mauer näherten, der eingestürzt war. Der Wind
frischte auf und Sasha war dankbar, dass Bianca daran
gedacht hatte, Feuerholz mitzubringen.

„Warum?", fragte Bianca.

„Weil er anscheinend denkt, dass ich sein Schicksal bin.
Er weigert sich aber, einen weiteren Schritt zu machen, bis
das Schwert gefunden ist. Solange ich mich füge und
meinen Teil beitrage, bekomme ich ihn als Belohnung."
Der Gedanke hatte Sasha schon seit einigen Stunden zu
schaffen gemacht, und ihn laut auszusprechen, verärgerte
sie noch mehr.

„Ich weiß nicht, ob ich das so sehen würde. Er scheint
sich diesem Job und dieser Mission mit unglaublicher
Hingabe zu widmen. Vielleicht will er einfach nur sicher-
stellen, dass er dich oder andere nicht enttäuscht – du
weißt schon, indem er sich von der Arbeit ablenken
lässt?"

„Ich habe da meine Zweifel. Ich glaube, er will gewinnen", sagte Sasha in mürrischem Ton.

„Na klar, wir wollen alle gewinnen. Wenn wir verlieren,
sterben wir." Bianca schüttelte den Kopf und ihr blondes
Haar fiel über ihre Schultern.

„Ich habe wirklich Schwierigkeiten mit der Vorstellung,
dass mein Schicksal vorherbestimmt ist. Was ist mit dem

freien Willen? Was ist mit Wahlmöglichkeiten?", wollte Sasha wissen und hielt inne, um Bianca anzuschauen.

„Die hast du. Du kannst gehen. Jetzt sofort. Einfach weg. Du könntest sterben, aber keiner von uns kann dich davon abhalten, zu gehen. Niemand zwingt dich, diesen Weg zu verfolgen. Alles beruht auf einer Entscheidung. Es ist nur so, dass Entscheidungen Konsequenzen haben, egal, welche Option du wählst."

„Und egal, was passiert, man muss mit den Konsequenzen leben", murmelte Sasha und dachte an die Entscheidungen, die in ihrem Leben für sie getroffen worden waren, und an die Entscheidungen, die sie selbst getroffen hatte. Beide hatten zu unterschiedlichen Ergebnissen geführt, und mit beiden musste sie auf die eine oder andere Weise umgehen.

„Ja, das muss man. Man lebt mit ihnen, man verdrängt sie, man betäubt sie, man arbeitet sich an ihnen ab, oder man akzeptiert sie. Aber man hat immer eine Wahl."

„Ich denke, das ist wichtig", sagte Sasha.

„Natürlich ist es das." Bianca zuckte mit den Schultern.

„Nein, ich meine für diese Mission. Erinnere mich daran, später am Feuer darüber nachzudenken. Jetzt müssen wir erst einmal das Lager aufschlagen, bevor es dunkel wird."

Entscheidungen, dachte Sasha, als sie die jahrhundertealte Ruine betraten. Es kam auf die Entscheidungen an.

„Weißt du, es gibt eine Menge Räume und Kammern und versteckte Winkel in diesem alten Ort", sagte Maddox und kam mit seinen Armen voller Holz um die Ecke der Mauer. „Man könnte ihn tagelang erforschen."

„Ich weiß. Das habe ich getan. Wahrscheinlich über den Punkt hinaus, wo es für mich sicher war, es zu tun", sagte Sasha, während sie ein Zelt in einer Ecke der Ruine aufbaute. Sie hatte ihr Bestes getan, um Steine und Kies zu beseitigen, aber der Boden, auf dem sie schlafen würden, war immer noch uneben.

„Glaubst du, dass das Schwert hier ist?", fragte Maddox, und Sasha sah ihn überrascht an, als sie die Zeltplane entrollte.

„Ich? Woher soll ich das wissen?"

„Folgen wir hier nicht deinem Bauchgefühl? Wärst du nicht die Erste, die man das fragen sollte?", fragte Maddox zurück.

Sasha hielt inne, als über ihnen ein heller violetter

Lichtschein über die Mauer strahlte, gefolgt von Biancas erfreutem Lachen.

„Die Schutzwälle?"

„Ja, sie errichten eine Schutzbarriere. Aber ich glaube nicht, dass ich heute Nacht ruhig schlafen werde. Nicht nach den letzten beiden Angriffen", gab Maddox zu. Er beugte sich vor und begann, das Feuerholz effizient neben einer kleinen Grube zu stapeln, die Sasha mit einer Gartenkelle gegraben hatte, die sie in einem der Pakete gefunden hatte. Es war nicht schön, aber es würde ausreichen, um als Feuerstelle zu dienen. Sie brauchten Licht und Wärme, soviel stand fest, denn der Wind hatte aufgefrischt.

„Ich glaube nicht, dass irgendeiner von uns viel schlafen wird, bis das hier vorbei ist. Und um deine Frage zu beantworten: Ja, ich denke, es fühlt sich richtig an. Was auch immer das wert ist." Sasha zuckte mit den Schultern, während sie eine Plane über dem Boden ausbreitete, als Schutz vor eindringender Nässe. „Ich nehme an, es ergibt einen poetischen Sinn, oder? Das Schwert auf einer alten Burg zu finden. Das ist alles sehr romantisch und mythologisch. Für mich würde es Sinn ergeben."

„Wir Feen lieben Drama", gab Maddox zu und kam, um an einer Ecke des Zeltes zu helfen. Sie machten kurzen Prozess mit dem Aufbau der drei Zelte und wieder einmal fragte sich Sasha, wo Declan schlafen würde. Oder ob er überhaupt Schlaf brauchte.

„Sollen wir uns ein Zelt teilen? Damit Declan nicht wieder das Bedürfnis hat, sich zu verstecken wie letzte Nacht?"

„Ich habe mich nicht versteckt", sagte Declan von hinten und ließ sie zusammenzucken. Sie dachte, sie könne seine Anwesenheit inzwischen fühlen, da ihre Haut immer dann zu kribbeln schien, wenn er in ihrer Nähe war, aber er konnte sich noch immer an sie heranschleichen.

„Danach sah es aber aus", sagte Sasha, die nicht anders konnte, als ihn zu ärgern.

„Ich habe Wache gehalten", sagte Declan steif.

„Du hast also gesehen, wie Clodagh gepackt hat und gegangen ist, und hast nichts gesagt?", verlangte Sasha.

„Es gab nichts zu sagen. Es ist nicht meine Aufgabe, die Motive derer zu hinterfragen, die ihren Zweck erfüllt haben und in aller Ruhe gehen wollen. Ich habe dir gesagt, dass sie versuchte, ihren Clan zu beschützen. Ich hätte dasselbe getan. Warum beschäftigt dich das so?"

„Weil sie mich verlassen hat. Schon wieder!"

„Du musst endlich über dein Problem mit dem Verlassenwerden hinwegkommen", erklärte Declan, und Sasha blieb der Mund offen stehen. Maddox stieß einen langen, tiefen Pfiff aus und machte sich aus dem Staub.

„Sag mir nicht, was ich zu tun habe. Ich bin fertig mit dieser Unterhaltung. Lass mich in Ruhe", erklärte Sasha und ihre Hände waren so fest um die Zeltstangen geklammert, dass sie sich wunderte, dass sie nicht entzweibrachen.

„Ich werde dich nicht allein lassen", sagte Declan, „und du wirst dieses Gespräch zu Ende bringen."

„Das werde ich ganz sicher nicht. Was du zu Ende bringen wirst, ist das Aufstellen dieser Zelte." Sasha warf ihm die Stangen zu, die er reflexartig auffing, wobei seine Augen sie böse anfunkelten. „Ich muss mal auf die Toilette. Und ich bitte um Privatsphäre."

Damit stürmte sie fort und um die Ecke der Mauer, die Schutz vor dem kalten Wind bot. Mit dem Kopf voran lief sie in den Wind und ließ zu, dass die Kälte ihre Wangen betäubte und ihr Temperament beruhigte, während sie den Hügel hinauf zu einem anderen Teil der Burg stakste, von dem sie wusste, dass sie sich dort in Ruhe erleichtern konnte. Nicht, dass sie unbedingt musste, aber nun würde sie es verdammt noch mal tun, nachdem sie so einen Wirbel darum gemacht hatte.

Für wen hielt sich Declan eigentlich? Er versuchte ständig, ihr diese Gespräche aufzuzwingen oder sie dazu zu bringen, über Dinge nachzudenken, über die sie nicht sprechen wollte. Wenn er ihr Schicksal war, dann war sie sicher nicht daran interessiert, sich für den Rest ihres Lebens auf diese Weise sezieren zu lassen.

Nein, dachte sie, als sie durch eine kleine Mauernische in einen geschützten Bereich mit einer grasbewachsenen Anhöhe auf der anderen Seite schlüpfte. Nicht das geringste Interesse.

KAPITEL ZWEIUNDDREISSIG

Declan ging auf und ab, nachdem er die Zelte in Windeseile aufgebaut hatte, und wartete auf die Rückkehr von Sasha. Ein Teil von ihm wollte ihr folgen, aber er wusste, wann man einer Frau Raum geben musste. Sasha war wütend und wollte allein sein, also hatte er sie gehen lassen. Er hoffte, dass er diese Entscheidung nicht bereuen würde.

„Bianca, kannst du mal nach Sasha sehen? Sie ist den Hügel hinauf zur Mauernische gegangen, um auf die Toilette zu gehen", bat Declan schließlich.

Bianca nickte und verschwand ohne eine weitere Frage hinter der Mauer. Seamus sah ihr hinterher und begegnete dann Declans Augen.

„Sie ist sicher, oder?"

„Ich denke schon. Die Mauern und Schutzwälle, die wir errichtet haben, sollten halten", sagte Declan, und Seamus nickte. Maddox stapelte langsam das Feuerholz auf und schnitt mit seinem Messer kleine Stücke ab, um sie als Anzündholz zu verwenden, bis er einen kleinen Haufen aus

Holzspänen hatte, der von einem kleineren Tipi aus Stöcken bedeckt war. In wenigen Augenblicken hatte er ein leuchtendes kleines Feuer entfacht und ließ sich daneben nieder, um es zu nähren und dafür zu sorgen, dass es zu einem schönen Bett aus Kohlen wuchs, über dem sie kochen konnten.

„Warum zwingst du sie, über Dinge zu sprechen, über die sie nicht sprechen will?", fragte Maddox. Obwohl es eine milde Frage war, konnte Declan den unterschwelligen, beschützenden Ton heraushören.

„Siehst du nicht, dass das die Mission ist?", fragte Declan und sowohl Seamus als auch Maddox hielten inne, um sich ihm zuzuwenden.

„Inwiefern genau? Ich meine, ich weiß, dass wir darüber gesprochen haben, dass sie vielleicht eine Art Kanal ist, der es den Danula erlaubt, zu helfen oder die nächste Ebene zu erreichen, wie Bianca gesagt hat, aber was genau willst du damit sagen?", fragte Seamus.

„Wir sind auf der Suche nach dem Schwert des Lichts, das auch als Schwert der Wahrheit bekannt ist. Wenn die Person, die es finden muss, nicht ehrlich mit sich selbst sein kann, wie soll sie es dann jemals finden?", fragte Declan und hatte das Gefühl, als würde er Kindern etwas erklären.

„Ohhhhh. Na, das ist interessant", murmelte Maddox, und Declan hätte fast die Hände über dem Kopf zusammengeschlagen, konnte sich aber rechtzeitig fangen. Kein Grund wie eine dramatische Frau auszusehen, dachte er, während er sich daran machte, ihre Essensvorräte zu sortieren und für einen einfachen irischen Eintopf vorzubereiten.

„Glaubst du, wenn du sie dazu drängst, ihre persönlichen Probleme aufzuarbeiten, wird das Schwert auftauchen? Oder sein Standort enthüllt werden?", fragte Seamus.

„Ich weiß nicht, ob es genau so funktioniert. Aber ich glaube nicht, dass sich das Schwert auch nur im Entferntesten jemandem offenbaren wird, der nicht in seiner eigenen persönlichen Wahrheit steht. Und solange sie nicht ein paar ihrer Komplexe loslässt, wird sie nie dorthin gelangen."

„Was dich dazu bringt, sie zu drängen. Ich dachte, du tust das nur, weil du sie liebst", sagte Maddox, stand auf und verschränkte die Arme vor der Brust, während er Declan in die Augen sah.

Declan verstand sein Auftreten als das, was es war – Maddox war der Stellvertreter eines Bruders oder Vaters, der ohne Umschweife fragte, was seine Absichten gegenüber Sasha waren.

„Ja, ich liebe sie. Das habe ich mein ganzes Leben lang getan. Für mich gibt es nur sie. Aber ich muss warten, bis der richtige Zeitpunkt gekommen ist, mit ihr zusammen zu sein. Ansonsten setzen wir die Mission aufs Spiel."

„Warum? Wie kommst du darauf?", fragte Seamus, der verwirrt das Gesicht verzog, während er begann, Karotten auf einem Brett zu schneiden, das er auf seinen Knien balancierte.

„Ich habe das Gefühl, dass ich meinen Eid verletze, wenn ich zulasse, dass mich Sex von der Mission ablenkt. Ich darf meine Wachsamkeit nicht vernachlässigen", sagte Declan geduldig, als würde er es einem geistig verwirrten Menschen erklären.

„Aber du hast doch gerade gesagt, es sei Liebe. Nicht nur Sex", sagte Maddox.

„Natürlich ist es nicht nur das. Ich meine Sex als Vollzug einer Beziehung. Darauf werde ich mich nicht einlassen, solange das Schwert nicht gefunden ist."

„Aber was ist, wenn es nicht gefunden wird, bis du selbst in deiner eigenen Wahrheit stehst?", fragte Seamus. Declan blieb wie angewurzelt stehen, während Maddox einen leisen Pfiff ausstieß.

„Ich stehe in meiner Wahrheit", sagte Declan leise. Seine Worte klangen wie eine Herausforderung.

„Wirklich? Du hast ihr gesagt, dass du sie liebst?"

„Sie weiß, dass sie mein Schicksal ist", sagte Declan, dessen Hände sich um die Kartoffel und das Messer in seiner Hand krampften.

„Ich kann das Wort Liebe darin nicht hören", sagte Maddox.

„Vielleicht gibt es in dem ganzen Rätsel mehr als nur das, was Sasha aufzuarbeiten hat", sagte Seamus fröhlich. „Gib mir mal die Kartoffeln, wenn du sie nur festhalten willst, bekommen wir heute Abend nichts mehr zu essen."

Declan reichte ihm geistesabwesend die Kartoffeln, während er über das Gesagte nachdachte. Er war sich sicher, dass Sasha wusste, dass er sie liebte. Das war es, was es bedeutete, wenn ein Mann einer Frau sagte, sie sei sein Schicksal. Oder etwa nicht?

„Ach, verdammt", fluchte Declan und beide Männer lachten.

„Ach, verdammt, du sagst es", sagte Seamus.

KAPITEL DREIUNDDREISSIG

Eine Stunde später hockten alle um das Feuer, einige auf gefalteten Decken, andere auf Holzscheiten, die Declan von irgendwoher angeschleppt hatte. Das Feuer knisterte fröhlich und sein Licht tanzte über die moosbewachsenen Steinmauern hinter ihnen. Wenn das Schicksal der Welt nicht auf dem Spiel gestanden hätte, hätte Sasha sich vielleicht entspannen und den Moment genießen können.

Stattdessen blieb sie angespannt und wachsam für das, was als Nächstes auf sie zukommen würde. Und das, was sie am nervösesten machte, abgesehen von einem möglichen Auftauchen der Domnua, war Declan selbst. Seit sie losgestürmt und dann zurückgekehrt war, war er übertrieben aufmerksam. Sogar jetzt beobachtete er sie über das Feuer hinweg, mit einem neuen Schimmer in seinen Augen. Sie hatte den Eindruck, als wolle er eine weitere Schicht abtragen, und das war genau das, was sie nicht wollte. Sie ignorierte seinen Blick und stürzte sich auf den Eintopf, den ihr Bianca gerade herausgeschöpft hatte.

„Für einen einfachen Lagereintopf ist das ziemlich gut",
sagte Sasha zu Seamus.

Er nickte Declan zu und sagte: „Declan gebührt dein
Dank, denn er ist derjenige, der es gewürzt hat."

Natürlich kochte der Mann. Sasha hätte fast mit den
Augen gerollt, unterließ es aber.

„Das ist gut", sagte Sasha und deutete mit ihrer
Schüssel auf ihn. Na also. Sie war nett gewesen.

„Danke, ich habe es mit Liebe zubereitet", sagte Declan
mit von Hitze durchzogener Stimme, und Sasha rollte die
Augen.

„Schalt mal einen Gang zurück, ja? Ich bin nicht sauer
wegen vorhin. Lassen wir es einfach gut sein", sagte Sasha
und beschloss, das Problem, das im Raum stand, direkt
anzusprechen.

„Es ist interessant, dass du so gereizt reagierst, wenn du
die Dinge, wie du sagst, hinter dir gelassen hast", sagte
Declan.

Sasha sah auf ihren Eintopf herab. „Ich wusste nicht,
dass man diesen Eintopf mit einer Provokation serviert
bekommt", sagte sie, hob die Schüssel und tat so, als ob sie
tief hineinblicken würde.

„Diejenige, die hier provoziert, bist du, Babe", sagte
Declan, und Sasha spürte, wie ihre Wut zu köcheln begann.
Es war gut, dass sie ihren Dolch nicht zur Hand hatte, denn
sonst hätte sie vielleicht ungewollt mit Feuerblitzen um sich
geschossen.

„Nenn mich nicht ‚Babe', Kumpel", sagte Sasha und
sah Declan über das Feuer hinweg in die Augen. Die
Flammen spiegelten sich darin, während er sie aufmerksam
beobachtete.

„Sooo, wenn ich mich da mal einmischen darf", sagte Bianca fröhlich. „So sehr ich es auch liebe, mir ein gutes Drama anzuschauen, denke ich, dass wir uns daran erinnern sollten, dass wir hier alle im selben Team sind."

„Und ich denke, wenn Sasha im Team sein will, dann muss sie anfangen, sich zu öffnen. Es ist klar, dass wir uns noch weiter in Gefahr begeben werden, bis sie sich von einigen alten Wunden verabschiedet. Das ist es, was das Schwert des Lichts bedeutet – es ist das Schwert der Wahrheit. Die Sucherin kann es nicht finden, wenn sie nicht zuerst ehrlich mit sich selbst ist", sagte Declan.

Er sprach in einem gleichmäßigen Ton, aber seine Worte fühlten sich an wie kleine Kugeln, von denen jede ihr Ziel traf, bis Sasha am liebsten die Augen schließen und sich in ihr Zelt verkriechen wollte, um so zu tun, als sei nichts von alledem geschehen.

„Ehrlich gesagt, halte ich das alles für Bockmist. Es ergibt doch keinen Sinn, dass Generationen von Suchenden bis hin zur letzten Sucherin vor Ende des Fluches aufrichtig in Bezug auf Liebe oder Verlust oder was auch immer sein müssen, um das Schwert zu finden. Denkt doch mal darüber nach – es muss etwas viel Wichtigeres bei der Suche nach dem Schwert geben, als meine persönlichen Probleme. Das ist zu... verworren", sagte Sasha, die sich schließlich für dieses Wort entschieden hatte.

„Feen lieben knifflige Dinge aber", sagte Seamus und hielt eine Hand hoch, um sie am Weitersprechen zu hindern. „Außerdem musst du die wechselhafte Natur von Gegenständen verstehen, die mit einem Fluch belegt sind. Sie verändern sich, verschmelzen, absorbieren Energie. Oder der Fluch bekommt im Laufe der Jahrhunderte eine neue Bedeutung. Das ist ein Teil dessen, was Feenmagie so faszinierend macht, aber auch so schwierig zu enträtseln. Und ich denke, wir haben mit dem, was mit deinen Eltern passiert ist, einen wichtigen Hinweis bekommen. Es tut mir leid, dass es für dich unangenehm ist, aber wir dürfen es nicht ignorieren. Es wäre leichtsinnig, das zu tun."

Es ärgerte Sasha, dass Seamus Recht haben könnte. Aber was sie noch mehr ärgerte, war das, was Declan gesagt hatte – dass sie ihre Freunde immer wieder in Gefahr brachte, weil sie nicht bereit war, Risiken einzugehen, indem sie sich ihren eigenen tiefliegenden Problemen stellte.

„Hand hoch wer hier glaubt, dass dies der Schlüssel zum Finden des Schwerts ist", sagte Sasha schließlich.

Sie war nicht überrascht, alle Hände um das Feuer herum hochgehen zu sehen.

„Schwört ihr, dass ihr das nicht nur tut, weil ihr die dramatische Geschichte meines Lebens hören wollt?"

„Ich meine, ich liebe ein gutes Drama. Aber nicht, wenn ich wüsste, dass es meine Freundin verletzen würde, sie zu erzählen", sagte Bianca sanft. Es war wahrscheinlich das Beste, was sie hätte sagen können, um Sasha zu beruhigen.

„Hier, das könnte helfen", sagte Maddox, kramte in einer Tasche zu seinen Füßen und holte eine Flasche Middleton heraus.

„Ja, da hast du recht." Da keine Becher zu finden waren, reichten sie die Flasche herum und jeder nahm einen oder zwei Schlucke. Sasha ließ sich vom Whiskey die Kehle wärmen, bis er hinunterlief und sich in ihrem Inneren ausbreitete. Sie zog die Decke fester um sich und starrte in die Flammen. Der Wind blies eindringlich und hörte sich an wie ein Liebespaar, das sehnsüchtig über das Rauschen der Wellen hinweg nacheinander rief.

Der Himmel war klar, was das Licht des Halbmonds noch heller, aber auf seltsame Weise auch kälter erscheinen ließ, als würde das weiße Licht mit dem warmen gelben Schein des Feuers konkurrieren. Sasha ignorierte die Wellen, den Wind und den Mond und blickte tief in die Flammen, wo der heißeste Teil des Feuers in blauen Schlieren tanzte. Sie hatte sich schon immer mit dem Feuer identifiziert. Seine alles verzehrende Natur – seine Kompromisslosigkeit – war etwas, das die Kriegerin in ihr respektierte. Es kam nicht ganz überraschend für sie, dass ihre magische Gabe das Feuer war.

„Nun, wir wissen, dass Verlassenheit ein großes Problem ist. Was für ein Kind, das so aufgewachsen ist wie du, ziemlich normal ist", sagte Bianca, um die Tür für Sasha zu öffnen.

„Willst du, dass ich einfach über all die Dinge spreche, mit denen ich Probleme habe? Denn das könnte Tage dauern. Ich hasse es zum Beispiel, dass die Papierhandtuchhalter in Badezimmern zu hoch für mich sind und dass mir das Wasser an den Handgelenken herunter und in die Ärmel läuft, wenn ich nach einem Handtuch greife. Jedes Mal."

Alle sahen sie an, als wäre sie leicht übergeschnappt, bevor sie in Gelächter ausbrachen, was die Anspannung, die in Sashas Schultern steckte, etwas lockerte. Sie wiegte ihren Kopf hin und her, um sich ein wenig zu entspannen, und lächelte dann ebenfalls.

„Versteht ihr, was ich meine?"

„Ich würde sagen, bleib vielleicht bei den großen Themen. Es geht offensichtlich um Liebe, Verlassenheit, Verbitterung, Wut... du weißt schon, Dinge, die diese Art von Gefühlen bei dir auslösen."

Sasha wischte sich mit einer Hand über das Gesicht und atmete ein paar Mal tief durch. Diese Menschen waren ihre Freunde, und wenn Declan Recht damit hatte, dass sie sie weiter in Gefahr brachte, solange sie nicht in der Lage war, sich diesen Dingen gegenüber zu öffnen, dann hatte sie eine Pflicht zu erfüllen.

„Nun, ich glaube, ein Thema habe ich bereits aufgearbeitet, als ich mit meinen Eltern sprach. Ich würde sagen, es war zum Teil Wut und zum Teil Verbitterung. Ich nehme an, es können zwei Seiten derselben Medaille sein. Und vielleicht habe ich jetzt eine neue Perspektive auf das, womit sie klarkommen mussten und darauf, dass ich ein Kind war, zu dem man nur schwer eine Verbindung aufbauen konnte. Ich weiß also nicht, ob wir das Thema noch weiter vertiefen müssen." Sasha zuckte mit den Schultern und Bianca reichte ihr wieder den Whiskey.

„Das Thema mit der Verlassenheit schien dich heute Morgen sehr aufgewühlt zu haben. Was ist damit? Hast du Angst davor, allein zu sein?", fragte Declan, und Sasha starrte ihn durch die Flammen an.

„Ich habe ganz sicher keine Angst vor dem Alleinsein. Ich bin jetzt schon eine ganze Weile allein, verdammt. Ich habe einen großen Teil meines Lebens allein gelebt – vor allem in einer Familie, die mich nicht verstanden oder akzeptiert hat, wie ich bin. Und das ist der springende Punkt bei Problemen mit Verlassenheit. Es geht nicht darum, dass man Angst vor dem Alleinsein hat, sondern darum, dass man sich fragt, ob man für andere Menschen gut genug ist."

Der Wind frischte noch mehr auf, und Sasha zog die Decke um sich. Sie hasste diesen Moment.

„Natürlich bist du gut genug", sagte Bianca. „Du bist fantastisch. Ich bin stolz darauf, dich meine Freundin nennen zu dürfen."

Sasha lächelte sie an, schüttelte aber den Kopf.

„Darum geht es nicht. Ich frage mich eher... wird jemand mein wahres Ich lieben? Mich so sehen, wie ich bin? Das Gute und das Schlechte? Und trotzdem bei mir bleiben? Und leider habe ich das noch nicht wirklich gefunden."

„Hey", sagte Maddox mit verletzter Miene auf der anderen Seite des Feuers. „Ich bin bei dir geblieben."

„Ja, und wir sind auch hier", sagte Seamus.

„Ihr kennt mich noch nicht so lange. Aber Maddox schon, und es tut mir leid, du hast recht. Du hast all meine zickigen Launen miterlebt. Aber seht ihr, wie heikel diese Themen sind? Ich frage mich, ob du geblieben wärst, wenn du nicht die Aufgabe gehabt hättest, mich zu beschützen." Sasha zuckte unter der Decke ratlos mit den Schultern, während sie den verletzten Gesichtsausdruck ihres Freundes sah.

„Niemand hat mich gezwungen, dich zu beschützen. Ja, es war mir eine Ehre, in deiner Nähe zu sein und dir helfen zu können. Aber ich hätte das nicht getan, wenn ich dich nicht lieben würde. Trotz deiner zickigen Art und allem", sagte Maddox ruhig.

Sasha spürte, wie sich ihr Herz zusammenzog, als sie seine Worte hörte. „Du weißt, dass ich dich nicht verletzten will", sagte sie leise. „Es sind nur meine Gedanken, die mir Streiche spielen."

„Und dann hat dich dein Verlobter betrogen. Für dich fühlt es sich wie Verlassenheit an, obwohl es eigentlich nichts mit dir und alles mit ihm zu tun hat", sagte Declan gleichmütig.

Sasha wich überrascht zurück. „Ähm, netter Umdeutungsversuch, aber ich würde sagen, es hat alles mit mir zu tun. Offensichtlich habe ich seine Bedürfnisse nicht befriedigt."

„Oder der Typ ist einfach nur ein Arschgesicht", sagte Seamus und schüttelte den Kopf. „Tut mir leid, Sash, aber ich glaube kein bisschen von dem, was du sagst. Wenn jemand fremdgeht, ist das sein Problem – seine Sache. Irgendetwas stimmt bei ihm nicht, und er sucht sich etwas anderes, um die Leere zu füllen. Aber letztendlich wird er nie glücklich sein, solange er diese Leere nicht selbst füllen oder das, was kaputt ist, nicht reparieren wird. Nur Feiglinge verlassen auf diese Art eine Beziehung. Es verursacht zu viel Schmerz. Jeder Mann sollte die Redlichkeit haben, aufzustehen und zu sagen: ‚Ich bin unglücklich und muss gehen', anstatt zu lügen und herumzuschleichen. Was passiert ist, sagt viel über den Charakter dieses Mannes aus – nicht über dich. Du kannst die beste Freundin der Welt sein, aber wenn der Mann gebrochen ist, kannst du das nicht ändern. Du wirst ihn nie in Ordnung bringen können. Er muss sich selbst in Ordnung bringen. Es hat nichts damit zu tun, gut genug zu sein. Wahrscheinlich warst du sogar zu gut für ihn und hast zu lange versucht, ihm zu helfen. Aber schiebe dir die Schuld nicht selbst zu.

Es war nicht deine Entscheidung und ganz sicher nicht deine Schuld."

„Seht ihr, warum ich diesen Typen liebe?", sagte Bianca und beugte sich vor, um Seamus einen dicken Kuss auf die Wange zu drücken, während Sasha ihn einfach nur verblüfft über das Feuer hinweg anstarrte.

„Und ich habe die ganze Zeit gedacht, dass es an mir lag. Etwas, das ich hätte anders machen können", sagte Sasha.

„Ja, du hättest etwas anders machen können", sagte Declan. Sasha riss den Kopf hoch und sah ihn mit zusammengekniffenen Augen an. „Du hättest dir einen besseren Mann aussuchen können. So viel kannst du ruhig zugeben."

Sasha öffnete den Mund, um eine wütende Tirade auf ihn loszulassen – denn was wusste er schon? Dann schloss sie ihn und holte tief Luft.

„Du hast recht. Ich hätte mir einen besseren Mann aussuchen können. Ich schätze, ich habe die Zeichen nicht erkannt, als ich es hätte tun sollen. Er hatte Probleme, lange bevor ich da war und obwohl ich alles tat, um ihm zu helfen zu lernen und zu wachsen, wird er letztendlich, bis er sich selbst um seine Probleme kümmert, ein gebrochener Mann bleiben."

„Und ein Arschgesicht", erinnerte Seamus sie.

Sasha spürte an ihrem Körper, wie sich etwas in ihrem Inneren löste, als ob sich etwas öffnete und aus ihr wich. Ähnlich wie bei der Flut des Grolls, die ihren Körper früher an diesem Tag verlassen hatte, schien eine Last von ihren Schultern abzufallen.

„Danke, Freunde. So habe ich das noch nie gesehen. Es

ist so viel einfacher, selbstkritisch zu sein, als andere zu kritisieren."

„Ach wirklich? Bei mir scheinst du ja keine Hemmungen zu haben", stieß Declan aus und Sasha schenkte ihm ein freches Grinsen.

„Wahrscheinlich bringst du die Zicke in mir zum Vorschein."

„Ich nehme jede Seite von dir, die du mir gibst, mein Herz", sagte Declan, und Sasha spürte, wie sie eine Hitze durchströmte, kurz bevor der Himmel über ihnen explodierte.

„Attacke!", kreischte Bianca.

Die Domnua fielen in Scharen vom Himmel, auf geflügelten Bestien aus mythischen Erzählungen reitend. Sashas Herz setzte einen Schlag aus. Diejenigen, die am Feuer saßen, wurden augenblicklich von einem silbrigen Feenwirbel voneinander getrennt, und Sasha schrie auf, als sie in die Luft geschleudert, auf den Rücken einer der Bestien geworfen und dann zum Turm geflogen wurde.

Sie wand sich und versuchte, sich loszureißen, bevor man sie im Leuchtturm einschloss, aber der Griff um ihren Arm war so stark, dass sie spürte, wie sich ihre Schulter auszurenken begann. Sie schrie vor Schmerz auf, bevor sie aufhörte, sich zu wehren, ließ den Kopf sinken und betrachtete jede Einzelheit und jede Bewegung um sich herum, während sie auf das wartete, was als Nächstes kommen würde.

Sie hatten den obersten Raum des alten Leuchtturms erreicht, wo der Wind heftig durch die Ritzen im Stein pfiff und die Wände von der Gischt des Meeres feucht waren. Die Domnua warfen Sasha auf den Boden, stellten sich über sie und begannen lange und leise zu diskutieren, wobei Sasha ein paar Worte verstehen konnte.

„Die Göttin Domnu sagt, wir sollen sie lebend gefangen nehmen", brachte einer der Domnua vor, während die anderen beiden auf und ab gingen. Sasha bewegte sich kaum, doch ihre Augen verfolgten sie, während ihre Hand langsam zu der Stelle an ihrer Hüfte glitt, an der sie ihren Dolch vorzufinden hoffte.

„Aber wenn wir sie töten, ist der Fluch aufgehoben. Es gibt keine andere Sucherin für das Schwert. Wir werden Helden sein!", zischte ein anderer, der lang und schlank und einer Schlange ähnlich war, während er über den Boden glitt und ihr böse Blicke zuwarf.

Sasha schrie beinahe erleichtert auf, als ihre Hand den Griff des Dolches fand. Er war auf dem Flug zum Turm nicht zu Boden gefallen. Ihre Kette lag noch immer um ihren Hals und ließ Wärme durch ihr Inneres strömen. Sasha zwang sich selbst nachzudenken, innezuhalten und die Situation kühl einzuschätzen, wie es ein Krieger tun würde.

Es war deutlich, dass die Domnua sie nicht als Bedrohung sahen. Sie drehten ihr oft den Rücken zu, während sie auf und ab gingen und sich stritten. Den einen links würde sie schnell ausschalten können, bevor er eine Chance hatte, sich umzudrehen, aber die anderen beiden stellten ein Risiko dar. Wenn sie jedoch ihren Dolch mit etwas von ihrer neu entdeckten magischen Feuerkraft auflud, dann würde sie die beiden anderen vielleicht schnell genug erledigen können. Aber nur vielleicht. Sie erinnerte sich an die übernatürliche Geschwindigkeit von Feenwesen, während sie sich leicht bewegte, um in die Hocke gehen zu können.

Sie war aber immer noch zu einer Kugel gekrümmt, um zusammengekauert und verängstigt auszusehen.

Als ihr derjenige, der ihr am nächsten stand, den Rücken zuwendete, um weiter zu diskutieren, sprang sie auf und durchbohrte ihm mit dem Dolch den Rücken, genau dort, wo sein Herz war. Noch bevor die beiden anderen Feenwesen reagieren konnten, regnete es silbern auf sie herab und Sasha beschwor die Hitze in ihrem Inneren herauf, um dann mit einem so hellen Feuerblitz zuzuschlagen, dass sie selbst vor Überraschung aufschrie, nachdem die beiden anderen auf einen Schlag ausgelöscht waren.

Dann spürte sie den stechenden Schmerz in ihrer Seite. Als sie herabblickte, sah sie, dass einer von ihnen – der schlangenähnliche – es geschafft hatte, ihr mit seinem Dolch einen Hieb zu versetzen.

„Verdammt", fluchte Sasha. Ohne nachzudenken, zog sie ihr Oberteil aus und wickelte es fest um ihren Körper, um den Blutfluss zu stoppen. Es sah nach einer recht kleinen Wunde aus, aber da Feenmagie im Spiel war, hatte sie keine Ahnung, was mit einer solchen Verletzung passieren konnte.

Als sie Rufe von draußen hörte, eilte sie zu einem der Schlitze in der Steinmauer und drückte ein Auge darauf, um zu versuchen, etwas zu sehen. Anders als bei einem traditionellen Leuchtturm waren die Fenster nur zentimeterbreite Öffnungen im Stein, um, wie sich Sasha vorstellte, die Flamme des Feuers am Brennen zu halten und es vor dem Wind zu schützen. Aber im Moment war es nur lästig, denn sie versuchte zu sehen, was weit unterhalb an der Ruine geschah.

In der undurchdringlichen Dunkelheit waren nicht viel mehr als einige violette und silberne Lichtblitze zu erkennen, doch das violette Leuchten hellte ihre Stimmung auf. Die Danula waren gekommen und sie waren nicht allein dort unten. Jetzt musste sie nur noch einen Weg aus diesem Leuchtturm herausfinden. Sasha hielt einen Moment inne, betrachtete ihren Dolch und überlegte, ob sie ihre Magie vom Fenster aus einsetzen könnte. Aber da sie nicht genau erkennen konnte, worauf sie zielte, beschloss sie, dass es besser war, es nicht zu tun. Das Letzte, was sie tun wollte, war, einen ihrer Freunde zu verletzen oder zu töten.

Ihre Freunde. Diejenigen, die gerade dabei waren, ihr Leben für sie zu riskieren. Weil sie der Meinung waren, dass sie es wert war. Allein dieser Gedanke erfüllte sie mit einer Liebe und Hoffnung, die sie schon lange nicht mehr empfunden hatte.

Sasha fuhr mit der Hand über den kühlen Stein, ging in der Dunkelheit umher und versuchte, einen Ausgang zu finden. Es musste einen geben. Jemand musste auf den Turm klettern können, um die Flamme anzuzünden, oder?

Sie hielt inne und blickte in Richtung des Gebildes, das sie nur schemenhaft in der Mitte des Raumes erkennen konnte. Sie ging hinüber und tastete fast blind herum, bis sie ein papierartiges, geflochtenes Material fühlte. Vielleicht ein Seil? Unsicher, aber ihrem Instinkt vertrauend, trat sie einen Schritt zurück und richtete ihren Dolch darauf. Sie fragte sich kurz, ob ihre Feuerkraft funktionieren würde, wenn keine unmittelbare Gefahr drohte, aber dann verdrängte sie den Gedanken und rief das bekannte Gefühl in ihrem Inneren hervor. In Sekundenschnelle schoss Feuer aus der Klinge und entzündete etwas, das tatsächlich wie ein Docht aussah. Das Feuer flackerte kurz auf, dann wurde es lebendig und füllte den Raum mit genügend Licht, dass Sasha sich endlich orientieren konnte.

„Weißt du was? Das ist ein sehr nützliches Werkzeug", sagte Sasha und blickte auf ihren kleinen Dolch, bevor sie den Raum um sich herum betrachtete.

Sie schrie fast vor Freude, als sie die Tür sah. Dann fluchte sie wieder, als sie feststellte, dass sie aus Metall bestand und längst verrostet war. Die Scharniere, das Schloss und die Tür selbst waren so stark mit Rost und Salz befallen, dass sie sich verzogen hatte und völlig unbeweglich war. Egal wie oft Sasha ihr Gewicht dagegen warf, sie steckte fest.

Sie überlegte kurz, ob sie die Tür mit ihrer Feuerkraft zerschlagen sollte, entschied sich aber dagegen. Sie hatte keine Ahnung, was sich auf der anderen Seite befand, und wenn einer ihrer Freunde das Licht im Turm gesehen hatte und nun versuchte, sie zu retten, könnte sie deren Leben riskieren.

Sie fand sich damit ab, zu warten, ging zurück zum Fenster, wickelte die Decke um sich und drückte eine Hand auf ihre Wunde, während unten der Kampf tobte.

Und sie betete zur Göttin Danu, dass heute Abend alle unversehrt bleiben mögen.

KAPITEL FÜNFUNDDREISSIG

Declan wirbelte umher, wahnsinnig vor Angst um Sasha und rammte sein Schwert durch einen weiteren Domnua. Sie hatten das Glück, dass die Danula-Krieger rechtzeitig eingetroffen waren, um den Großteil der Domnua abzuwehren, aber die Schlacht zehrte an ihren Kräften und er musste noch herausfinden, wohin sie Sasha gebracht hatten.

Mit suchenden Augen rannte er über den Hügel und bahnte sich seinen Weg durch einen Domnua nach dem anderen, ohne auch nur einmal zurückzuschauen. Er würde sie finden. Es war sein Schicksal, sie zu beschützen, und die Tatsache, dass sie vor seinen Augen entführt worden war, würde er nie vergessen.

Und sich auch nicht verzeihen, dachte er, als er einem weiteren Domnua den Kopf abschlug.

Wo war sie nur?

Hoch oben am Horizont fiel ihm ein flackerndes Licht ins Auge und er blieb stehen. Brannte dort eine Flamme im Leuchtturm?

Wo das Licht immer leuchtet...

Declan fluchte, verstand aber sofort, was von ihm verlangt wurde. Er bahnte sich einen Weg durch den Pulk der Domnua und steigerte seine ohnehin schon unmenschliche Geschwindigkeit, um den Verlauf des Kampfes zu ändern. In wenigen Augenblicken hatte sich das Blatt zu ihren Gunsten gewendet. Declan überblickte die wenigen verbliebenen Domnua und drehte sich um, um Maddox etwas zuzurufen.

„Sie ist im Turm. Ich gehe zu ihr."

„Ja, wir halten hier die Stellung. Hole unser Mädchen", rief Maddox zurück und stürzte sich erneut ins Getümmel, wobei seine Armbänder wie verrückt an seinem Arm klimperten, während er kämpfte. Declan musste grinsen – er musste einen Mann bewundern, der in ein und demselben Outfit zum Abendessen und zu einer Schlacht erscheinen konnte.

Declan überquerte den Hügel im Laufschritt, erreichte den Turm und umrundete ihn, bis er die kleine Tür am unteren Ende fand. Er stemmte sich mit seinem Gewicht dagegen und versuchte, sie aufzustoßen.

„Nein? Du lässt mich nicht rein? Das bezweifle ich", stieß Declan aus. Mit einem Tritt riss er die Tür aus den Angeln und ließ das rostige Metall in Stücke zerspringen. In Sekundenschnelle kroch er durch die Öffnung und betrat mit dem Schwert im Anschlag das dunkle Treppenhaus. Als er nicht sofort von Domnua attackiert wurde, begann er vorsichtig die abgenutzten Stufen hinaufzusteigen. Bei jedem Schritt ächzte das Holz unter seinem Gewicht und Declan wurde langsamer. Obwohl er seine Waffe nicht aus der Hand legen wollte, wusste er, dass es leichtsinnig wäre,

nicht nach dem Geländer zu greifen, das in den Stein einge-
lassen war. Er kniff die Augen zusammen, um mit seinen
zusätzlichen Sinnen klarer sehen zu können, und stieg
vorsichtig Stufe für Stufe hinauf, betend, dass er Sasha
lebend finden würde.

Ein muffiger, feuchter Geruch haftete an den Wänden,
und Spinnweben streiften sein Gesicht, während er so
langsam wie möglich aufstieg. Der Zwang zur Vorsicht
brachte ihn dazu, vor Wut aufschreien zu wollen. Sasha
könnte tot sein oder gerade sterben, und es wäre alles seine
Schuld.

Er hätte sein Volk im Stich gelassen.

Und die Liebe seines Lebens verloren.

KAPITEL SECHSUNDDREISSIG

„Sasha!"

Sasha zuckte zusammen, als sie den dumpfen Ruf hinter der Tür hörte. Sie schluchzte und war mehr als dankbar, dass jemand gekommen war, um sie zu holen. Sie hatten sie gefunden.

„Ich bin hier! Ich bin in Sicherheit!"

„Bleib von der Tür weg", befahl Declan, und Sasha lief auf die andere Seite des Raumes und hockte sich hinter die Flamme, die noch immer hell in ihrem steinernen Halter in der Mitte des Raumes brannte. Der Schmerz in ihrer Seite ließ sie ein wenig zusammenzucken.

„Ich bin aus dem Weg."

Obwohl sie darauf vorbereitet war, ließ sie die Wucht, mit der die Tür zerbrach, dennoch aufschrecken.

„Wo bist du?", rief Declan und stürmte mit wilden Augen in den Raum. Sie tauchte hinter der Mauer auf und fühlte sich plötzlich schüchtern, als sie seinen grimmigen Blick sah.

„Ich bin hier. Geht es allen gut? Wurde jemand verletzt?",

fragte Sasha, und ihre Hand wanderte automatisch an ihre Seite. Sie erschauderte, während sein Blick über sie glitt und sie sich plötzlich bewusst wurde, dass sie ihr Oberteil ausgezogen und damit die Wunde an ihrer Seite verbunden hatte. Das hieß, dass sie in ihrem schwarzen Spitzen-Bustier vor ihm stand – einem ihrer Lieblingsstücke, da es hübsch, aber zweckmäßig war, weil sie ohnehin nicht viel zu stützen brauchte.

„Du bist verletzt", sagte Declan, schritt zu ihr und ging sofort auf die Knie, um das Oberteil zu entfernen und die Wunde an ihrer Seite zu untersuchen.

„Ähm, nun, ja, ich glaube, es ist nur ein Kratzer. Es brennt, aber es ist sicher nicht besonders schlimm."

„Feen-Wunden sind heikel", sagte Declan, während seine Hand über ihren Bauch und die Seite strich und sie zum Zittern brachte.

„Ich weiß. Aber ich denke, es wird schon wieder. Es hat nur am Anfang stärker geblutet als sonst. Es schließt sich bereits." Sasha zuckte mit den Schultern und hielt ihren Blick auf die Wand auf der anderen Seite des Raumes gerichtet. Sie hatte nicht vor, nach unten zu sehen. Nicht, solange er zu ihren Füßen kniete und seine Hände um ihre Taille gelegt hatte. Nein, nein. Sie biss sich auf die Lippe und blickte geradeaus.

Das Schweigen zwischen ihnen zog sich in die Länge. Es schien, als würden seine Hände noch wärmer auf ihrer Haut werden, während sie sich sanft in ihre Taille gruben, und sie konnte seinen Atem spüren, der in weichen, kurzen Zügen direkt über ihrem Bauch ausströmte. Verdammt, der Mann war wirklich groß, dachte sie und versuchte sich auf die Schlacht zu konzentrieren, die unter ihnen tobte.

Und nicht auf die, die in ihrem Herzen wütete.

„Sieh mich an."

Es war ein Befehl, den sie nicht ignorieren konnte. Sasha blickte nach unten und sah, wie Declan sie fast ehrfürchtig ansah. Das Feuer in seinen Augen versprach ihr alles, wonach sie sich sehnte.

„Declan, wir können nicht ..." Sasha war überrascht, dass ihre Stimme zitterte, passend zu dem Zittern, das jetzt ihre Beine erschütterte.

„Wähle mich", befahl Declan mit heiserer Stimme und einem verzweifelten Blick voller Sehnsucht.

Sasha zwang sich, den Blick abzuwenden. Sie dachte an ihr Gespräch von vorhin und daran, wie er ihr vorgeworfen hatte, sich für den falschen Mann entschieden zu haben. Konnte sie sich selbst zutrauen, nochmal eine solche Wahl zu treffen?

„Ich dachte, ich wäre nicht fähig, gute Entscheidungen zu treffen", stieß Sasha hervor und wandte den Blick von ihm ab. Sie schnappte nach Luft, als er sie hochhob und gegen die Wand drückte, so dass sich ihre Beine ganz natürlich um seine Hüften legten. Ihr Herz krampfte sich zusammen und etwas zerrte tief in ihrem Inneren, als sie gegen seine Härte gepresst war.

„Du hast dich falsch entschieden. Du hast deine Lektion gelernt. Aber du musst dich entscheiden", sagte Declan, dessen Stimme heiser an ihrer Kehle vibrierte.

Sasha unterdrückte ein Stöhnen, als er mit seinen Lippen an ihrem Ohr entlangfuhr und sanft an ihrem Ohrläppchen knabberte, bevor er seine langsame Erkundung an ihrem Hals fortsetzte, wobei seine Küsse eine Spur von heißer Feuchte hinterließen. Sie zitterte, wollte ihn wegstoßen und gleichzeitig näher an sich ziehen.

Sasha seufzte auf, als sein Mund ihre Brustwarze durch den dünnen Spitzenstoff fand. Wider Willen drehte sie sich zu seinem Mund. Ihr Rücken war gegen den kühlen Stein der Wand gepresst, während die Hitze seines Mundes sie fast verrückt vor Verlangen machte. Wider Willen bewegten sich ihre Hüften gegen ihn und ihre Beine schlangen sich um seine Hüften, um ihn näher an sich zu ziehen.

„Wähle." Declans Kopf richtete sich auf. Seine Augen glühten vor Wut und es lag noch etwas mehr darin – eine Forderung und ein Versprechen zugleich.

„Ja, Declan", seufzte Sasha und fuhr mit ihren Händen durch sein Haar, um seinen Mund zu ihrem zu ziehen. „Ich wähle dich."

„Du bist mein", erklärte Declan an ihrem Mund und sagte dann nichts weiter, während seine Zunge in ihren Mund eintauchte, mit ihrer tanzte, sie neckte und zurück-zog, im Einklang mit der Bewegung ihrer Hüften gegen seine harte Länge.

Declan löste sich von ihr und ließ sich auf die Knie fallen, und Sasha erschrak erneut über ihren Größenunter-schied. Selbst kniend hatte sein Mund leichtes Spiel, ihre Brustwarze zu erobern. Sie stöhnte an seinem Körper, fuhr mit den Händen durch sein Haar und wölbte sich nach hinten, als er sich daran machte, ihr die Hose auszuziehen. Ihre Beine zitterten, als seine Arme sie umschlossen, diesmal zärtlich, und sie sanft nach vorne zogen, bis sein Mund die Stelle fand, die sich am meisten nach ihm sehnte.

Verloren beugte sich Sasha zurück und ritt auf einer Welle der Lust, während seine Zunge sie gekonnt verwöhnte. Er setzte seinen gleichmäßigen Rhythmus fort und seine Hände umklammerten ihren Po, während er ihren Körper weiter unaufhaltsam erforschte. Erst als sie den Gipfel der Lust erreicht hatte, zog er sich zurück und sah ihr in die Augen.

„Ich brauche dich", sagte Declan mit wilder Stimme, und Sasha konnte nur zustimmend nicken, bevor er sie noch einmal hochhob, sie an die kühle Wand drückte und mit einem einzigen sanften Stoß in sie eindrang.

Es könnten Minuten oder Stunden gewesen sein. Die Flamme in der Mitte des Raumes flackerte leise vor sich hin, und Sasha, gefangen zwischen dem harten Stein der Mauer und der harten Wand eines Mannes, der sie hochhielt, verlor sich in ihm.

„Mein Schicksal", hauchte Declan gegen ihre Lippen, immer und immer wieder, bis sie aufstöhnte und sich und ihr Herz für ihn öffnete – ganz gleich, welche Kämpfe noch vor ihnen lagen.

Sie war ohnehin verloren, seit sie ihn das erste Mal gesehen hatte.

KAPITEL SIEBENUNDDREISSIG

Sasha erlaubte Declan, sie die Treppe hinunterzutragen, obwohl sie sich dabei ein wenig wie die Jungfrau in Nöten fühlte, die aus einem Turm gerettet wurde. Aber sie konnte nicht leugnen, dass er viel besser sehen konnte als sie, und die Treppe, die nach unten führte, drohte unter ihnen zusammenzubrechen.

Sie kuschelte sich nicht gerade in seine Arme, aber sie hielt sich auch nicht steif oder fern von ihm. Es hatte etwas Peinliches und Verletzliches, von ihm getragen zu werden, und doch gab es einen Teil von ihr – der Teil der Jungfrau, auch wenn sie es kaum zu sagen wagte –, dem es irgendwie gefiel. Sie seufzte und schloss für eine Sekunde die Augen, den Moment auskostend, schimpfte aber auch mit sich selbst, weil sie es zu sehr genoss.

Schließlich war sie eine versierte Kampfkünstlerin. Es war nicht so, dass sie keinen Weg gefunden hätte, die Treppe hinunterzukommen. Aber sie war immer noch ganz durcheinander nach dem, was sie gerade getan hatten und wie er sie auf eine Weise für sich beansprucht hatte, die ihr klar machte, dass nun alles anders sein würde. Und dass es kein Zurück mehr gab.

„Sasha!", rief Bianca, gleich als sie sich durch die Tür gezwängt hatten. Sasha wartete darauf, dass Declan sie absetzte, während Bianca und die anderen über das Feld rannten, das nun verwaist war, abgesehen von den blassen Pfützen aus silbrigem Blut, in denen sich das matte Licht des Mondes spiegelte.

„Lass mich runter", zischte Sasha, als Declan keine Anstalten machte, zu tun, was sie von ihm erwartete.

„Bist du verwundet?", fragte Bianca, als sie ankam, Maddox und Seamus dicht hinter ihr. „Oh, du bist ja ganz rot. Wenn du verletzt bist, hoffe ich, dass du nun kein Fieber bekommst." Bianca begann, sich um Sasha zu kümmern, nachdem Declan sie heruntergelassen hatte, damit Bianca sich bücken und die Wunde untersuchen konnte. Ihre kühlen Fingerspitzen tasteten Sashas Bauch ab, während sie nach weiteren Verletzungen suchte.

„Ich werde die Umgebung sichern", sagte Declan in schroffem Ton, während er sich mit unmenschlicher Geschwindigkeit auf den Weg machte, um die Wälle zu überprüfen und weiteren Schutzzauber zu bewirken.

Maddox musterte Sasha kurz, bevor sich ein breites Grinsen über sein Gesicht legte.

„Mich dünkt, ihr Erröten kommt nicht vom Fieber, meine Kleine", sagte Maddox im Bühnenflüsterton zu Bianca und Seamus gluckste. Bianca, die ihr blondes Haar überrascht nach oben warf, schaute zwischen ihnen hin und her und studierte dann Sashas Gesicht.

„Du hast es mit ihm getrieben!" Bianca quietschte und

Sasha schlug sich die Hand vors Gesicht. Gab es in dieser Gruppe denn keine Privatsphäre?

„Können wir das bitte nicht jetzt besprechen? Ich stehe hier in meinem BH und es ist eiskalt. Außerdem bin ich verletzt, und ich glaube, in dieser Wunde steckt Feenmagie. Wenn also einer von euch beiden etwas darauf tun könnte? Es brennt mehr als noch vor einer Stunde", sagte Sasha.

Seamus und Maddox sprangen auf. Maddox zog seinen Mantel aus und warf ihn Sasha um die Schultern, während Seamus zum Lager rannte.

„Er hat eine riesige Tasche voll mit magischem Zeugs", sagte Bianca und legte ihren Arm um Sasha, während sie über den dunklen Hügel eilten. „Ich würde zu gerne darin herumwühlen und fragen, wofür das alles ist, aber er lässt mich nicht. Doch eines Tages *werde* ich es herausbekommen."

„Ich bin mir sicher, dass du ihm nur den Sex entziehen musst, und er wird sie dir im Nu überlassen. Der Mann ist ganz verrückt nach dir", sagte Sasha.

Biancas Gelächter schallte über die Hügelkuppen. „Das könnte ich tun, aber dann würde ich auch mich selbst bestrafen. Das macht doch keinen Sinn, oder? Er wird es mir schon zeigen, wenn er dazu bereit ist."

Sashas Zähne begannen zu klappern, als der Wind kälter wurde und unter den Mantel blies, und was es auch immer mit der Feenmagie auf sich hatte, die an dem Dolch gewesen war, sie sickerte langsam in ihr Blut. Jetzt fühlte sie tatsächlich, wie sie ein Fieber überkam, und es war kein gewöhnliches Fieber.

„Ich fühle mich nicht so gut", gab Sasha schließlich zu, und Maddox nahm sie auf die Arme, bevor er das Tempo beschleunigte. Schnell erreichten sie das Lager, wo das Feuer immer noch loderte und Seamus in einem Topf über den Flammen etwas zusammenrührte.

„Schnell", befahl Seamus und zeigte auf die Stelle, an der er einen Schlafsack neben das Feuer gelegt hatte. „Legt sie dorthin. Ich werde einen Bauchwickel machen und ihr etwas zu trinken geben."

Sasha begann zu zittern, als sie auf den Schlafsack gelegt wurde, und sie fragte sich, ob sie nur vom Adrenalin der letzten zwei Stunden herunterkam oder ob es wirklich Feenmagie war, die auf sie wirkte. Bekannterweise trieben heftige Kampfhandlungen den Adrenalinspiegel in die Höhe, was auch erklärte, was danach mit Declan passiert war. Es war ganz natürlich, lüstern zu sein, solange das Adrenalin durch ihren Körper floss. Viel mehr konnte es nicht gewesen sein, versuchte Sasha sich einzureden. Schließlich kannte sie den Mann kaum.

Lügnerin, flüsterte ihr Verstand, und sie verdrängte den Gedanken, als ein Schauder ihren Körper erfasste. Es fühlte sich an, als ob Eis durch ihre Adern kroch. Gedämpft hörte sie, wie Bianca mit ihr sprach.

„Hey, ich will, dass du hier bei mir bleibst." Bianca hockte neben ihrem Kopf und hielt ihr einen Becher an die Lippen. Sasha würgte die Flüssigkeit herunter, da sie wusste, dass sie ihr helfen würde, obwohl sie nicht im Entferntesten Lust hatte, sie zu schlucken. Sie ermahnte sich, eine Kriegerin zu sein und ihre Medizin zu nehmen, also tat sie, was Bianca ihr sagte.

„Autsch", geiferte Sasha, als Seamus einen dampfenden Umschlag auf ihre Wunde drückte.

„Es tut mir leid, aber es muss heiß angewendet werden. Wärme, um die Kälte zu bekämpfen, verstehst du?"

Sasha nickte und schluckte den Rest der bitteren Lösung aus dem Becher herunter, den Bianca ihr immer wieder vor die Nase hielt. Als sie endlich fertig war, schlug sie den Becher weg und legte den Kopf in den Nacken. Sie drehte ihn zur Seite, als sie wütende Stimmen hörte.

Ihre Sicht begann zu verschwimmen. Es musste ein Beruhigungsmittel in der Mischung gewesen sein, dachte sie, während sie benebelt beobachtete, wie Maddox Declan ins Gesicht schlug.

„Sie ist verwundet. Und du dachtest, das wäre der richtige Zeitpunkt, um sie zu vögeln?", brüllte Maddox.

Declans Miene versteinerte sich, als er Sasha auf dem Boden liegen sah. „Lass mich in Ruhe!", befahl er, und Maddox schubste ihn, so dass Sasha die Augen aufriss.

„Du sollst sie beschützen. Das bedeutet, dass ihr Wohlergehen vor deinen lüsternen Trieben steht", sagte Maddox und schubste ihn noch einmal, bevor er sich umdrehte und zu Sasha hinüberstakste.

Declans erschütterter Gesichtsausdruck war das letzte, was Sasha sah, bevor sie von der Dunkelheit eingeholt wurde.

KAPITEL ACHTUNDDREISSIG

Als Sasha das nächste Mal die Augen öffnete, war es schon hell und ein unglaubliches Gefühl der friedvollen Ruhe war alles, was sie spürte. Ausgeruht lag sie in ihrem Schlafsack und blinzelte, während das Zelt um sie herum im Wind raschelte, der seit der vergangenen Nacht noch nicht ganz nachgelassen hatte. Oder waren es mehrere Nächte gewesen? Sie fragte sich, wie lange sie geschlafen hatte.

„Du bist wach", sagte Declan, seine Lippen an ihren Hals gedrückt, und Sasha bewegte sich in ihrem Schlafsack, während sie den anderen Grund dafür erkannte, warum sie sich so sicher fühlte. Declans großer Arm war locker um ihre Taille geschlungen und er hatte ihren Rücken an sich gezogen, sodass sich seine breiten Schultern um ihre schmalen legten.

„Ich... was machst du hier? Wie lange war ich weg?", fragte Sasha und spürte, wie ihre Wangen rot wurden, als sie sich daran erinnerte, was sie getan hatten, kurz bevor die Feenkrankheit sie erfasst hatte.

„Nur letzte Nacht. Lass mich deine Wunde untersuchen", sagte Declan.

Sasha spürte, wie ihr wieder heiß wurde, als er den Schlafsack herunterzog und dann ihr Oberteil hochschob, um ihren Unterleib abzutasten. Glücklicherweise spürte sie keinen Schmerz, während er das tat.

„Es fühlt sich normal an. Ehrlich gesagt, fühle ich mich großartig", gab Sasha zu und wollte Seamus bei der nächsten Gelegenheit fragen, was er ihr gegeben hatte. Jetzt war sie genauso neugierig wie Bianca und wollte wissen, was für Tricks er in seiner kleinen Zaubertasche hatte.

Declan legte seine Arme auf ihre Schultern und hielt sie fest, während er sich zu ihr beugte und ihr tief in die Augen sah. Sashas Herzschlag beschleunigte sich, als sie sich für einen Moment in seinem Blick verlor.

„Es tut mir leid, dass ich dich enttäuscht habe", sagte Declan schließlich ernst und mit Scham im Gesicht.

„Was? Wieso hast du mich enttäuscht?", fragte Sasha und legte ihm sofort ihre Hand aufs Gesicht, bevor sie ihm sanft über das raue Haar an seinem Kinn strich.

„Ich habe dich nicht beschützt", sagte Declan, und sie spürte, wie sich sein Kiefer zusammenzog, als er die Worte aussprach.

„Doch, das hast du. Du hast mich gerettet." Sasha war verwirrt. Er hatte alles getan, was er tun sollte.

„Und dann habe ich mich gleich von meinen eigenen Bedürfnissen leiten lassen und mich nicht um deine Verletzung gekümmert", sagte Declan mit Verachtung für sich selbst.

„Hey, wir dachten, es ginge mir gut. Und du hast dich um meine Bedürfnisse gekümmert... ziemlich gut sogar.

Mehrmals", sagte Sasha und spürte bereits den schleichenden Sog der Lust in ihrem Inneren, während sie an ihre gemeinsame Zeit im Turm dachte.

Declans Augen wurden raubtierhaft, als er sie beobachtete und sein Atem beschleunigte sich – nur ganz leicht, aber genug, dass Sasha den Übergang von Wut zu Verlangen bemerken konnte.

Diesmal war es Sasha, die sich nach vorne beugte und seine Lippen mit einem sanften Kuss streifte. Sie erforschte ihn vorsichtig, sich selbst versichernd und prüfend, während Declan seinen Kopf neigte und den Mund leicht öffnete, gerade genug, um ihrer Zunge zu erlauben, einzudringen.

Langsam verlor sie sich, ähnlich wie am Tag zuvor, und ein Gefühl überkam sie, von dem sie nicht wusste, ob sie es überhaupt verstand. Kurz darauf fuhr sie mit ihren Händen durch sein Haar und keuchte an seinem Mund. Sie wollte so viel mehr von ihm.

„Hör auf, ich kann nicht. Du bist verletzt. Es wäre unehrenhaft von mir", sagte Declan, der wusste, was sie wollte, sich aber dennoch auf seine Arme gestützt über ihr hielt.

„Mir geht es gut. Ich schwöre es. Was auch immer Seamus in sein magisches Gebräu getan hat, es hat mich geheilt", sagte Sasha, die ihre Augen auf ihn gerichtet hatte, aber etwas unsicherer wurde. Vielleicht war es das Beste, wenn sie das nicht noch einmal taten. Der Überschwang des Augenblicks nach einer Schlacht war eine Sache, aber das morgendliche Kuscheln in einem Zelt war seltsam intim. Vielleicht war ihr Herz dafür doch noch nicht bereit. „Schon gut. Ich werde sicher nicht versuchen, mich einem Mann aufzudrängen. Ist schon in Ordnung."

Sasha wollte sich unter ihm wegrollen, aber seine Arme waren unbeweglich. Sie blickte in sein Gesicht.

„Lass mich gehen."

„Niemals", flüsterte Declan heftig und forderte ihre Lippen, diesmal mit der ganzen Dringlichkeit, die er empfand. In Sekundenschnelle ritt Sasha mit ihm auf der Welle, unfähig, nein zu sagen, unfähig, sich abzuwenden.

Und, während der Wind und der dunstige irischen Regen ihr Zelt umhüllte, liebten sie sich in den frühen Morgenstunden, als hätten sie sich schon immer gekannt.

Mein Schicksal, hatte Declan immer wieder zu Sasha gesagt. Er berührte sie, als würde er sie auf eine Weise kennen, wie sie kein anderer jemals gekannt hatte und wie sie kein anderer jemals kennen würde – und vielleicht, ganz vielleicht, hatte er recht.

Wäre es töricht von ihr, dieses Geschenk auszuschlagen?

KAPITEL NEUNUNDDREISSIG

„Ich möchte zurück in den Leuchtturm, jetzt, wo die Tür offen ist. Ich habe das Gefühl, wir könnten etwas übersehen haben." Sasha zuckte mit den Schultern, frustriert darüber, dass sie immer noch keine Orientierung hatten, und dennoch fühlte sie sich nach ihrem Morgen mit Declan unglaublich gelöst.

„Hast du nicht das Gefühl, dass das Schwert hier ist?", fragte Bianca und pustete über die Schüssel mit den Haferflocken, bevor sie sie Sasha reichte, die sie begierig entgegennahm. Sie hatte das Gefühl, als könnte sie ein Mahl für zehn Personen verspeisen. Nach der Schlacht in der Nacht zuvor, der Magie, die Seamus ihr verabreicht hatte, und der Zeit mit Declan fühlte sie sich, als würden zehn Tassen Kaffee durch ihre Adern fließen.

„Ich weiß es nicht. Ich bin mir nicht sicher, wonach wir hier suchen sollten. Aber es scheint mir nicht klug zu sein, noch eine Nacht hier zu bleiben, nicht wahr? Die Domnua wissen, wo wir sind, sie wissen, wie sie angreifen können, und das nächste Mal kommen sie vielleicht auf eine andere Weise. Sollten wir nicht lieber weiterziehen?"

„Das finde ich auch", sagte Maddox, der hinter der Mauer hervorkam und zu Sasha eilte, um ihr Gesicht mit seinen Händen zu umschließen. Er musterte sie mit einem langen Blick, sah, was er sehen musste, und beugte sich dann vor, um ihre Stirn zu küssen. „Schön, dass es dir jetzt besser geht."

„Tut mir leid, dass ich euch einen kurzen Schrecken eingejagt habe. Ich war wirklich davon überzeugt, dass es mir gut ging", sagte Sasha.

„Feenmagie ist heimtückisch. Auf diese Weise wurde schon mehr als einer im Kampf getötet. Man reitet los, denkt, alles ist gut, und plötzlich beginnt das Gift zu wirken, wenn man zu weit weg ist, um Hilfe zu holen", sagte Seamus, der seinen Kopf aus dem Zelt steckte, bevor er seine langen Glieder ausstreckte und sich hinstellte, um sich ausgiebig zu räkeln. Sein rotes Haar stand wie immer zu allen Seiten ab.

„Vielen Dank für deine Hilfe. Ich fühle mich heute Morgen pudelwohl", sagte Sasha und schenkte ihm ein Lächeln. „Es ist sogar kaum noch ein Fleck auf meinem Bauch zu sehen. Ich bin sicher, du könntest Milliarden verdienen, wenn du das patentieren und verkaufen würdest."

Seamus lachte und ging hinüber, um Bianca einen Kuss auf die Wange zu drücken, bevor er den Haferbrei nahm, den sie ihm anbot.

„Stimmt, das könnte ich wahrscheinlich. Aber mein Leben ist auf diese Weise viel einfacher. Mehr Geld, mehr Probleme, wie man sagt."

„Außerdem würdest du wahrscheinlich gegen alle möglichen Moralvorschriften des Feenvolks verstoßen", sagte Bianca und ließ sich neben Sasha auf dem Boden nieder. Das Feuer loderte immer noch munter vor sich hin, und Sasha nahm an, dass es dabei von etwas Magie unterstützt wurde.

Es war einer dieser diesigen, grauen Morgen, für die Irland berühmt war, und die Nebelschwaden, die der Wind über sie hinwegwehte, ließen Sasha von einer Eckkneipe, einem Kaminfeuer und einem schönen Buch träumen, das sie lesen könnte. Stattdessen kauerte sie in ihrer Regenjacke vor einem Feuer und aß im Nebel Haferflocken.

Genau genommen war der Morgen gar nicht so übel.

Sasha lächelte ausgesprochen fröhlich – eine natürliche Folge von gutem Sex –, als Declan von dort zurückkam, wo er sich erleichtert und die Umgebung überprüft hatte, um sicherzugehen, dass die Magie noch intakt war.

„Maddox", sagte Declan und nickte Maddox kurz zu.

„Declan", sagte Maddox, der das Nicken steif erwiderte.

Sasha erinnerte sich an das, was sie gesehen hatte, kurz bevor sie letzte Nacht weggedriftet war. „Seid ihr im Streit?", fragte sie.

„Nur eine Meinungsverschiedenheit", sagte Maddox, der seine Nase so hoch wie möglich in der Luft hielt.

„Nein, es geht nicht um Differenzen. Du hattest Recht und es tut mir leid", sagte Declan und bot seine Hand an.

Sasha strahlte fast bei seinem Anblick. Es gab nichts Attraktiveres als einen Mann, der sich zu entschuldigen wusste, wenn er im Unrecht war – obwohl sie nach dem, was sie gehört hatte, gar nicht sicher war, ob Declan überhaupt im Unrecht war. Aber es spielte keine Rolle, solange in der Gruppe Frieden herrschte.

„Entschuldigung angenommen. Und es tut mir leid, dass ich dich geschubst habe. Ich kann manchmal etwas beschützerisch sein, wenn es um Sasha geht", sagte Maddox und schüttelte Declans Hand.

„Ich auch", sagte Declan, lächelte und nahm die Schüssel, die Bianca ihm anbot.

„Nun, da wir alle wieder eine große, glückliche Familie sind – was wollen wir heute unternehmen? Sasha meint, wir sollten uns tagsüber den Leuchtturm ansehen. Aber wir haben uns besprochen und sind uns einig, dass es nicht viel Sinn macht, weiter auf der Burg zu bleiben. Die Domnua wissen jetzt, wo wir sind, und werden wachsam bleiben, bis sie wieder eine Schwachstelle finden."

„Ich glaube, sie finden uns überall, wo wir hingehen", sagte Maddox und gestikulierte mit seinem Löffel.

Declan saß leicht hinter Sasha, und lehnte sich so an sie, dass sein Körper den Großteil des Windes und der feuchten Luft von ihr abschirmte. Sie lehnte sich in seine Wärme und sehnte sich nach seiner Nähe auf eine Art und Weise, von der sie noch nicht sicher war, ob sie sich damit wohl fühlte.

„Wir sollten in Bewegung bleiben. Dann werde ich mich wohler fühlen, denn im Moment habe ich das Gefühl, dass wir verwundbar sind", sagte Declan.

„Ich glaube auch, dass wir weiterziehen müssen. Ich bin mir noch nicht sicher, warum wir hierhergebracht wurden, aber mein Gefühl sagt mir, dass wir weitergehen sollten." Sasha sah Bianca an, die eine Augenbraue hochgezogen hatte und mit dem Kopf auf Declan deutete. „Was?"

„Ähm, na ja, vielleicht musstet ihr hierherkommen,

um, du weißt schon", sagte Bianca und nickte den beiden wieder zu.

„Zum Pimpern?", fragte Sasha und Bianca brach in Gelächter aus.

„Wer sagt das überhaupt noch? Was bist du, ein dreizehnjähriger Junge?", fragte Maddox und rollte mit den Augen.

„Was? Das ist ein Fachbegriff", sagte Sasha und grinste über ihren Haferbrei hinweg. Es hatte sowieso keinen Sinn, irgendetwas vor den Dreien zu verheimlichen, also konnten sie auch gleich darüber sprechen.

„Ich will nur sagen... was, wenn wir hierhergeführt wurden, damit Sasha und Declan erkennen, dass sie sich lieben? Dann ist das wie ein Schlüssel, der die nächste Ebene öffnet", sagte Bianca.

Sasha verschluckte sich an ihrem Haferbrei, hustete und keuchte, während Declan ihr auf den Rücken schlug. Sie wedelte mit einer Hand vor ihrem Gesicht herum, wischte die Tränen weg, die ihr der Husten in die Augen getrieben hatte, und holte zitternd Luft. „Ich glaube, wir müssen mal etwas langsamer machen. Es gibt keinen Grund, so sorglos mit dem L-Wort um sich zu werfen", sagte Sasha, räusperte sich und mied Declans Blick.

„Ich meine... bin ich die Einzige, die es sieht?" Bianca sah sich in der Gruppe um. Seamus lächelte sie an und Maddox nickte kurz.

„Ich stimme zu, dass da etwas dran sein könnte", sagte Declan und Sasha blickte schockiert zu ihm auf.

„Du liebst mich?", fragte sie und war verblüfft, dass er nicht davor zurückscheute, dieses Gespräch zu führen.

Kleine Fältchen kräuselten sich um seine Augen, als er

sie mit warmem Blick ansah. „Ja, das tue ich. Was dachtest du, wofür das hier alles ist? Ich hätte nicht gesagt, dass du mein Schicksal bist, wenn du für mich nur eine Frau wärst, mit der ich mich ein paar Mal treffe und die ich nach ein oder zwei Nächten wieder fallen lasse. Sieh dir an, was wir hier gerade tun. Wo wir sind. Hunderte Jahre von Mythen und Legenden, die uns hierhergeführt haben. All die Jahre, in denen ich dich beobachtet, beschützt und in meinem Kopf für mich beansprucht habe. Die Jahre, in denen ich dich mit anderen Männern sehen musste – den falschen Männern – und dich trotzdem beschützt habe. Glaubst du, das war weniger als Liebe?"

Sasha blieb der Mund offen stehen, als er zu Ende gesprochen hatte – nicht nur, weil es die längste Rede war, die sie je von ihm gehört hatte, denn er war normalerweise ein Mann weniger Worte, sondern auch, weil sie die absolute Wahrheit hinter seinen Worten hören konnte. Ein Gefühl der Wärme erfüllte sie und zum ersten Mal fühlte sie sich bei einem Mann völlig sicher.

„Ich... ich nehme an, das würde Sinn machen", sagte Sashas nur. Ihre Finger trippelten auf ihrem Bein, während sie über ihre dürftige Antwort nachdachte. „Es ist nur so, dass ... für mich ist das alles so neu. Und ich kenne dich noch nicht so lange. Ich brauche vielleicht ein bisschen Zeit, um das alles mit meinem Kopf und meinem Herzen zu verarbeiten."

Declan blickte ihr einen Moment lang in die Augen. Es lag kein Tadel darin, nur Verständnis. „Nimm dir so viel Zeit, wie du brauchst, meine Liebe. Ich weiß bereits, was ich wissen muss", sagte er, beugte sich vor und gab ihr einen zärtlichen Kuss auf die Lippen, bevor er sich wieder seinem Haferbrei zuwandte.

Sasha war überrascht, dass sie sich über seine Aussage ein wenig ärgerte. Sollte sie nicht selbst wissen, was sie fühlte? Wie kam er darauf, dass er es wusste? Verärgert und frustriert darüber, dass ihre innersten Dämonen und Gefühle ständig vor der Gruppe ausgebreitet wurden, stand sie auf. Es war nicht einfach, die ganze Zeit wie ein blanker Nerv herumzulaufen.

„Ich würde gerne zum Leuchtturm gehen, nachdem ich das benutzt habe, was hier als Toilette durchgeht. Ich denke, wir sollten nach weiteren Hinweisen suchen und dann weiterziehen. Vor allem, weil es so aussieht, als würde es bald stärker regnen."

Damit wandte sie der Gruppe den Rücken zu und blickte in den Regen, wobei das Herz in ihrer Brust einen stakkatoartigen Rhythmus schlug, während sie sich auf das eigentliche Ziel konzentrierte.

Das Schwert zu finden und dann ins normale Leben zurückzukehren.

KAPITEL VIERZIG

Langsam stiegen sie die Treppenstufen des Leuchtturms hinauf. Diesmal hatten sie Taschenlampen dabei und riefen sich gegenseitig zu, wenn eine kaputte Stufe auftauchte oder ein loser Bolzen zu sehen war. Sasha machte Declans Liebeserklärung immer noch zu schaffen. Sie verpasste eine Stufe und fiel beinahe, doch er fing sie auf – stark und verlässlich hinter ihr. Würde es immer so sein? War er da, um sie aufzufangen?

Sasha musste die Tatsache anerkennen, dass es schon immer so gewesen war. Der einzige Unterschied war, dass sie jetzt Bescheid wusste. Es war, als zog sie einen Vorhang zurück und dahinter kamen eine Reihe von Nebendarstellern in ihrem Leben zum Vorschein, von denen sie bisher nichts gewusst hatte. Das war, gelinde gesagt, befremdlich. Es sollte niemanden überraschen, dass sie noch nicht ganz bereit war, das L-Wort fallen zu lassen.

„Das ist ja irre", rief Bianca von oben, und bald drängten sich alle in dem runden Raum.

Die Flamme von gestern war nun erloschen, doch Sasha

hatte das Gefühl, dass in ihrem Herzen eine neue entfacht worden war. Hitze durchströmte sie, als sie daran dachte, wie Declan sie an die Wand gedrückt hatte und ihr Körper mit seinem verschmolzen war. Declan drehte sich um und warf ihr ein wissendes Grinsen zu, woraufhin sie sich abwandte, um den Raum zu untersuchen.

„Ziemlich typisch für das Jahrhundert, in dem er gebaut wurde", sagte Seamus, während sie begannen, die Steine zu untersuchen und durch die Fensterschlitze zu spähen, um verschiedene Aussichten auf die Umgebung zu haben.

„Die Aussicht ist phänomenal", seufzte Sasha und lehnte sich an einen Fensterspalt, der den Blick auf den Ozean freigab, der bis auf eine Möwe, die im Regennebel auftauchte und stimmungsvoll ins Bild passte, ununterbrochen war. Obwohl das Wetter melancholisch war, hatte die Möwe etwas Tröstliches. In der Nacht zuvor hatte an dieser Küste eine Schlacht gewütet, doch am Morgen danach zogen die Vögel immer noch ihre Kreise und der Regen fiel immer noch vom Himmel. Kriege wurden geführt, Schlachten gewonnen und verloren, und der Lauf der Welt ging weiter. Diese Beständigkeit war ein Segen.

Sasha lächelte, drehte sich um und verschränkte die Arme, während sie ihre Freunde betrachtete, die Menschen, die nun zu ihrer Familie geworden waren. Sie blickte auf und murmelte der Göttin ein leises „Danke" zu.

Und erstarrte.

„Schaut mal, ist das eine Plakette?", fragte Sasha und zeigte auf ein kleines metallisches Quadrat, das an der Mauer befestigt war, weit über ihren Köpfen, wo sich das Dach zu seiner Spitze hin rundete.

„Gutes Auge, Sash", sagte Seamus.

Sie schnappte nach Luft, als er die Mauer hochkletterte, flink wie ein Affe, um sich die Stelle anzusehen. Mit einer Hand hielt er sich fest und strich mit der anderen über den Rost, bis er es erkennen konnte.

„Hast du was?", fragte Declan.

„Durch Gottes Gnade bin ich, was ich bin", sagte Seamus und ließ sich wieder auf die Füße fallen.

Sasha fand es interessant, dass sie gerade über den Kreislauf des Lebens nachgedacht hatte, über die Ebbe und Flut von Gut und Böse, und hier war ein Zitat, das das Glück und Unglück der Menschheit widerspiegelte.

„Hmm... Gottes Gnade... Grace of God... Grace's Cove!", rief Bianca aus.

Sasha sah sie verwirrt an. „Grace's Cove? Ich glaube, ich habe schon davon gehört. Ein Dorf an der Westküste?", fragte sie.

„Es ist in der Nähe des Ortes, wo wir unsere letzte Schlacht hatten und den Stein gefunden haben. Die Bucht ist ein verwunschener Ort. Es ist alles sehr fantastisch; ich werde es euch unterwegs erklären. Aber ich bin mir sicher, dass wir dorthin gehen müssen", sagte Bianca. Dann hielt sie inne. Ihr rundes Gesicht errötete, dann hob sie eine Hand und sagte: „Aber genau genommen ist es egal, was ich denke. Was denkst du, Sasha? Fühlt sich Grace's Cove richtig an?"

„Dies hier war eine von Grace O'Malleys Burgen", sagte Declan hinter ihr.

„Wirklich? Das ist großartig. Ich habe nichts als Respekt vor Grace O'Malley. Sie war die Verkörperung einer knallharten Frau. Wusstet ihr, dass sie auf See ein

Kind zur Welt brachte? Und anschließend in die Schlacht zog? Und die Frauen von heute reden von perfekt geplanten Geburten. Ich bitte euch. Grace O'Malley würde sie auslachen." Bianca plauderte weiter vor sich hin, doch Sasha blendete sie aus und wandte sich der einsamen Möwe zu, die über den tosenden Wellen schwebte.

Als sie ins Wasser abtauchte und sich einen Fisch schnappte, der einen Moment lang aus ihrem Maul baumelte, bevor er starb, nickte Sasha.

Durch Gottes Gnade bin ich, was ich bin.

KAPITEL EINUNDVIERZIG

„Ich liebe Grace's Cove. Sobald wir den Domnua einen Tritt in den Hintern verpasst haben, möchte ich ein paar Wochen dort verbringen, nur um in den Geschäften zu stöbern, an der Küste zu wandern und vielleicht sogar ein wenig Zeit in der Bucht zu verbringen – wenn die Bucht mich lässt." Bianca schnatterte vor sich hin und Sasha hatte halb zugehört, bis sie über den letzten Satz noch einmal nachdachte.

„Warte mal, was? Warum sollte die Bucht dich nicht dorthin lassen?"

„Oh, nun, es ist einfach die romantischste und melodramatischste Geschichte aller Zeiten", seufzte Bianca und hielt sich die Hand aufs Herz. „Romantisch auf eine abstrakte Art, verstehst du? Nicht wie Liebesromantik. Jedenfalls entschied sich Grace O'Malley dazu, ihr Leben in der Bucht zu beenden, weil sie sehr krank war. Und in der Nacht, in der sie ins Wasser ging – Blutopfer, starke Magie – legte sie einen Zauber auf die Bucht. Ihre Tochter war dort und gebar in derselben Nacht am Strand ein Kind –

doppelte Blutmagie – und verlieh dem Stammbaum besondere Gaben. Jetzt lässt die Bucht praktisch niemanden mehr hinein, in dessen Adern kein O'Malley-Blut fließt."

„Wie Feenmagie also? Und wie hält sie die Leute davon ab, hereinzukommen?" Sasha prustete. „Gibt es etwa einen Türsteher? Verprügeln sie die Leute?"

Bianca drehte sich um und sah sie an. Sie trug einen ernsten Blick auf ihrem kecken Gesicht.

„Das Wasser verschluckt sie, sobald sie am Strand ankommen. Das ist nicht schön. Keiner im Dorf will dorthin gehen. Es wird behauptet, es gäbe eine gefährliche Unterströmung, aber jeder, der dort lebt, weiß es besser. Sie wollen nicht darüber sprechen."

„Wow, das klingt ganz schön heftig. Und dort ist also das Schwert? In einer Bucht, die uns bei lebendigem Leibe verschlingen wird? Fantastisch", murmelte Sasha. Declan legte einen Arm um ihre Schulter und zog sie an sich.

„Vielleicht nicht in der Bucht selbst. Aber wir können einfach sehen, wie es sich anfühlt, wenn wir vor Ort sind. Und vielleicht finden wir Fiona. Außerdem können wir immer in Caits Pub einkehren. Sie war letztes Mal einfach spitze und hat uns für unsere Wanderung zur Schlacht ausgerüstet."

„Erzähl mir, wie das abgelaufen ist", bat Sasha und verbrachte den Rest der Fahrt damit, Biancas fesselnder Nacherzählung der großen Schlacht zu lauschen, die Clare geschlagen hatte, um den Stein zu erlangen. Bianca war eine ausgezeichnete Geschichtenerzählerin, aber Sasha wurde auch klar, dass das Ende dieser Mission nicht einfach werden würde.

„Es ist ziemlich unwahrscheinlich, dass ich einfach so

über das Schwert stolpere, nicht wahr?", fragte Sasha
schließlich, während ihr ein wachsendes Gefühl der Angst
in die Schultern kroch.

„Unwahrscheinlich. Aber du wirst es finden. Ich habe
Vertrauen", sagte Bianca, und ihr endloser Optimismus
tröstete Sasha ein wenig.

„Wie kannst du dir so sicher sein?", fragte Sasha.

„Weil ich daran glaube, dass die Dinge wie im Märchen
ausgehen", lächelte Bianca über ihre Schulter.

Und damit hatte sich der Fall, dachte Sasha, während
sie eine gewundene Klippenstraße entlangfuhren. Auf der
einen Seite lagen saftige, verschlafene Hügel, auf der
anderen das trübe, graue Wasser. Sie wünschte, sie könnte
Biancas einfachen Glauben an Happy Ends teilen. Leider
war Sasha viel pragmatischer als sie. Vielleicht war sie
Realistin, vielleicht auch Pessimistin, aber so oder so hatte
sie genug von der Welt gesehen, um zu wissen, dass
märchenhafte Enden eher die Ausnahme als die Regel
waren. Aber nichtsdestotrotz war es süß von Bianca, und
ihr niemals endender Frohsinn, selbst angesichts einer
Schlacht, war etwas, an das Sasha glauben und auf das sie
sich verlassen konnte.

„Wollen wir direkt zur Bucht fahren? Oder sollen wir
zuerst im Ort vorbeischauen?", fragte Seamus und sah
dabei Bianca an.

„Ich denke, wir fahren zur Bucht. Nicht, dass das Dorf
nicht reizvoll wäre, aber ich weiß nicht. Ich kann mir nicht
vorstellen, dass das Schwert des Lichts mitten in Gallagher's
Pub auftaucht, oder?", sagte Bianca.

Sasha stimmte ihr zu. „Die Bucht zuerst, denke ich."

Seamus lenkte den Wagen auf eine Straße, die an dem

kleinen Dorf vorbeiführte, das an den Ausläufern einer wunderschönen Bucht lag. Das Dorf sah fast aus wie ein grüner, mit bunten Ornamenten geschmückter Weihnachtsbaum. Jedes Geschäft und jedes Haus waren in einer anderen leuchtenden Farbe gestrichen, und bunte Fahnen und Wimpel hingen über den Straßen.

Sasha konnte wirklich verstehen, warum Bianca ein paar Wochen hier verbringen wollte. „Es ist bezaubernd."

„Das ist es wirklich. Ich liebe es, wie jedes Gebäude anders gestaltet ist. Andere Fenster, große Türen, kleine Türen, Spitzenvorhänge in einem Fenster, Buntglas in einem anderen. Töpferwerkstätten, Buchläden, kleine Bäckereien..." Bianca seufzte und legte die Hände auf die Brust. „Es ist nicht so, dass ich Dublin und das Leben in der Großstadt nicht lieben würde, aber so ein wunderschönes Dorf am Wasser hat auch etwas, oder? Es ist was fürs Herz."

„Ja, es ist reizend", stimmte Maddox zu. „Obwohl ich mir sicher bin, dass es jeder Jugendliche im Dorf hasst und unbedingt die hellen Lichter der Großstadt sehen will."

„Ach, die Sorgen der Jugend", kicherte Bianca. „Ich komme aus einer Kleinstadt, daher kenne ich das gut. Es gab nicht viel zu tun, außer Unfug zu treiben und Ärger dafür zu bekommen. Die meiste Zeit habe ich mich um meinen Schulabschluss gekümmert und gearbeitet, bis ich an der Uni in Dublin aufgenommen wurde und weiterziehen konnte."

„Du gehörtest also nicht zu den Unruhestiftern?", stichelte Seamus, während er auf eine kleinere einspurige Straße abbog, die sich direkt an den Klippen entlangschlängelte, die nach Sashas Einschätzung gefährlich steil waren.

„Ich war immer ein braves Mädchen", sagte Bianca und klimperte Seamus ihre Wimpern entgegen.

„Mittlerweile ja nicht mehr ganz so", sagte Seamus und schickte ihr ein anzügliches Zwinkern.

Sasha musste breit über die beiden grinsen. Selbst im Angesicht der Gefahr, im Angesicht des Todes, im Angesicht der Schlacht – sie begegneten einander mit Liebe.

Das war etwas, das ihr zu denken gab.

Vor ihnen erstreckte sich das Meer, unberührt vom Land, fast im gleichen Grauton wie die bedrohlichen Wolken, die tief am Horizont hingen. Noch mehr Vögel schwirrten vorbei, die der Regen kaum von ihrer täglichen Mahlzeit abhalten konnte, und die Wellen schlugen wild gegen die zerklüfteten Felsen, die vom Meeresrand in die Höhe ragten. Der Ozean gab Sasha immer wieder das Gefühl, nur ein winziger, unbedeutender Fleck inmitten eines so viel größeren Zusammenhangs zu sein. Wer war sie schon, dass sie glaubte, etwas in dieser Welt zu zählen? Wie sollte sie die Welt beeinflussen oder sie zum Besseren verändern können?

Sasha lehnte sich zurück und beobachtete Seamus dabei, wie er eine besonders brenzlige Kurve nahm. Es schien, als würde sie die Welt tatsächlich verändern können – indem sie das Schwert fand. Und im Laufe der Zeit würde niemand mehr wissen, was sie einst für die Menschheit getan hatte. War das in Ordnung für sie? Brauchte sie den Ruhm? Oder würde es genügen, zu wissen, dass sie ganz im Stillen eine große Veränderung bewirkt hatte?

Sasha erkannte, dass der Ruhm egal war, die Veränderung aber zählte, und schwor sich, dass sie jede noch so schreckliche oder unangenehme Situation meistern würde, um dieses verdammte Schwert zu finden.

Denn Menschen wie Bianca und Seamus hatten eine Welt verdient, in der sie lächeln konnten.

KAPITEL ZWEIUNDVIERZIG

„Fiona!", rief Bianca, als sie einen Schotterweg entlangfuhren, nachdem sie von der Hauptstraße abgebogen waren. Eine Frau, die locker achtzig Jahre alt sein konnte, hockte lässig mit einem Hund an ihrer Seite auf einer Steinmauer.

Es hätte ein sonniger Frühlingstag sein können, so entspannt wie die Frau im Regen saß, mit einem strahlenden Lächeln im Gesicht, während ihr Hund fröhlich die Zunge aus dem Maul hängen ließ. Die Kapuze ihres knallroten Regenmantels bedeckte ihr weißes Haar, und ihre Hose steckte in zweckdienlichen Gummistiefeln. Sie winkte ihnen zu, als sie anhielten.

„Hallo, Fiona", rief Bianca aus dem heruntergekurbelten Fenster.

„Kommt doch auf eine Tasse Tee und einen Plausch zu mir nach Hause. An einem trüben Tag wie diesem muss man nicht runter in die Bucht gehen", sagte Fiona leichthin und pfiff nach ihrem Hund. „Ronan, ab nach Hause." Der Hund schoss mit flatternden Ohren über die nasse Wiese zu einem steinernen Häuschen, das ein gutes Stück die Straße hinauf lag.

„Willst du mitfahren?", fragte Bianca.

Fiona lachte. „Nein, mein Kind. Fahrt schon weiter. John ist schon oben. Ich komme gleich nach. Ich muss nur noch ein paar Kräuter sammeln."

Kräutersammeln im Regen, dachte Sasha und schüttelte den Kopf. Es gab so viele andere Möglichkeiten, einen Regentag zu verbringen. Die Vorstellung, wie sie und Declan im Bett lagen, während es draußen regnete, ließ es in ihrem Magen kribbeln. Sie verdrängte den Gedanken und konzentrierte sich stattdessen auf das charmante Steinhäuschen, vor dem sie gerade anhielten.

Ein Mann, ungefähr so alt wie Fiona, hockte vor der Tür und trocknete Ronan ab, der erwartungsvoll herumtrippelte. Neben der hellen Tür des Häuschens hingen ein paar hübsche rote Blumenkästen. Sasha drehte den Kopf und hielt den Atem an.

„Die Aussicht ist unschlagbar", sagte sie. Bianca drehte sich um und nickte ihr zu.

„Ist das nicht fabelhaft? Es ist, als sei man am Ende der Welt und alles fällt ab. Könntet ihr euch vorstellen, jeden Tag mit diesem Ausblick aufzuwachen?"

Sasha konnte das, auch wenn es ihrer Natur des geschäftigen Stadtmenschens widersprach. Aber ein paar Wochen hier draußen? Mit nichts anderem beschäftigt als über die Hügel zu wandern und am Meer zu träumen? Ja, sie konnte den Reiz erkennen.

„Kommt rein", sagte der Mann – von dem Sasha annahm, dass es John war – und winkte ihnen zu.

Sie stürzten alle aus dem Auto und gingen an dem

strahlenden Mann vorbei durch die Haustür. Sie öffnete sich zu einem großen Raum. In der Mitte stand ein langer Tisch mit Bänken auf beiden Seiten, und dahinter war eine Wand mit Regalen, die Sasha staunen ließ. Es mussten Hunderte von Flaschen, Gläsern und Krügen sein, die alle akribisch beschriftet waren. Auf der linken Seite befand sich unter einem großen Fenster mit Blick auf das Meer eine Spüle im Landhausstil. Auf der rechten Seite war eine Wohnnische mit ein paar schönen Schaukelstühlen, einem Kaminofen, der mit Torf beheizt wurde und einem strahlenden Baby, das über einen aufwendig gewebten Teppich in warmen Rot- und Blautönen krabbelte.

„Das ist die kleine Grace. Wir haben sie für das Wochenende hier", sagte John und ging zu Grace hinüber, die auf den Arm genommen werden wollte. Er hob sie an seine Hüfte, und das Baby klatschte in die Hände, bevor es alle mit Augen musterte, die für ein Baby viel zu intelligent waren.

Declan pfiff, lang und tief.

„Na, da haben wir mal einen echten Wonneproppen, nicht wahr?", sagte er.

„Ja, sie ist ein temperamentvolles Mädchen, das steht fest", stimmte John zu.

„Aber da ist noch mehr, oder?", mutmaßte Seamus, der seinen Kopf zu dem Baby neigte. Grace neigte ihren Kopf zu ihm zurück, was alle zum Lachen brachte.

„Ja, sie hat etwas. Ein bisschen mehr als wir alle zusammen", sagte Fiona von der Tür aus, und die kleine Grace klatschte vor Begeisterung in die Hände, als sie Fiona sah.

Fiona stellte einen Korb mit Kräutern auf den Tisch und zeigte auf Grace.

„Warte kurz, Grace. Du weißt, dass ich mich um meine Gäste kümmern muss. Ich bin gleich wieder da, und dann können wir mit dem Unterricht weitermachen."

Dieses Baby verstand jedes Wort, das Fiona sagte – Sasha hätte es schwören können. Grace warf Fiona erst einen bösen Blick zu und neigte dann neckisch den Kopf, was Fiona zum Glucksen brachte.

„Die Kleine da, sage ich euch. Seit dem Tag ihrer Geburt ist sie nichts als eine Freude für uns. Und eine Nervensäge." Fiona zwinkerte Grace zu, die ihr einfach zurückzwinkerte.

Ja, irgendetwas war definitiv anders mit diesem Baby, dachte Sasha und ging zu der Bank, die ihnen Fiona mit einer Geste zum Sitzen anbot.

„Ich koche uns einen Tee. Vielleicht mit einem Hauch von irischem Whiskey an diesem schönen Tag?", fragte Fiona, während sich alle niederließen und sich gegenseitig vorstellten.

„Gracie würde gerne bei dir sitzen", sagte John über Sashas Schulter. Sie zuckte zusammen.

„Oh, ähm, nun, ich bin nicht so gut mit ..." Sasha brach ab, als sie das Baby in ihren Armen fand. Sie starrte in die sherrybraunen Augen dieses putzigen Wesens und dachte: *„Bitte, fang nicht an zu weinen."*

Grace grinste sie an, tat aber nichts weiter, als mit den Händen auf den Tisch zu schlagen.

„Magst du keine Kinder?", fragte Fiona und stellte ihnen einen Korb mit warmen Scones hin, zusammen mit einem Topf Butter, von der sich Sasha fragte, ob sie sie selbst gemacht hatte. Fiona reichte kleine Teller und bedeutete ihnen, dass sie zugreifen sollten.

„Es ist nicht so, dass ich keine Kinder mag. Ich habe nur nicht viel Erfahrung mit ihnen", gab Sasha zu, während sie Grace sanft schaukelte und hoffte, dass das Baby nicht sauer auf sie werden würde.

„Willst du Kinder?", fragte Bianca mit unverhohlener Neugier im Gesicht, und Sasha hielt inne, während sie nach einem Gebäckstück griff. „Es tut mir leid. Das war unhöflich von mir."

„Ich will keine Kinder. Nein", gab Sasha zu, drehte sich um und sah, wie Überraschung über Declans Gesicht huschte. Ha! Er sagte, dass er sie liebte, aber wusste er, dass sie kein traditionelles Leben als Hausfrau und Mutter führen wollte? Vielleicht war es für ihn doch keine wirkliche Liebe.

Die kleine Grace drehte sich, legte ihre winzige Hand auf Sashas Wange und sah sie mit ihren hübschen Augen an.

Liebe.

Sasha stutzte. Hatte das Baby gerade telepathisch zu ihr gesprochen, oder war sie verrückt geworden? Siehst du, schimpfte Sasha mit sich selbst, du öffnest dich für die Magie, und dann denkst du, du siehst sie überall. Das Baby tätschelte ihr noch einmal die Wange.

Liebe. Vertraue darauf.

„Redet sie mit dir? Ich kann dir sagen, dass sie es einfach liebt, sich in die Gedanken anderer einzumischen. Die Kleine hier wird uns noch ganz schön zu schaffen machen", kicherte Fiona. „Lass dir von ihr nichts sagen, was du nicht hören willst, Sasha. Es ist dein gutes Recht, keine Kinder haben zu wollen. Nicht jede Frau hat Interesse daran, eine Mutter zu sein, und daran ist nichts auszusetzen. Jetzt lass sie in Ruhe, Gracie." Fiona nahm eine lachende Grace von Sashas Schoß, um sie dann an ihrem Ende des Tisches zu schaukeln.

„Sie kann auf diese Weise mit einem reden?", fragte Bianca mit großen Augen.

„Ich bin mir ziemlich sicher, dass sie alles tun können wird, wozu sie Lust hat", sagte Fiona und kicherte wieder.

Bianca streckte die Handfläche aus, um so zu tun, als würde sie mit dem Baby abklatschen. „Das ist fantastisch, Kleine!" Der ganze Tisch lachte, als Grace ihre Handfläche vor Freude gegen Biancas schlug.

„Also, das Schwert", sagte Fiona, während sie Grace schaukelte und ihren Blick auf Sasha richtete. „Erzähl mir, was bisher geschah."

„Das kann ich übernehmen. Ich erzähle gerne Geschichten", sagte Bianca fröhlich. „Und übrigens, diese Blaubeer-Scones sind zum Sterben gut. Also, wir wissen Folgendes..."

Sasha war für einen Moment mit den Gedanken woanders. Sie bestrich ihr warmes Gebäck mit Butter und beobachtete, wie sie schmolz, während sie an das dachte, was ihr die kleine Grace gesagt hatte. Gab es in Grace's Cove einen Hinweis zur Liebe?

Durch Gottes Gnade bin ich, was ich bin.

„Wie geht es dir?", fragte Declan und stupste sie mit seinem Bein an.

Sie sah zu ihm auf. „Ich bin verwirrt. Ich habe das Gefühl, alle haben recht – ich habe die Antwort. Aber ich weiß nicht, welche, oder wie ich plötzlich ein Schwert auftauchen lassen kann, indem ich eine verschlossene Tür in meinem Kopf öffne, verstehst du?"

„Sicher, das verstehe ich. Aber vielleicht bist du zu hart zu dir selbst. Vielleicht musst du einfach darauf vertrauen, dass alles so kommen wird, wie es soll."

Sie fragte sich, ob hinter seinen Worten eine tiefere Bedeutung steckte, und der Gedanke daran machte sie ein wenig nervös. Würde sie in der Lage sein, seinen Erwartungen gerecht zu werden? War sie seiner Liebe überhaupt würdig? Frustriert riss sie sich ein Stückchen vom Scone ab, schob es sich in den Mund und drehte sich um, als ihr Name genannt wurde.

„Tut mir leid, was habt ihr gesagt?"

„Hast du noch einmal über den Hinweis nachgedacht, dass man dorthin gehen soll, wo das Licht immer scheint?", fragte Fiona und ihre Augen funkelten vor Wärme.

„Das Einzige, was mir noch eingefallen ist, ist eine Sonnenuhr. Aber es macht nicht wirklich Sinn, weil sie ja nicht immer beleuchtet ist, wie etwa nachts oder wenn es bewölkt ist."

„Hm, ich glaube, du nimmst das zu wörtlich. Man muss locker und spielerisch mit diesen Hinweisen umgehen, so wie es die Feen mit den Regeln tun." Fiona sah die Feenmänner am Tisch streng an, und sie schienen unter ihrem Blick ein wenig zu schrumpfen.

„Die Domnua mehr als wir", protestierte Seamus.

„Nicht weit von hier gibt es eine Sonnenuhr. Eine uralte, die den Verlauf von Tagen und sogar Wochen oder Monaten anzeigt. Es ist ein einfacher Steinkreis mit einem markanten Altar in der Mitte. Der Altar diente der Anbetung und warf Schatten, wenn die Sonne ihre Bahn zog. Man darf nicht vergessen, dass fast immer ein Schatten auf eine Sonnenuhr fällt – egal ob bei Mond- oder Sonnenlicht.

Ich würde ernsthaft darüber nachdenken, diesen Ort zu erforschen. Der Boden ist heilig, also gibt es keinen Grund, warum die Magie dort nicht stark sein sollte", sagte Fiona gleichmütig.

Sasha sah sie konsterniert an. „Ich hatte also recht?"

„Vielleicht, vielleicht auch nicht. Wenn es das ist, was dein erster Instinkt war, dann schlage ich vor, dass ihr der Sache mal nachgeht. Aber ich würde bis zum Morgen warten. Die Nacht bricht bald herein und der Regen wird in den nächsten Stunden nicht nachlassen."

„Dürfen wir auf eurem Land unsere Zelte aufschlagen?", fragte Declan höflich, und Fiona sah ihn entsetzt an.

„Zelten? Bei diesem Wetter? Nein, ihr wohnt bei Keelin und Flynn, gleich gegenüber. Sie sind in einem Kurzurlaub, deshalb passen wir auf die Kleine auf. Ihr könnt euch bei ihnen wie zu Hause fühlen. Sie haben viele Gästezimmer. Heute Morgen, als ich aufgewacht bin, habe ich ihren Stallburschen angerufen, weil ich wusste, dass ihr kommen würdet. Das Feuer sollte bereits geschürt sein."

„Woher wusstest du, dass wir kommen?", fragte Bianca, und sowohl Fiona als auch das Baby sahen sie mit einem beinahe mitleidigen Ausdruck an.

„Hoppla, Entschuldigung. Ich hab's", sagte Bianca und klopfte mit dem Finger auf ihren Kopf.

„John wird euch rüberbringen, während ich versuche, die Kleine zu füttern. Die Vorratskammer sollte gefüllt sein, aber wenn nicht, gibt es noch ein paar Tiefkühlpizzen im Gefrierschrank. Obwohl es gegen alles verstößt, woran ich glaube, denke ich nicht, dass ich euch heute Abend noch ein Abendessen kochen kann", sagte Fiona.

„Pizza ist gut. Wir sind alle ziemlich erschöpft nach den

letzten Tagen. Ich bin sicher, wir werden früh ins Bett gehen", sagte Maddox leichthin und stand auf. „Danke für die Scones und die Ratschläge."

„Werdet ihr sicher sein? Wenn uns die Domnua hierher folgen sollten?" Sasha glaubte nicht, dass sie damit würde umgehen können – nicht bei diesem süßen alten Paar und dem besonderen Baby. Sie brauchten Frieden, und keinen Krieg vor ihrer Haustür.

„Ja, wir sind geschützt. Hab keine Angst um uns. Wir sind mächtiger, als du dir vorstellen kannst", sagte Fiona mit furchteinflößender Stimme und dem Licht einer Kriegerin in den Augen.

So viel zur süßen alten Frau, dachte Sasha und musste beinahe lachen. Sie würde Fiona nicht ihrem ärgsten Feind wünschen.

„Wenn das so ist, lassen wir euch morgen wissen, was wir bei der Sonnenuhr gefunden haben", sagte Declan. Sie standen alle auf, schüttelten sich die Hände und umarmten sich, bevor sie hinausgingen.

Fiona hielt Sasha an der Tür auf, und die kleine Grace streckte noch einmal ihre Hand aus, um ihre Wange zu berühren.

Vertraue.

Sasha sah Fiona in die Augen, und Fiona nickte einmal, bevor sie sich wieder liebevoll dem Baby zuwandte.

KAPITEL DREIUNDVIERZIG

Das Bauernhaus, zu dem John sie führte, war alles andere als das malerische Bauernhaus, das sie erwartete, nachdem sie Fionas Steinhaus gesehen hatte. Sasha hätte es eher als Ranch beschrieben. Das Haupthaus selbst war groß, mit mehreren Flügeln, die vom Kern abgingen, und es gab eine Unzahl von Nebengebäuden und Ställen, die über die Hügel verstreut waren. Ein paar Hunde liefen auf das Auto zu, als sie vorfuhren, und wedelten aufgeregt mit den Schwänzen, um die Besucher zu begrüßen.

„Es ist in Ordnung, wenn ihr einfach reingeht. Ich wünsche euch viel Glück. Sagt uns bitte Bescheid, wenn ihr irgendetwas braucht – egal was", sagte John nachdrücklich, bevor er das Fenster seines Trucks wieder hochkurbelte und kurz hupte, um die Hunde aus dem Weg zu vertreiben. Dann fuhr er wieder die Kurven zum Hügel hinauf in Richtung Steinhaus.

„Richtige Betten!" Bianca hüpfte auf ihrem Sitz.

Sasha sah sie schräg an. „Du hast eine Nacht lang auf dem Boden geschlafen."

„Eine Nacht zu viel. Mein Nacken tut weh", sagte Bianca und stieg aus, um ums Auto zu gehen und die Vorräte hineinzutragen. In wenigen Minuten hatten sie alles ins Haus geschleppt und begannen mit der Erkundung, wobei der Gästetrakt recht leicht zu finden war.

„Dieses hier gefällt mir", entschied Sasha und zupfte an ihrem Zopf, als sie einen Blick in ein hübsches Zimmer mit einem großen Bett warf, das mit marineblauer und grün karierter Bettwäsche bezogen war und ein Kopfteil aus dunklem Holz hatte. Seitlich befand sich eine Fensterwand mit einer Tür zum stürmischen Meer.

„Ist mir recht", sagte Declan und ging hinein, um seine Tasche auf das Bett zu werfen.

„Oh", sagte Sasha, die nicht daran gedacht hatte, dass sie vielleicht ein Bett miteinander teilen würden.

„Gewöhn dich daran", sagte Declan und legte einen Finger an ihr Kinn. Er hob ihr Gesicht an und drückte ihr einen Kuss auf den Mund, bevor er den Flur hinunterging, um sich den Rest des Hauses anzusehen.

„Wieso fällt ihm das so leicht?", brummte Sasha und kramte ihren Kulturbeutel hervor. Sie fand das zimmereigene Bad und gönnte sich eine heiße, dampfende Dusche.

Es war schon interessant, wie Declan sie noch vor ein paar Tagen abgewiesen und darauf bestanden hatte, dass es die Mission gefährden würde, wenn er von dem Weg abwich, den er für sich selbst festgelegt hatte. Es war, als ob er in der Lage war, einfach in einen lockeren Pärchenmodus mit ihr zu gleiten, sobald das Unvermeidliche akzeptiert war.

Sasha zuckte bei dem Gedanken an das Wort „Pärchen" zusammen. Nichts daran, in einer Paarbeziehung zu sein, weckte gute Erinnerungen in ihr, obwohl sie wusste, dass es nicht fair war, ihre Gefühle in Bezug auf vergangene Beziehungen auf Declan zu projizieren.

Ein anderer Mensch. Andere Erwartungen.

Sasha trocknete sich ab, benutzte die Lotion am Waschbecken, die leicht nach Vanille roch, und strich sich das handtuchtrockene Haar aus dem Gesicht. Sie verzichtete auf Make-up, da sie ohnehin wenig Verwendung dafür hatte, und zog sich bequeme Leggings und ein übergroßes kariertes Herrenhemd an, bevor sie sich auf den Weg nach unten machte, wo sie im mittleren Bereich des Hauses Stimmen hören konnte.

„Du hast geduscht!", warf Bianca ihr vor, die am Küchentisch stand und sich ein Glas Wein einschenkte.

„Ja, und?", sagte Sasha.

Bianca warf ihr einen bösen Blick zu. „Genau das werde ich jetzt auch tun. Und ich nehme mein Glas Wein mit", schnaubte Bianca und verschwand aus dem Zimmer. Seamus blickte ein paar Mal zur Tür, bevor Maddox schließlich seufzte.

„Komm schon! Geht zusammen duschen, ihr beiden Turteltäubchen. Ich bin sicher, wir schaffen es allein, die Tiefkühlpizzen in den Ofen zu schieben." Seamus war aus dem Zimmer verschwunden, bevor Maddox zu Ende gesprochen hatte.

„Wenn es wirklich eine Göttin gäbe, würde sie mir einen schönen Mann als Geschenk für meine Dienste senden", beschwerte sich Maddox, und Sasha ging zu ihm, um ihn zu umarmen.

„Du hattest schon viele Männer, in vielen Nächten,

wenn ich mich recht erinnere. Du kannst jeden kriegen, den du willst."

„Ja, da hast du recht. Lass mich einfach mal ein bisschen zickig sein", lachte Maddox zu ihr hoch.

„Also, was steht an? Eine Pizza vor dem herrlichen Kamin, den ich im Wohnzimmer gesehen habe? Vielleicht etwas Recherche zu Sonnenuhren? Einen Aktionsplan erstellen?", fragte Sasha und schenkte sich ein Glas Rotwein ein.

„Ja zu allem. Der Backofen heizt gerade vor und im Gefrierschrank sind mehrere Pizzasorten. Es sollte nicht mehr allzu lange dauern, bis wir etwas zu essen haben. Warum geht ihr nicht schon mal zum Kaminfeuer vor?", sagte Declan.

Sasha und Maddox standen gleich auf. „Dieses Zimmer ist einfach zu schön, um es zu ignorieren", sagte Maddox, während sie den Flur entlanggingen, der mit Bildern der lächelnden Baby-Grace gespickt war. Er führte in einen Raum, in dem ein riesiger Steinkamin dominierte, mit Fenstern, die den Blick auf das Wasser freigaben. Es war kurz nach Einbruch der Dämmerung, aber Sasha vermutete, dass die Aussicht bei Sonnenschein Weltklasse war.

Wie versprochen knisterte das Feuer fröhlich vor sich hin, und in der Nische neben dem Kamin stapelte sich Brennholz. Bücherregale säumten die Wände, und im Raum waren tiefe Sofas und Sessel verteilt, die alle mit weich gewebten Überwürfen bedeckt waren.

„Ich könnte hier einfach eine Woche lang lesen und wäre glücklich wie ein Fisch im Wasser", beschloss Sasha, kauerte sich auf eine Couch und zog eine Decke über ihren

Schoß. Wie sie vermutet hatte, war sie weich wie das Fell eines Kätzchens.

Maddox ließ sich neben ihr nieder und schaute ihr fragend ins Gesicht.

„Geht es dir gut, meine Süße? Ich mache mir Sorgen um dich", sagte Maddox und warf einen Blick über seine Schulter, um sich zu vergewissern, dass sie allein waren.

„Ich tue mein Bestes." Sasha zuckte mit einer Schulter. „Es war einfach eine Menge. Vor allem die ganze Sache mit dem ‚Erforschen meiner persönlichen Unsicherheiten'. Ich habe irgendwie das Gefühl, im Moment wie ein freiliegender Nerv herumzulaufen."

„Wann hast du dir das letzte Mal erlaubt, all diese Gefühle zu empfinden?" entgegnete Maddox, und Sasha hielt inne, um darüber nachzudenken.

„Um ehrlich zu sein? Ich weiß es nicht. Ich glaube, ich bin schon eine ganze Weile auf Autopilot. Es ist einfacher, ein Geschäft zu führen und sich darauf zu konzentrieren, als sich tiefergehend mit persönlichen Dingen zu beschäftigen", gab Sasha zu, nahm einen Schluck von ihrem Wein und drehte sich, um ins Feuer zu schauen.

„Nun ja. Das Universum hat eine Art, uns zu zwingen, dass wir bestimmte Themen angehen – selbst wenn wir denken, dass wir nicht dazu bereit sind. Aber normalerweise sind wir es." Maddox nickte weise.

Sasha warf ihm einen Blick zu. „Ich würde sagen, das Universum hat mich mehr als nur gezwungen, die Themen in dieser speziellen Situation anzugehen", sagte Sasha.

Maddox lachte und tätschelte ihr Bein. „Ich habe dir immer gesagt, dass du etwas Besonderes bist, meine Süße."

KAPITEL VIERUNDVIERZIG

A ls sie zu Bett gingen, war Sasha leicht angetrunken vom Wein und schläfrig von der emotionalen Achterbahnfahrt der letzten Woche. Der Abend hatte Spaß gemacht, sie hatten gemütlich vor dem Kamin gesessen, während sie Pizza gegessen und mit Theorien um sich geworfen hatten. Es war um Sonnenuhren und das Schwert des Lichts gegangen, und ob es möglicherweise wie ein Laserschwert aus Star Wars aussah.

Sasha kicherte, als sie ins Bett schlüpfte, immer noch mit ihren Leggings und dem Flanellhemd bekleidet. Declan kam aus dem Bad, ein Handtuch um die Hüften geschlungen und die Brust noch feucht von der Dusche. Sasha vergaß augenblicklich, worüber sie gelacht hatte.

„Ist irgendetwas lustig?"

„Äh", sagte Sasha.

Sehr wortgewandt, schimpfte sie mit sich selbst und biss sich auf die Unterlippe, während Declan seine Arme über sich auf den Türrahmen legte und sich ein wenig vorlehnte, wobei seine Muskeln hervortraten, was ihre

Gedanken verwirrte und das Verlangen in ihr aufsteigen ließ.

„Ah", sagte Declan, der sie verstand und das Handtuch fallen ließ. Sasha schluckte und vergrub sich weiter unter der Decke, als Declan auf das Bett kroch und seine Hände um ihr Gesicht legte, bevor er sie küsste.

„Es scheint, als gäbe es hier noch ein paar Mauern", sagte Declan, löste sich aus dem Kuss und zerrte leicht an der Bettdecke. Sie fragte sich kurz, ob er das metaphorisch meinte, und erschauderte dann, als er die Decke herunterzog und begann, ihr Flanellhemd aufzuknöpfen. Es dauerte nicht lange, bis er die Mauern gestürmt hatte, und wenig später stöhnte Sasha auf, als er sie über die Klippe und in einen Zustand der Glückseligkeit brachte, den sie mit keinem anderen Mann erlebt hatte.

„Du scheinst gut darin zu sein, meine Mauern zu durchbrechen", gab Sasha zu, als sie zusammengerollt da lagen. Ihr Kopf ruhte auf seiner Brust, währe seine Hand zärtlich über ihren Rücken streichelte.

„Ich arbeite daran. Das Körperliche ist allerdings nur ein Aspekt davon", sagte Declan mit schläfriger Stimme. „Aber ich werde nirgendwo hingehen und nicht aufgeben, bis ich die Mauern erklommen habe. Ich verstehe, warum du sie errichtet hast. Niemand verurteilt dich dafür. Ich bin ein geduldiger Mann, und du bist es wert, dass man um dich kämpft."

Sasha blinzelte die Tränen weg, die ihr bei seinen unerwarteten Worten gekommen waren. Sie öffnete den Mund, um etwas zu erwidern, bemerkte aber, dass Declans Atmung sich verändert hatte und er ein leises Schnarchen von sich gab, was darauf hindeutete, dass er eingeschlafen war. Sie blieb dort liegen, an seine Wärme gekuschelt, und blinzelte gegen die Flut von Tränen an, die zu kommen drohte.

Niemand hatte ihr jemals versprochen, an ihrer Seite zu bleiben.

Und – die Göttin stehe ihr bei – sie glaubte ihm tatsächlich.

KAPITEL FÜNFUNDVIERZIG

S asha erwachte mit einem Blinzeln, unsicher, ob sie ein Geräusch geweckt hatte, und wusste nur, dass sie eine Stimme in ihrem Kopf vernommen hatte, die ihr sagte, sie müsse gehen.

Sie müsse jetzt gehen.

Sie schaute zu Declan, der immer noch leicht schnarchte, beobachtete seinen Atem und sah, dass er sehr tief schlief. Sie schlüpfte unter der Decke hervor, bückte sich, um ihre Kleider aufzuheben, und stapfte nackt aus dem Zimmer, ging den Flur entlang in die Küche, wo sie schnell ihre Kleider und ihre Stiefel anzog und sich eine Mütze schnappte, um sie sich über den Zopf zu ziehen. Wenige Augenblicke später stolperte sie über das nasse Gras.

Sie war sich nicht sicher, was sie genau aus dem Schlaf gerissen hatte – aber sie war sich absolut sicher, dass sie allein zu dieser Sonnenuhr gehen musste.

Dies war eine Bürde, die sie selbst zu tragen hatte, und niemand anderes.

Der Regen hatte nachgelassen, aber der Boden unter Sashas Füßen war aufgeweicht, als sie über das Feld stapfte, den Hügel hinauf, und instinktiv wusste, wohin sie gehen musste. Die Sonne war noch nicht aufgegangen, und das Licht der Morgendämmerung verlieh der Umgebung einen unheimlichen Schimmer. Schließlich stieß sie auf einen kleinen Pfad, wie ihn einst die Heiligen auf ihrer Pilgerreise gegangen waren, und dem auch sie folgen würde, um die Wahrheit zu finden.

Der Weg führte ein Stück weit an einem Hügel entlang, bis er tief abfiel und zu einem großen Felsvorsprung führte, der ins Meer hinausragte. Das Haus war nun außer Sicht-weite, und es gab nur noch sie, den Himmel über ihr und das Meer unter ihr. Nun würde sie ihrem Bauchgefühl folgen müssen.

Es war leicht, den Steinkreis zu finden, denn die Steine pulsierten geradezu vor Energie. Sasha ging langsam den Pfad hinauf, bis sie direkt vor dem Kreis stand, wobei die Säule in der Mitte noch heller zu leuchten schien als die anderen Steine. Dort stehend, erlaubte sie sich, einfach nur zu sein, ohne Erwartungen. Sie fühlte einfach nur den Puls des Universums, spürte den Wind und die natürliche Ebbe und Flut der Wellen, und versuchte, sich aus tiefster Seele damit zu verbinden.

Sie hatte nicht im Geringsten damit gerechnet, dass plötzlich Aaron hinter der Säule hervortrat und sie musterte. Er hatte dasselbe höhnische Grinsen aufgesetzt, das er schon immer im Gesicht getragen hatte.

„Würde es dich umbringen, ab und zu Make-up zu tragen?", fragte Aaron, die Beine weit gespreizt und die Arme vor der Brust verschränkt. Er war so gutaussehend wie eh und je, sein dunkles Haar kräuselte sich unter einer Wollmütze, und seine blitzenden blauen Augen waren auf sie gerichtet. Sie beobachtete ihn genau, um sicherzugehen, dass sie nicht den Verstand verloren hatte – oder immer noch träumte.

„Warum in aller Welt sollte ich mich schminken, wenn ich eine morgendliche Wanderung mache?", fragte Sasha und begann, sich an den Steinen entlangzubewegen. Ihre Hand, die den Dolch fest umklammerte, wurde von den langen, losen Ärmeln des übergroßen Flanellhemdes verdeckt, das sie immer noch trug.

„Es würde dich nicht umbringen, wenn du versuchen würdest, dich hübscher zu machen. Vielleicht hätte ich dich nicht verlassen, wenn du dich ab und zu mal ein bisschen zurechtgemacht hättest." Aaron schüttelte den Kopf und stieß ein spöttisches Lachen aus, während er näher an sie herantrat.

„Ich finde, ich sehe ganz gut aus", sagte Sasha gleichmäßig und hielt ihren Blick auf ihn gerichtet, obwohl sie den Stachel seiner Worte spürte.

„Und lass mich gar nicht erst von deinen mangelhaften Leistungen im Bett anfangen. Schon mal was davon gehört, hin und wieder heiße Unterwäsche zu tragen?" Aaron schüttelte den Kopf, und Sasha erinnerte sich an Declan und daran, wie er ihr an diesem Abend die Decke weggezogen und ihr Hemd aufgeknöpft hatte. Widerwillig spürte sie, wie sich Scham in ihr breitmachte.

Im gleichen Moment sprang Aaron auf und packte sie am Arm. Plötzlich wurden sie aus dem Kreis befördert und Sasha schrie ihn an, dass er sie loslassen solle.

„Ach, sei still. Es kann dich sowieso niemand hören."

Aaron lachte, lang und laut, während er sie von hinten fest-hielt und einen Arm um ihren Hals schlang.

„Wo sind wir?", fragte Sasha und rang nach Luft, als sie feststellte, dass sie in der Küche ihrer Eltern gelandet waren. Es war, als wären sie dort anwesend, aber niemand konnte sie sehen.

„Mutter!", rief Sasha, und Aaron lachte wieder.

„Sie können dich nicht hören. Wir sind nur hier, um kurz zu lauschen. Und jetzt sei still."

Er presste seine Hand auf ihren Mund, und Sasha hatte keine andere Wahl, als zuzuhören.

„Warum ist sie immer so ein Problemkind? Es ist ein ständiges Drama mit ihr", sagte ihre Mutter zu ihrem Vater, der zustimmend nickte und mit einer Gabel voller Spaghetti über den Tisch zeigte.

„Ja, nicht wahr? Ich wünschte nur, die Dinge würden einmal reibungslos laufen. Wenn sie nur an die Uni gehen, einen netten Jungen kennenlernen und sesshaft werden würde, wäre alles in Ordnung. Aber es ist immer etwas mit ihr", beschwerte sich ihr Vater.

„Deshalb bin ich euer Liebling, stimmt's?" Ihre Schwester Chelsea, die sie seit Jahren nicht mehr gesehen hatte, lachte ihnen über den Tisch hinweg zu.

„Natürlich. Du hast uns nie Probleme bereitet. Bis heute wünsche ich mir, wir hätten Sasha nie bei uns aufge-nommen. Sie hat uns nichts als Ärger und Qualen bereitet", sagte ihre Mutter.

Sasha spürte, wie sich das Messer des Schmerzes tief in ihren Bauch bohrte. Sie hatte schon immer gewusst, dass ihre Eltern Chelsea bevorzugten und sie nie wirklich gewollt hatten. Das war ihr auf dieser Reise mehrfach bestätigt worden, und so war es das Beste, wenn sie lernte, die Dinge, die sich in ihrem Kopf abspielten, einfach loszulassen.

„Apropos Chelsea", flüsterte Aaron ihr ins Ohr und lachte, als sie den Raum verließen und irgendwie an einen anderen Ort gebracht wurden. Sasha spürte, wie sie wegen Aarons Hand würgen musste.

Sie befanden sich im Schlafzimmer der Wohnung, die sie sich mit Aaron geteilt hatte, und das gerahmte Bild, das sie lächelnd vor dem Eiffelturm zeigte, hing über dem Bett. Nur lag nicht sie selbst mit Aaron im Bett, wie es hätte sein sollen, sondern ihre Schwester Chelsea. Sasha blinzelte die Tränen weg, als Chelsea ihre Arme um Aarons Hals schlang und sich zu ihm hinunterbeugte, um ihn zu küssen und zu streicheln.

Als sie begannen, sich intimer zu berühren, schloss Sasha einfach die Augen und weigerte sich, hinzusehen.

„Verstehst du nicht, Sasha? Du bist nie gut genug gewesen", lachte Aaron.

Sasha spürte, wie sie an einen anderen Ort geschleudert wurden, und dieses Mal hielt sie einfach die Augen geschlossen. Ihr ganzer Körper zitterte vor Wut, und die Scham klebte an ihr wie eine zweite seidige Haut, während sie auf das wartete, was als Nächstes kam.

Sie hatte nicht erwartet, Declans Stimme zu hören.

Gegen ihren Willen öffneten sich ihre Augen, und diesmal liefen ihr die Tränen über die Wangen, als sie sah, wie Declan lachte, während er seinen Arm um eine lächelnde blonde Frau legte. Sie saßen im Garten vor einer winzigen Kapelle und genossen eine Flasche Wein. Declan beugte sich vor, um der Frau einen Kuss auf die Lippen zu drücken, so wie er es vorher bei ihr getan hatte, und die Blondine sah ihn mit feurigen Augen an.

„Siehst du? Sogar er lügt. Wann verstehst du das endlich, Sasha? Du wirst nie gut genug sein. Hör auf, mehr zu wollen", sagte Aaron und führte sie erneut weiter, dieses Mal in ihre eigene Galerie, in der sich allerdings einiges verändert hatte.

Und dann sah sie sich selbst.

Auch sie hatte sich verändert. Graue Strähnen zogen sich durch ihr Haar, und ihre Schultern waren etwas eingefallen. Sie stand da und sprach barsch mit einem Kunden, bevor dieser hinausstürmte. Die ältere Version von ihr schritt durch den Raum, knallte die Tür zu und schloss sie ab. Ihr Gesicht war verhärtet und von Falten gezeichnet, als sie zu ihrem Schreibtisch zurückging und ein Buch auf den Tisch knallte. Sie ließ sich auf ihren Stuhl fallen, verschränkte die Arme und starrte die Wand an, ihr Gesicht eine Maske der Wut.

Nein, dachte Sasha. So will ich nicht sein. Ich werde nie so verbittert oder verschlossen sein.

Oder allein.

Durch Gottes Gnade bin ich, was ich bin.

In Sekundenschnelle brachte Aaron sie zurück in den Kreis und tanzte lachend um sie herum, während ihr die Tränen in Rinnsalen über das Gesicht liefen, ihr ganzer Körper vor Scham und Wut zitterte und ihre ganze Traurigkeit offen lag.

Sie hob ihren Kopf.

KAPITEL SECHSUNDVIERZIG

Vertrauen.

Die kleine Grace hatte dieses Wort tief in ihrem Kopf verankert, zusammen mit dem Wort Liebe. Der Liebe vertrauen. Sasha wusste jetzt, was sie meinte. Als sie Aaron beobachtete, wie er vor Freude über ihre Traurigkeit tanzte, ließ sie zu, dass ihr Herz von Vertrauen erfüllt wurde.

Sie ließ die Liebe in alle schmerzenden Ritzen ihres Körpers fließen, bis sie fast zum Bersten damit ausgefüllt war.

Ihre Eltern liebten sie. Das wusste sie – auch wenn nicht immer alles perfekt gewesen war. Aber keine Familie war perfekt, und sie hatten ihr Bestes getan mit einem schwierigen und unbeholfenen Kind, das nicht ganz von dieser Welt war.

Ihrer Schwester ging es gut, sie war glücklich in ihrer Ehe und mit ihren beiden Kindern – auf keinen Fall konnte sie ernsthaft an Aaron interessiert sein.

Und was Declan betraf – nun, er hatte sie sein ganzes Leben lang beschützt. Er hatte ihr versprochen, immer an ihrer Seite zu stehen, ihre Mauern zu durchbrechen und immer für sie da zu sein. Sie war sein Schicksal, wie er gesagt hatte. Und ihr Bauchgefühl sagte ihr, dass es so war.

Und ihr Herz auch.

Nein, sie würde nicht alt und verbittert werden und die Liebe, die ihr zuteilwurde, aussperren. Sie hatte wunderbare Freunde, eine nette Familie und einen wunderbaren Mann, der ihr ein Leben lang zur Seite stehen wollte.

Vertrauen.

Und so blickte Sasha Aaron direkt in die Augen.

Er hörte auf zu tanzen und schaute verwirrt zurück.

Sasha trat in den Kreis und ging vor, bis sie an der Säule stand. Um sie herum herrschte Stille, und sie konnte nicht einmal mehr das Rauschen der Wellen oder den Ruf der Möwe hören, die über dem Wasser schwebte.

„Ich vergebe dir", sagte Sasha und sah Aaron in die Augen, dem der Mund offen stand.

Das Schwert materialisierte sich augenblicklich in der Säule vor ihr, gerade als die Sonne den Horizont durchbrach und ihre Strahlen über das Wasser scheinen ließ, um den Stein zu beleuchten.

Ohne eine Sekunde zu überlegen, zog Sasha das Schwert aus dem Stein und stieß es in Aarons Herz.

Sie wusste, dass es nicht wirklich Aaron war, den sie tötete, sondern ihre eigenen Selbstzweifel. Und als der Domnua, der sich als Aaron maskiert hatte, zu einer silbrigen Pfütze auf dem Boden unter ihr schmolz, verschwanden auch ihre letzten Selbstzweifel, und Sasha nahm ihre eigene Macht an.

Sie stand da und zitterte vor der Kraft des unglaublichen Geschenks, das ihr zuteilgeworden war, bis sie schließlich die Rufe hinter sich hörte. Als sie sich umdrehte, sah sie ihre Freunde zusammen mit Fiona, John und der kleinen Grace vor der Mauer stehen und gegen eine unsichtbare Barriere hämmern.

Und dann wartete da Declan, das Herz im Gesicht tragend, die Hände an die Barriere gepresst.

Er wartete darauf, dass sie sich für ihn entschied.

Sie trat durch die dünne magische Membran und wurde sofort von allen umarmt, während Declan mit maskenhaftem Gesicht zurückblieb.

„Halte das mal", sagte Sasha und reichte Fiona das Schwert, die es ehrfürchtig nahm und mit ihren Händen über den juwelenbesetzten Griff strich, während Sasha sich vor Declan drängte.

„Hallo", sagte sie leise und blickte in seine schönen Augen. Sie wünschte sich nichts sehnlicher, als ihm in die Arme zu springen, aber sie spürte, dass sie vorsichtig sein musste.

„Du bist gegangen. Ohne mich", stieß Declan aus, blickte weg und dann wieder zu ihr hinunter, die Fäuste in den Hüften.

„Ich musste es tun. Ich musste das allein machen. Es war der einzige Weg", sagte Sasha leise.

„Ich muss dich beschützen. Das kann ich nicht, wenn du mich einfach verlässt", sagte Declan, immer noch sichtlich verärgert.

„Ich hatte keine Wahl. Nicht in dieser Angelegenheit. Aber jetzt habe ich sie. Und ich wähle dich. Ich liebe dich, Declan. Fürs Leben. Du bist mein Schicksal", Sasha streckte ihre Hand aus und legte sie auf die Stelle, an der sein Herz schnell in seiner Brust pochte. „Mein Herz. Es tut mir leid, dass ich einfach gehen musste, aber das war nötig, damit ich frei zu dir kommen konnte."

Declan legte eine Hand auf ihre und nahm sich einen langen Moment Zeit, um in ihren Augen zu finden, was er brauchte, bevor er sie in seine Arme schloss und sich ihre Lippen fanden, um ihr gegenseitiges Versprechen zu besiegeln.

Die kleine Grace quietschte und klatschte im Hintergrund, was die ganze Gruppe zum Lachen brachte. Sasha drehte sich zu ihnen um und legte ihr Gesicht an Declans Brust, während Fiona das Schwert in die Sonne hielt und das Licht es in seiner ganzen Pracht zur Geltung brachte.

„Wir sind jetzt frei, du und ich", flüsterte Sasha Declan zu und er drückte ihr einen Kuss auf die Stirn.

EPILOG

„Warum müssen wir schon wieder zur Bucht gehen?", fragte Sasha, die ein bisschen mürrisch wurde. Sie hatte gerade diese epische, lebensverändernde Erfahrung gemacht, und alles, was sie tun wollte, war, mit Declan ins Bett zu kriechen und sich tagelang die Decke über den Kopf zu ziehen.

„Weil man das Schwert irgendwo hinbringen muss, natürlich. Es ist das Schwert des verdammten Lichts!", rief Bianca aus. „Du kannst es nicht einfach auf den Küchentisch legen und dich später darum kümmern."

„Deine Freundin hat völlig recht. Wir fahren zur Bucht", lachte Fiona.

Und so kam es, dass Sasha Hand in Hand mit Declan in der frühen Morgendämmerung über die außergewöhnlichen Klippen ging, die stolz aus dem Meer ragten und den Strand unter ihnen in einem perfekten Halbkreis umschlossen. Sie hielten am oberen Ende eines Pfades an, der im Zickzack zum unberührten Ufer unter ihnen führte.

„Geht nur weiter. Wir werden von oben zusehen.

Grüßt die Göttin von mir", sagte Fiona und Bianca hielt inne, um sie anzusehen.

„Müssen wir irgendein Ritual durchführen? Oder ein Geschenk überreichen oder so etwas?" fragte Bianca.

Die kleine Grace schüttelte den Kopf, und Fiona lachte wieder. „Ich denke, das Schwert des Lichts ist Geschenk genug, oder?"

„Es ist vermutlich ganz gut als Geschenk", räumte Bianca ein.

Sie schlängelten sich den Pfad hinunter, die Brise streichelte heute nur leicht über ihre Wangen und das Wasser war ruhig, als sie zum Strand kamen.

„Das ist also der berüchtigte verwunschene Strand?", fragte Sasha, als sie den Sand betraten. „Ich kann verstehen, warum Grace ihre letzte Ruhestätte hier ganz für sich haben wollte. Er ist wirklich atemberaubend schön."

„Nicht so atemberaubend schön wie diese Kreatur", säuselte ihr Declan ins Ohr und ließ sich dann zu ihrem Erstaunen auf die Knie fallen.

„Machst du mir einen Antrag?", fragte Sasha, die Hand auf dem Herzen, und zuckte zusammen, als hinter ihr ein Lachen ertönte, der wie der Gesang von hundert Rotkehlchen klang. Sie wirbelte herum und starrte auf die Erscheinung vor ihr.

Ein Lichtschein schien sich um das Bild einer Frau zu bewegen, doch es war eine Frau, die so schön war, dass sie weder Form noch Farbe hatte. Es war die allmächtige, ursprünglichste aller Frauen – die Essenz von allem – und Sasha erstarrte vor Ehrfurcht.

„Ich danke euch für die Opfer, die ihr auf dem Weg erbracht habt. Wir sind euch zu Dank verpflichtet." Die

Stimme der Göttin Danu war wie gehaltvoller Wein, und Sasha senkte ihr Haupt.

„Ich bin dankbar, dass ich meinen Auftrag erfüllen konnte", stotterte sie.

„Dafür wirst du ein gesegnetes Leben haben. Das Schwert?" Die Göttin Danu streckte ihre Hand aus, und Sasha huschte vor und verbeugte sich noch einmal etwas unbeholfen, als sie das Schwert in die Hände der Göttin legte. Danu lächelte und fuhr mit einer Hand über Sashas Wange.

„Du bist schöner, als du jemals geahnt hast. Vergiss nie, in der Liebe zu leben. Sie ist die einzige Währung, die in dieser Welt wirklich zählt."

„Ich verspreche, mich daran zu erinnern", sagte Sasha, aber Danu war bereits verschwunden und ließ Sasha zurück, mit der Hand an der Wange, an der Stelle, wo die Göttin sie gerade berührt hatte.

„Ich schwöre euch, sie könnte mir eine Million Mal erscheinen und es würde nie langweilig werden." Bianca sprang auf und führte einen kleinen Tanz im Sand auf, wobei ihre blonden Zöpfe wippten. „Sie ist so cool!"

Declan stand wieder auf, kam an Sashas Seite und sah zu ihr hinab.

„Wolltest du also, dass ich dir einen Antrag mache?"

„Ich meine, naja, vielleicht nicht *jetzt*. Aber du weißt schon, da du mein Schicksal bist und so... sollten wir wahrscheinlich irgendwann heiraten", lachte Sasha und schnappte dann nach Luft, als er sie in seine Arme nahm.

„Schau mal", sagte Declan an ihrem Ohr, woraufhin sie sich umdrehte und sah, wie ein helles, blaues Licht aus dem Wasser schoss. Sashas Augen weiteten sich vor Überraschung und sie blickte auf, um die kleine Grace zu sehen, die vor Lachen in die Hände klatschte.

„Macht das Baby das?"

„Sei nicht albern. Es ist so, dass die Bucht in der Gegenwart wahrer Liebe leuchtet. Das ist Teil des Zaubers", sagte Bianca mit einem neckischen Lächeln im Gesicht.

Maddox hatte ein Taschentuch hervorgeholt und hielt es sich unter die Nase. „Ich schätze, ich muss mit der Planung einer Hochzeit beginnen."

„Es ist wirklich zauberhaft", sagte Declan und ließ seine Lippen über ihre streifen. „Und ich bin verzaubert von dir."

Und zum ersten Mal erlaubte sich Sasha, an ein Ende wie im Märchen zu glauben.

DAS LIED DES SPEERS

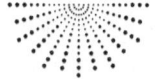

„H alt still, Mutter, nur kurz. Nur für einen Moment.
Genau so, Liebes. Jetzt öffne deinen Mund", sagte
Lochlain sanft und neigte den Kopf seiner Mutter,
während er ihr ein weiteres Elixier in die Kehle goss. Es war
der fünfte sorgfältig zusammengestellte Trank, den er an
diesem Tag anwendete, und zu seinem Entsetzen hatte

keine seiner Tinkturen den Zauber rückgängig machen können, der seine Mutter langsam von innen heraus umbrachte.

„Verdammte Domnua, mögen sie alle für immer in der Finsternis dahinrotten", zischte Loch und drehte sich um, um durch den Raum zu gehen, während er sich mit einer Hand durch das dunkle Haar fuhr, das sich um sein kantig geschnittenes Gesicht legte. Seine goldenen Augen glühten förmlich vor Wut, während er immer weiter fluchte und über die letztmöglichen Zauber nachdachte, die er noch anwenden konnte, um das Leben seiner Mutter zu retten.

Es war drei Tage her, dass sie bei einem Streifzug durch die abgelegenen Hügel im Westen Irlands einem Domnua begegnet war. Wie üblich hatte sie Zutaten für ihre Zauberrituale gesammelt, die im fahlen Licht des Neumonds geerntet werden mussten. Es war auch die Zeit, zu der die Barrieren zwischen den Welten dünn waren.

Zu dünn, wie Loch leider hatte erfahren müssen. Der berüchtigte Fluch, der dafür sorgte, dass die Danula seit Jahrhunderten in Sicherheit leben konnten und die Domnua in die Unterwelt verbannt waren, neigte sich seinem Ende zu. Die Uhr tickte und die Domnua bauten ihre Macht aus, während sie immer leichter Wege in die Welt des modernen Irlands fanden. Sie schirmten sich ab und hatten begonnen, den virtuellen Spielplatz zu genießen, den die Menschen ihnen zur Verfügung gestellt hatten.

Die Feen – sowohl die guten als auch die bösen – konnten den Abwegen und Dramen, die mit dem menschlichen Dasein einhergingen, nicht widerstehen. Eine längere Lebensspanne konnte einer Seele so etwas antun und es führte im Falle der Feen dazu, dass sie vom unverwüstlichen Geist der Menschen angezogen wurden und unersättlich und fasziniert sowohl dem Verlauf von Kriegen als auch dem von Liebesgeschichten folgten.

Als die Domnua ihre Freiheit wieder zu schmecken begannen, war der Versuch, sie unter Kontrolle zu halten so, als würde man beide Hände über einen Feuerwehrschlauch halten. Mit Leichtigkeit strömten sie durch den dünnen Schleier, der die Welten trennte. Lochs Mutter hätte es besser wissen müssen, schließlich hatte er sie gewarnt. Loch fluchte erneut, als sein Blick zu seiner auf der Seite liegenden Mutter wanderte, zusammengerollt unter einer Decke, neben dem knisternden Feuer, das an diesem kühlen Frühlingstag zusätzliche Wärme spendete.

Es hatte keinen Grund gegeben, sie zu verletzten. Es war ihnen ausschließlich darum gegangen, eine Botschaft zu übermitteln. Loch hatte in ganz Irland davon gehört, in geflüsterten Gesprächen in Pubs und in Erzählungen von Reisenden. Die Domnua wollten zeigen, dass sie keine Angst hatten, indem sie versuchten, Unschuldige zu töten. Und hätte seine Mutter – eine ehrwürdige Priesterin – keine so herausragende Position in der Welt der Feen gehabt, dann wäre sie jetzt tot. Ihre Magie hatte sie gerettet, aber jetzt musste sich Loch die Frage stellen, ob dadurch nicht einfach ihr Ende schmerzhaft in die Länge gezogen wurde. Er kniete neben ihr nieder und legte ihr eine Hand auf die Wange.

„Meine Mutter, mein Herz, ich werde ein Heilmittel für dich finden. Das verspreche ich." Loch presste seine Lippen auf ihre Stirn.

„Mein Sohn. Mein Herz. Wenn ich gehen muss... dann muss ich gehen. Ich bin selbst schuld." Ihre Worte brachen ab, und Lochs Herz setzte aus, während er darauf wartete, dass sie einen weiteren schweren Atemzug nahm.

„Es ist nicht deine Schuld, Mutter. Die mordenden Domnua sind schuld. Ich werde es rächen. Aber zuerst muss ich los, um Hilfe für dich zu finden. Ich habe meine eigenen Mittel ausgeschöpft."

„Mein Kind. Mein unbeugsamer, schöner Sohn. Du hast so viel Gutes in dir. Lass das Dunkle nicht gewinnen." Ihre Worte verklangen, und Loch fragte sich, ob sie eine versteckte Bedeutung hatten. Aber er hatte keine Zeit zu verlieren, berührte noch einmal mit seinen Lippen ihre Stirn und versprach ihr eine baldige Rückkehr. Dann eilte er aus ihrem Haus, mit nur einem Ziel vor Augen.

Loch raste durch den Nebel des frühen Morgens, der sich über die stimmungsvollen Hecken und sanften Hügel gelegt hatte, die einen Ort schützten, der den Sterblichen unbekannt war. Ein menschlicher Passant würde nur eine weite, karge Hügellandschaft sehen, aber sobald er versuchen würde, sie zu erklettern oder zu erforschen, würde er auf ein so undurchdringliches Gestrüpp aus Hecken stoßen, dass er gezwungen wäre, umzukehren. Das magische Volk der Danula hatte hier eine Hochburg – eine von vielen, die über ganz Irland verstreut waren. Und noch tiefer in diesen Hügeln befand sich eine heilige Höhle, die so sagenumwoben und verwunschen war, dass es niemand aus dem Feenvolk wagte, sie zu betreten, denn darauf stand die Todesstrafe.

Loch hielt inne, als er sich näherte. Er spürte den Druck

der Magie, die unsichtbare Barriere des ersten Schutzwalls, der seine Bewegungen in der Nähe der Höhle melden würde, und blieb kurz davor stehen. Mit seinen zusätzlichen Sinnen begann Loch, die verschiedenen Schutzwälle und Zauber aufzuspüren. Er griff tief in seinem Inneren nach einer Magie, von der er einst hatte schwören müssen, sie niemals anzuwenden, und begann, die Schutzzauber außer Kraft zu setzen. Er bewegte sich schnell über die verschiedenen Grenzlinien, während er seinen Zauber und seine Magie abfeuerte, bis er mit rasendem Herzen vor der Höhle stand.

Ging er durch diese Tür, wäre er dem Tod geweiht.

Aber seine Mutter würde leben.

Ohne weiter darüber nachzudenken, stieß Loch die Tür auf und eilte umher, auf der Suche nach dem Einzigen, von dem er wusste, dass es seine Mutter retten würde – ein Fläschchen mit dem heiligen Blut der Göttin Danu selbst. Er brauchte kein Licht, um zu sehen, denn seine Augen hatten sich schnell an die Dunkelheit gewöhnt. Er rannte durch die Räume, während er die verschiedenen Schätze, die er dort fand, nur kurz begutachtete. Hätte er mehr Zeit gehabt, hätte es ihm Freude gemacht, in dieser wahren Aladdinshöhle zu stöbern und ihre Schönheit zu genießen, aber jede Sekunde zählte.

Sowohl für sein eigenes Leben als auch für das seiner Mutter.

Loch hielt an, nachdem er einen schmalen Felsvorsprung umrundet hatte. Er hatte gefunden, was er suchte: eine gewundene, mundgeblasene Glasflasche, an der ein hauchdünner Schleier aus violettem Kristall zu Blütenblät-

tern in Form eines keltischen, quaternären Knotens empor-
rankte. Der Verschluss selbst war eine Rose aus reinstem
Rubinrot, die die Farbe der Flüssigkeit widerspiegelte, die
die Flasche enthielt.

Für einen winzigen Moment blieb Lochs Herz stehen,
und er spürte die überwältigende Schönheit von etwas,
über das nur in Legenden geflüstert wurde. Dann blendete
er seine Gedanken und Ängste aus. In diesem Moment war
er ein Krieger, dessen einziges Ziel es war, seiner Mutter
diese Magie zu überbringen. Er griff nach der Flasche und
löste sie vorsichtig vom Ständer, auf dem sie stand.

Augenblicklich erhellte ein Licht – tausendmal heller
als die Sterne – den Raum und blendete ihn, während der
Schall der Mireesi, der Racheengel der Göttin, durch die
Höhle rauschte. Ihr Klang war ebenso schön wie schmerzhaft. Er tobte durch seinen Kopf wie Millionen von Rasier-
klingen, die seinen Geist zerschnitten. Bevor ihn der Gesang
um den Verstand bringen konnte, wandte Loch einen
letzten Trick an und löste sich in Luft auf, während die
Engelskrieger den geschützten Raum fluteten – nur um
einen leeren Raum vorzufinden, in dem das heiligste Blut
fehlte.

Als ihre verzweifelten Schreie über das Land schallten,
erstarrten die Dorfbewohner, denn sie wussten, dass ein
Schwur gebrochen worden war und dass der Tod von
einem der ihren unmittelbar bevorstand. Alle Augen rich-
teten sich auf die Hügel, wo eine Flut von amethystfar-
benen Kriegern, geflügelten Bestien der herrlichsten
Schöpfung, auf glühenden Wellen aus jeder Spalte der
Hügel strömte und wie im Wahn auf die Suche nach einem

Feenmann gingen – dem einzigen, der jemals mächtig genug gewesen war, ihre Schutzwälle zu durchbrechen.

Sie mussten dafür sorgen, dass er unverzüglich seinen Tod finden würde.

DIE INSEL DES SCHICKSALS, Buch 3 der Serie – Jetzt erhältlich!

NACHWORT

Irland hat einen besonderen Platz in meinem Herzen – es ist ein Land der Träumer und für Träumer. Es gibt nichts Schöneres, als es sich in einer Kneipe am Kaminfeuer gemütlich zu machen und einer Musiksession zuzuhören oder eine Tasse Tee zu trinken, während der Regen vor dem Fenster die Sicht vernebelt. Ich werde für immer von diesen felsigen Ufern verzaubert sein und hoffe, dass Ihnen das Lesen dieser Serie genauso viel Spaß macht, wie ich es genossen habe, sie zu schreiben. Danke, dass Sie an meiner Welt teilnehmen.

Ich bin überglücklich, dass meine Geschichten ins Deutsche übersetzt werden. Die Übersetzungen meiner Romane nehmen ein bisschen Zeit in Anspruch. Melden Sie sich also für meinen Newsletter an, um zu erfahren, wann das nächste Buch erscheint.

http://eepurl.com/hLxHBz

Ich hoffe, meine Bücher haben in Ihrem Leben ein wenig Zauber hinterlassen. Wenn Sie einen Moment Zeit haben, um mir davon etwas zurückzugeben, würde ich mich freuen, wenn Sie Ihren Freunden davon erzählen und eine Bewertung hinterlassen. Mundpropaganda ist die wirkungsvollste Methode, um meine Geschichten zu teilen. Danke schön.

DIE INSEL DES SCHICKSALS

Buch 1 - Das Lied des Steins

Buch 2 - Das Lied des Schwerts

Buch 3 - Das Lied des Speers

Buch 4 - Das Lied des Schatzkessels

Jetzt verfügbar

Eine komplette Serie mit vier Romanen von

Tricia O'Malley

"Ein tolles Buch, es greift irische Mythen auf und verbindet diese mit einem spannenden undgefühlvollen Roman. Ich freue mich schon auf das nächste Buch dieser Serie" - Amazon Review

GEHEIMNISVOLLE BUCHT

*Jetzt verfügbar

Ms. Bitch

"Ms. Bitch is sunshine in a book! An uplifting story of fighting your way through heartbreak and making your own version of happily-ever-after."

~Ann Charles, USA Today Bestselling Author

Starting Over Scottish

Grumpy. Meet Sunshine.

She's American. He's Scottish. She's looking for a fresh start. He's returning to rediscover his roots.

One Way Ticket

A funny and captivating beach read where booking a one-way ticket to paradise means starting over, letting go, and taking a chance on love...one more time

10 out of 10 - The BookLife Prize

Pencraft Book of the year 2021

DANKSAGUNG

Ein tief empfundenes und herzliches Dankeschön geht an diejenigen in meinem Leben, die mich kontinuierlich auf diesem wunderbaren Weg als Autorin unterstützt haben. Manchmal kann dieser Job sehr stressig sein, daher ich bin dankbar für meine Freunde, die immer ein offenes Ohr haben und mir durch die kniffligeren Momente der Selbstzweifel helfen. Ein ganz besonderer Dank geht an The Scotsman, der an erster Stelle mein großartigster Unterstützer ist und es immer schafft, mich zum Lächeln zu bringen. Ein weiterer besonderer Dank geht an Ulrike Bartz und Annette Glahn für die Hilfe bei der Übersetzung dieses Buches. Ihre Liebe zum Detail und ihre sorgfältige Arbeit haben mein Buch zum Leben erweckt - danke!

Jedes Buch, das ich schreibe, ist ein Teil von mir und ich hoffe, dass Sie die Liebe spüren, die ich in meine Geschichten stecke. Ohne meine Leser bedeutet meine Arbeit nichts, und ich bin dankbar, dass Sie bereit sind, Ihre wertvolle Zeit mit den Welten zu teilen, die ich erschaffe. Ich hoffe, jedes Buch zaubert Ihnen ein Lächeln ins Gesicht und lässt Sie für einen Moment dem Alltag entfliehen.

Slainté, Tricia O'Malley